부유하는 혼

황희 장편소설

부유하는 혼

해냄

차례

울지 마.

가 버린 건 또 오게 되어 있어. 그게 세상 이치야.

갈 때 올 때 다른 모습이라 그 사람이 내 사람인가 알아보지 못해도

오면 가고, 가면 와.

그렇게 생각하고 살면 울 일도 없어.

귀신 가라사대, 사람의 몸은 대문 없는 집

네 몸을 함부로 대하지 말라.

낮달

1

2010년 12월 24일 오전, 서울 논현동

방범창 너머 잿빛 하늘에 낮달이 떠 있었다. 민영은 이미 떠났다. 수인은 서둘러 목을 맸다. 민영이 다른 마음을 품고 떠나 버렸을까 봐 초조했다. 그녀는 빨리 죽기 위해 발버둥 쳤다.

머리가 터질 것 같은 압박감이 지나고 나자, 의식이 몸을 떠나는 것이 느껴졌다.

가까스로 몸에서 벗어나고 보니 기다리고 있을 줄 알았던 민영의 혼이 보이지 않았다. 그녀는 공중에 뜬 채 방범창틀에 목매단 자신의 모습을 내려다봤다. 민영의 몸은 목 잘린 카나리아들 사이에 평화로운 얼굴로 누워 있었다.

정체불명의 희부연 것들이 도처에서 피어나 그녀를 휘감기 시작했다. 그녀는 비명을 지르며 희부연 것들을 뚫고, 민영과 약속한 곳을 향해 필사적으로 달렸다.

2

2010년 12월 24일 오전, 경기도 가평

같은 시각, 가평 리버랜드에서는 한 무리의 대학 독서 동아리 회원들이 당일치기 번지점프를 하러 와 있었다. 점프대 주변은 겨울 안개가 자욱했고 잿빛 하늘엔 낮달이 떴다.

누군가 날씨 참 이상하다며 고개를 치켜들고 하늘을 올려다봤다. 눈 덮인 산중턱엔 희부연 안개구름이 연기처럼 풀려 있고 강은 하얗게 얼어붙어 있었다.

안전 요원이 번지점프 장비를 강주미의 허리에 단단히 묶은 후 소리쳤다.

"무서우면 지금이라도 내려……."

"해요. 합니다! 잠시만요."

주미는 금방이라도 뛰어내릴 듯 앞으로 나섰지만 이번에도 점프대 끝에서 멈추고 말았다. 눈앞에 펼쳐진 거대한 공간이 심장을 압박해 왔다. 낮달이 그녀를 보고 있었다. 낮달 속으로 영혼이 빨려 들어가는 것만 같은 비현실적인 느낌에 주미는 살짝 현기증을 느꼈다. 드넓은 잿빛의 대기 속에서 무엇인가가 그녀를 노려보고 있는 것만 같은 기분이 들었다. 아랫배가 싸늘해지는 감각에 심장의 고동이 격해지던 바로 그 순간, 어떤 목소리가 그녀의 귓전에 대고 속살거렸다.

'죽고 싶어 했잖아. 바로 지금이야. 뛰어내려!'

그녀는 뭔가에 홀린 듯 그토록 떼어 놓지 못했던 발을 허공으로 내밀었다. 육중한 몸이 공간을 가르며 아래로 떨어지고 있었다. 추락하고 있는 자신을 깨닫는 순간 좀 전에 느꼈던 바로 그 시선들이 그녀를 향해 달려들었다.

3

2011년 1월 1일, 일본 홋카이도 오타루

눈이 펑펑 쏟아졌다. 겨울나무들은 가지마다 눈꽃을 피웠다. 레이의 어머니는 뒤뜰이 내려다보이는 2층 베란다에 서서 일본의 한 방송국과 전화 통화 중이었다.

"아니죠. 우리 애가 한국말은 전혀 알지 못해요. 그런데 코마에서 깨자마자 한국어를 유창하게 하는 거예요. 물론이죠. 한국말을 쓰고 읽어요. 아니라니까요! 전혀. 그 전엔 한국어 학원 따윈 옆에도 가지 않았어요. 우리 집안은 순수한 일본인 집안이에요."

아들에게 일어난 이상한 일을 상대방이 믿어 주지 않을까 봐 초조해 목소리가 높아지는 와중에도 시선은 한곳에 붙들려 있었다.

희부옇게 쏟아지는 눈 사이로 낮달이 보였다. '날씨 참 이상하기도 하지'라는 생각이 자꾸 머릿속을 맴돌았다.

"글쎄요. 아들의 어디가 어떻게 다른지 꼭 집어 말할 수는 없지만……. 뭔지 모르게 전과는 다른 분위기가 있어요. 인터뷰요? 네, 좋습니다. 오타루로 오세요."

그녀는 전화를 끊고 낮달을 올려다봤다. 빨려들 것만 같았다.

그들의 금요일

1

2015년 8월 21일 금요일, 일본 도쿄

도쿄 신주쿠, 멘야무사시 라멘집은 점심 손님들로 발 디딜 틈이 없었다. 이미 20인석이 꽉 찬 상태라 손님들은 문밖에서 줄을 서서 기다려야 했다. 주방 안에서는 빨간색 티셔츠를 입은 멘야무사시의 요리사들이 기합을 넣어 가며 라멘을 만들고 있었다.

멘야무사시는 면을 국물에 찍어 먹는 쓰케멘으로 일본라멘대회에서 우승을 차지한 뒤로 손님들이 나날이 늘어났다. 덕분에 란코는 잠시라도 엉덩이를 붙일 시간이 없었다.

서빙과 손님 안내까지 도맡아 하던 란코의 휴대폰이 진동했다. 순간, 란코는 가슴이 철렁했다. 아침부터 기다리고 있던 전화가 틀림없었다. 란코는 사장이 근처에 있는지 없는지를 재빨리 살피면서 여자 화장실로 갔다. 칸막이 안으로 들어서자마자 문자를 확인했다.

—나오키 신인상에 응모해 주셔서 감사합니다. 이번엔 아쉽게도 탈락했지만 다음에 다시 응모해 주시길 바랍니다.

"젠장, 또 떨어졌어."

떨어졌는데 문자는 왜 보낸담. 란코는 응모자 모두에게 위로차 돌리는 낙선 알림 문자에 화가 났다. 그녀는 휴대폰을 껐다. 기껏 사장 눈을 피해 화장실까지 들어와 확인한 문자가 낙선 문자라니. 란코는 후, 하고 땅이 꺼져라 한숨을 쉬었다.

"란코!"

퇴근하려는데 레이가 불렀다.

그녀가 멈춰 서서 돌아보자, 평상복으로 갈아입은 레이가 가방을 둘러메며 뛰어나왔다. 지금은 모두 잊었지만, 레이는 2011년쯤 NHK의 〈미스터리 케이스〉에도 소개된 유명한 남자였다. 어느 날 아침 잠에서 깨어난 후 갑자기 한국말을 유창하게 할 줄 알게 되었는데, 그 전엔 한국에 대해선 관심도 없었고 한국말을 배운 적도 없었으며 부모나 친척 혹은 친구 중에 한국말을 할 줄 아는 사람이 아무도 없었다고 한다.

한때는 레이와 함께 인증샷을 찍기 위해 사람들이 찾아오거나, 뭔가 숨겨 놓은 비밀 이야기라도 있을까 봐 파고들어 보려는 삼류 기자들도 서성였지만, 지금은 완전히 찬밥 신세로 이 라멘집에서 일을 하고 있었다.

"너, 공모전에 낸 소설 떨어졌지?"

"그걸 어떻게 안 거야?"

"그걸 어떻게 알았겠어? 오늘만 떨어진 게 아니니까 그렇지."

"어우! 염장 지르려고 불렀냐?"

란코는 레이의 정강이를 걷어찼다.

"그럴 리가!"

레이는 란코의 발길질을 피했다.

"너, 앞으로도 계속 운이 안 좋을 거야. 응모하는 공모전은 모조리 떨어지고 출판사에 투고한 것도 나이스하게 반려될걸?"

"으아! 죽여 버리겠다!"

말이 떨어지기 무섭게 레이가 도망쳤다.

"하지만 걱정 마. 무엇이든 언젠가는 끝나. 끝나는 지점이 바로 멋진 일이 시작되는 지점! 란코, 넌 조금만 더 버티면 네가 감당도 못할 정도로 인세가 쏟아지는 작가가 될 거니까!"

"쳇, 삼류 점쟁이처럼 말하는군."

"앗, 어떻게 알았지? 내가 점을 친다는 걸!"

레이가 두 눈을 가늘게 뜨며 씩 웃었다.

"웃겼어! 하! 하! 웃겨 줘서 고마워!"

"란코, 넌 행운인 줄 알아."

"하! 하! 그럼, 그럼. 시도 때도 없이 찾아드는 행운에 배 터지고 있는 중이야!"

"이 우주엔 죽을 때까지 '영감'이 찾아오지 않는 예술가들이 얼마나 많은지 알아? 영감은 진짜에게만 찾아가는 '인연'의 선물이야."

진짜에게만, 이라는 말에 란코는 귀가 솔깃해졌다.

"그래서 뭐, 영감이 어쨌다는 거야?"

"조금만 더 불행을 견뎌내면 어느 날, 네게 그 영감이 딱 찾아오는 날이 있을 거야. 그러니 그날까지 파이팅! 란코, 잊지 마. 영감은 진짜에게만 와! 지금 네 불행은 진짜를 향해 가는 원웨이 티켓이야!"

"그러니까 그 진짜가 뭐냐고!"

레이는 원하는 대답을 얻지 못해 약이 바싹 오른 란코에게 손을 흔들며 지하철역 쪽으로 달려가 버렸다.

"하……, 하. 지랄."

허탈감이 지나고 나자 울컥해졌다. 란코는 맥 빠진 얼굴로 빠르게 사라지는 레이의 뒷모습을 바라봤다. 언젠가는 진짜에게만 찾아가는 영감이 찾아올 거라고? 그러니까 그 언젠가가 언제냔 말이야. 점쟁이라면 그것까지 맞혀야지, 젠장. 그녀는 냉소하며 횡단보도에 멈춰 섰다.

란코도 레이처럼 지하철을 타면 되지만 집에 들어가기가 싫어 그냥 걸었다. 11시가 다 되어가는 시각이었지만 금요일 밤이라 그런지 거리엔 즐거워 보이는 사람들로 가득 차 있었다. 어떤 만취한 남자가 이세탄 백화점 횡단보도에 서서 이키모노가카리의 〈사쿠라〉를 열창했다. 란코는 만취한 남자를 피해 횡단보도를 건너면서 〈사쿠라〉를 흥얼거렸다. 나오키 신인상에 떨어졌다는 사실은 아무렇지도 않았다. 문학 공모전에는 또 응모하면 된다. 지금 이 시간

집에 돌아가고 싶지 않은 이유는 시어머니 다케모토 메구미 때문이었다. 이토록 피곤한데도 집으로 돌아가고 싶지 않아 방황하고 있는 자신의 신세가 처량했다.

'하지만 내겐 히카루가 있다.'

엄마를 기다리고 있을 아들 히카루를 생각하자 다리에 힘이 들어갔다. 천근만근이던 걸음이 어느새 가벼워졌다.

집에 도착하고 보니 밤 11시 40분이었다. 모두들 잘 시간이었다. 발소리를 죽이고 집으로 들어서자 현관 앞에 시아버지의 운동화가 깨끗하게 씻겨 있었다. 그녀가 세탁해 놓지 않았으니 필시 시어머니가 한 것이다.

'또 잔소리가 날아오겠군.'

아니나 다를까, 등 뒤로 날카로운 시선이 느껴졌다.

"아픈 남편 두고 싸돌아다니니까 너무 좋아서 콧구멍이 벌렁벌렁해?"

시어머니가 두 눈을 치켜뜨고 허리에 손을 얹고 서 있었다.

최신 유행을 따라 하기 위해 적갈색으로 염색한 머리는 물이 빠져 지저분한 갈색이었고, 보톡스를 맞아 오동통한 얼굴은 요즘 유행하는 물광 피부 화장법을 따라 해 식용유를 발라 놓은 듯 번들거렸다. 시어머니는 한국과 관련된 것들을 배척하면서도 한국 여배우들의 유행엔 민감했다.

"바깥으로 싸돌아다니느라 시아버지 운동화도 씻어 놓지 않고. 쌓아 둔 빨랫감은 썩어서 악취가 나!"

시어머니는 빨래 바구니를 들고 와 란코의 머리 위에 와르르 쏟아냈다. 지붕을 고치려고 올라갔다가 사다리에서 굴러떨어지는 바람에 하반신을 다친 남편의 대변 묻은 기저귀가 란코의 머리 위에 철퍼덕 떨어졌다.

"악!"

변이 이마로 떨어져 내리고서야 란코는 소스라쳐 비명을 질렀다. 시어머니가 씩 웃었다.

─저 밉살스러운 년을 그냥 확.

란코의 귓가에서 누군가 소리쳤다. 그녀는 화들짝 놀라 두 눈을 동그랗게 뜨고 두리번거렸다.

"뭐해? 빨리 움직이라고! 너 때문에 나까지 똥 냄새를 맡아야 하잖아. 토할 것 같아!"

"네, 어머니."

란코는 얼른 일어나 거실에 쏟아진 빨랫감을 주워 담기 시작했다.

"다이키 속옷이랑 네 속옷은 함께 빨지 마! 내 아들한테 불운이 붙으면 안 되니까. 안 그래도 너랑 결혼한 뒤로 온갖 불행이 뒤따랐어."

손 빨랫감을 욕실에 내려놓고 아들과 함께 사용하는 그녀의 방문을 열고 들어서니, 히카루가 눈물과 침이 범벅된 얼굴로 혼자 누워 있었다.

"아유, 내 히카루. 왜 울었쪄? 엄마 보고 싶어 울었쪄? 엄마도 히카루가 보고 싶었단다."

포동포동한 히카루를 안아 드는데, 구린내가 진동했다. 시어머니가 하루 종일 아기의 기저귀를 갈아 주지 않은 것 같았다. 하얗게 질린 란코는 아이를 안고 욕실로 들어가 기저귀를 벗겼다.

아기의 예쁜 엉덩이는 질퍽한 대변 더미에 폭 쌓여 있었다. 란코는 입술을 질근 깨물고 아이를 씻겼다. 오물을 제거하고 보니 엉덩이 사이가 벌겋게 짓물러 도돌도돌한 물집까지 잡혀 있었다. 말 못하는 아이가 얼마나 가렵고 따가웠을까. 시어머니가 미워 죽을 것 같았다.

남편도 원망스러웠다. 남편은 히카루의 울음소리에 시달릴까 봐 시아버지와 함께 잤다. 어차피 부부 관계도 하지 않는 남편은 남남이나 마찬가지였다. 어쩔 수 없이 이 집으로 돌아오는 것은 히카루 때문이었다.

─뭣하러 이득도 없는 이런 집에 살아. 넌 히카루의 엄마지, 저 늙은 할망구의 종이 아니라고.

아기를 맡길 곳도, 맡길 돈도 없어 시어머니라면 안심이다 싶어 함께 살기 시작했지만 시어머니는 똥이 더럽다고 기저귀를 갈아주려고 하지 않았고, 울면 아들 자는데 깬다고 우는 히카루 입을 손으로 꼬집었다. 바빠서 아기를 돌볼 시간이 없다고 투덜대면서 정작 자신은 하루 종일 컴퓨터 앞에 앉아 온라인 파친코 게임을 했다.

집구석이라고 돌아와도 쉴 수가 없었다.

─이럴 바엔 차라리 히카루를 데리고 나가 사는 게 나아.

히카루의 아버지인 남편이 불쌍해서 참고 살았지만, 시어머니로부터 도움보다 학대를 당하는 것이 일상다반사라면 아무래도 이젠 결심을 해야 할 것 같았다.

"니 아버지가 바람이 나서 남의 여자 만나러 후쿠시마에 갔다가 지진 나서 죽었다면서? 그 여자가 널 낳아서 자기 친구 집에 널 맡겨 놨다던데, 지금의 네 양엄마가 그때 그 친구냐?"

시어머니는 욕실 벽에 다리를 꼬고 기대서서 담배 연기를 란코의 머리 위로 훅훅 심술궂게 내뱉으며 기분 나쁜 소리를 지껄여 댔다. 란코는 묵묵히 빨래를 했다.

"왜 대답이 없어. 시어머니를 무시하는 거야?"

란코가 대답하지 않자, 시어머니는 노려보고 서 있다가 손빨래 통에서 비눗물을 퍼 란코의 머리에 쏟아부었다. 시어머니가 학대할수록 이 집에서 나가야겠다는 마음이 굳어졌다.

"다이키가 남자구실 못한다고 너도 네 아버지나 네 친모처럼 결국엔 바람날 거 아냐? 그러기만 해 봐. 야쿠자를 고용해서 네년 가랑이를 찢어 놓을 테니까."

"쳇, 야쿠자를 고용할 돈이라도 있으면 좋겠네."

속으로만 생각한다는 것이 어쩌다가 입 밖으로 튀어나왔다. 란코는 제풀에 놀라 어깨를 움츠렸다.

다행히 시어머니는 변기 뚜껑을 닫고 앉느라 그 말을 듣지 못한 것 같았다.

"들어오면서 편지함은 확인했냐? 또 까먹었지?"

"빨래 다 하고 가서 확인할게요."

세탁기를 놔두고 손빨래를 해야 하다니, 팔이 아픈 것은 둘째 치더라도 땀이 비 오듯 쏟아졌다. 더워서 죽을 것만 같았다.

시어머니가 나가 주면 발가벗고 퍼져 앉아 빨래를 하면 될 텐데.

"너, 내가 나가 주면 좋겠지?"

"네?"

독심술이라도 하는 걸까. 속마음을 들키자 란코는 움찔했다.

"내가 나가면 발가벗고 빨래하는 척, 목욕까지 하면서 물을 마음껏 쓰려는 거잖아?"

시어머니는 담배 연기를 란코 얼굴에다 대고 후, 하고 세게 뿜었다.

"뭐, 어차피 네가 내긴 하겠지만 말이야. 전기세, 물세로 돈이 다 나가고 나면 내 용돈이 줄어드니까 물은 아껴 써야 해."

"어머니."

욕실 밖에서 남편이 그의 어머니를 불렀다.

"어. 다이키! 엄마 여기 있어!"

시어머니는 얼른 담배꽁초를 변기에 집어 던지고 일어나 욕실을 나갔다.

란코는 재빨리 일어나 욕실 문을 잠그고 후다닥 옷을 벗은 다음, 찬물을 끼얹었다. 살 것 같았다. 내친김에 머리까지 감았다.

"란코, 문 열엇! 너 목욕하는 거지?"

시어머니가 욕실 문을 탕탕 두드리며 신경질을 부렸다.

'쳇, 어차피 내가 낼 돈인데 내 맘대로 목욕도 못해?'

반발심에 이가 갈렸지만 시어머니가 하지 말란 일을 하고 나자 속은 시원했다.

란코는 히카루를 유모차에 싣고 대문을 나섰다. 시어머니의 집 우체통은 연립주택 단지의 입구에 다른 사람들의 우편함과 함께 설치되어 있었다. 우편물을 가지고 가려면 퇴근길에 모두 이곳에 들러서 가지고 가야 했다.

란코는 유모차를 밀며 천천히 밤거리를 걸었다. 갑갑한 집보다 밖이 훨씬 시원했다.

그런데 아까 그건 뭐였을까.

—저 밉살스러운 년을 그냥 확.

죽여 버려, 라는 심정이 강하게 담긴 불가사의한 기운. 그것은 분명 사람의 목소리도, 언어로 내뱉어진 말도 아닌 사념(思念)과 같은 것이었다.

문득 어둠 속에서 누군가 그녀를 지켜보고 있는 것 같은 느낌이 들었다. 흠칫하며 시선이 느껴지는 곳을 돌아봤지만 그곳엔 텅 빈 어둠뿐이었다. 란코는 오싹해졌다. 분명 무엇인가 그곳에서 그녀를 지켜보고 있는데, 주변엔 유모차를 미는 초라한 아줌마 따위에겐 관심 없이 바쁘게 귀가하는 행인들뿐이었다.

어깨에 내려앉는 오싹한 감각을 떨쳐 버리려는 듯, 그녀는 소리 나게 우편함을 열고 우편물을 꺼냈다. 광고 전단지와 한 통의 편지 가 들어 있었다. 그녀는 무심코 편지를 보다가 하! 하고 경악에 가까운 탄성을 질렀다.

란코가 놀라자 히카루가 으앙, 하고 울음을 터트렸다.

그녀는 아들 앞에 쪼그리고 앉았다.

"편지가 왔어. 출판사야."

란코가 격앙된 얼굴로 히카루를 보고는 비장한 표정으로 편지를 뜯었다. 히카루도 궁금한지 편지를 내려다보면서 울음을 그쳤다.

보내 주신 소중한 원고는 가독성이 좋고 재미도 있었지만 사회파의 성향이 짙어 저희 출판사가 나아갈 방향과는 다르다는 결론을 내렸습니다. 아쉽게도 채택이 되지 못했지만 포기하지 마시기 바랍니다. 란코 씨는 엄청난 필력을 가진 신인이시니 조금 더 노력하거나, 사회파 소설의 투고를 기다리는 다른 출판사에 투고를 해 보시기 바랍니다. 그러면 분명 좋은 소식이 올 것입니다.

편지를 쥔 손이 파르르 떨렸다. 마치 고지가 저긴데 고지 바로 밑에서 벼랑 끝으로 굴러떨어진 것 같은 기분이 들었다.

'쳇! 좋은 소리 같지만 결국은 반려됐다는 말이잖아.'

하루에 두 번씩이나 절망을 맛봐야 하다니. 속이 상했다.

란코 씨는 엄청난 필력을 가진 신인이시니

반려할 때마다 예의상 그런 편지를 보내 주는 것일까, 아니면 진심이라고 믿고 위로로 삼아야 할까. 자신이 쓴 글에 대해선 그 누구에게도 평을 받아본 적이 없었다. 누가 표절할까 봐 인터넷 연재 소설 난에도 올리지 않았다.

　가독성이 좋고 재미도 있었지만 사회파의 성향이 짙어

그나마 그게 그녀의 원고를 읽은 전문가의 평이라고 위안했다.
'나쁘진 않다는 말이잖아. 그래, 다른 곳에도 보내 보자.'
그녀는 소리가 나도록 한숨을 쉬고는 유모차를 밀고 집으로 가는 길을 걸었다.
집이 점점 가까워질수록 갑갑한 마음은 더했다.
집에 돌아가고 싶지 않았다. 그곳을 자신의 집이라고 부르고 싶지도 않았다.
하루 종일 라멘 가게에서 일을 하고 퉁퉁 부은 다리를 끌고 지옥 같은 전철에 시달리면서 집으로 돌아오면, 이번엔 시어머니가 그녀를 기다리고 있다.
집으로 돌아와 하루 종일 가슴을 압박해 온 브래지어를 벗어 던지고 오랫동안 샤워를 하고 휴대폰을 보면서 마음 놓고 화장실을 사용한 뒤, 소파에 드러누워 빈둥빈둥 책을 읽거나 소설을 쓰고 싶었다. 밥을 해 먹기 싫으면 시켜서 먹든가, 그것도 아니면 독한 술 한잔을 마시고 푹 자고도 싶었다.
그런 소원들이 돈이 많이 드는 것도 아니고 이루기 힘든 일도 아닐 텐데, 그녀는 그 행복을 조금도 누리지 못하고 산다.

한 번뿐인 인생을 왜 이토록 하고 싶은 것도 하지 못한 채 고단하게 살아야만 하는 걸까.

그녀는 다시 한숨을 쉬었다.

"히카루야, 엄마의 진짜 엄마는 말이야, 작가였어. 미스터리를 쓰는 작가였는데 나오키 상도 수상했단다. 대단하지? 난 우리 엄마가 쓴 소설은 모조리 읽었어. 도서관에 가면 있거든. 멋지지 않니? 도서관에 내가 쓴 책이 있다는 것은 어떤 기분이 들까? 하지만 그 여잔 나쁜 여자야. 자기가 낳은 자식을 자기 친구 집에 맡기고 한국으로 도망친 뒤 한 번도 찾지 않았지. 맡겼지만 버린 거나 마찬가지야. 양엄마가 있긴 하지만, 그 양엄마도 엄마가 시집에서 구박을 받든 말든 관심도 없어. 엄마는 왜 사는 걸까? 내 히카루는 엄마가 왜 사는지 알아?"

란코는 걸음을 멈추고 히카루를 내려다봤다.

"그건 바로 내 아들 히카루 때문이지."

히카루는 유모차에 앉은 채 두 다리를 힘껏 앞으로 차고 두 손을 란코를 향해 뻗으며 웃었다.

'그렇지, 저 예쁜 미소. 그 미소 때문에 참고 살지.'

하지만 이젠 참으며 살고 싶지 않았다. 무엇엔가 얽매이지 않고 내 멋대로 살면서 오로지 소설만 쓰고 싶다는 강한 욕구가 심장을 뛰게 했다.

"히카루, 엄마는 저 집에 들어가고 싶지 않아."

란코는 대문 앞에 서서 입술을 질근질근 씹었다.

란코에게 소리 지르고 말로 고문하고 욕을 하는 재미로 란코의 퇴근 시간만을 기다리는 시어머니가 있는 저 집에 정말 들어가고 싶지 않았다.

"저 집은 집이 아니라, 엄마한텐 지옥이야."

'지옥이라면서 무엇이 두려워서 저 집을 떠나지 못하는 거지?'

란코는 대문 앞에 서서 넋을 잃었다.

2

2015년 8월 21일 금요일, 한국 서울

금요일 정오 뉴스를 보도하는 앵커의 목소리 사이로 누군가의 신음 소리가 새어 나오고 있었다. 낮잠에 빠진 노모는 가위눌림에서 빠져나오기 위해 필사적이었다. 제발 좀 깨워 달라고 소리치고 싶었지만, 입이 벌어지지 않았다. 잠든 노모의 사지는 방바닥에 달라붙은 듯 무거웠다.

누가 듣고 있건 말건 플러그만 꽂아 두면 온갖 흉측한 사건 사고를 뱉어내는 뉴스 소리마저도 가위에 눌린 노모를 깨우지 못했다.

노모는 딸이 일을 나가고 나면 하루 종일 TV 뉴스를 보며 시간을 보냈다. 만약 노모가 아무도 없는 이곳에서 가위에 눌린 채 덜컥 죽는다고 하면, 이웃과의 왕래가 전혀 없고 늘 닫혀 있는 이 아파트는 노모의 무덤이 될 터였다. 생각해 보면 무서운 일이었다.

노모는 다시 잠 속으로 가라앉았다가 가까스로 정신이 들었다.

"으으으으, 희, 희."

딸을 부르고 싶었지만, 소리는 질퍽한 악몽 속을 공전할 뿐이었다.

낮잠이 몰고 오는 가위눌림은 한밤에 눌리는 가위보다 무서운 것이었다. 좀처럼 빠져나올 수 없고, 깼다 싶으면 꿈이고, 이번엔 정말 깼다 싶어도 여전히 꿈속인, 끝도 없이 빠지기만 하는 수렁이었다. 가위에서 빠져나오려면 누군가 깨워 주거나, 외부로부터 커다란 소리를 듣거나, 그도 저도 아니면 제 목소리를 제 귀로 듣는 수밖에 없었다.

"헉!"

노모는 숨을 들이마시며 마침내 움푹 들어간 두 눈을 떴다. 심장이 시큰하고 온몸이 욱신거렸다. 집과 사람들을 삼키며 쓰나미가 몰려오는 무시무시한 악몽이었다. 일어나 앉고 싶었지만, 가위에 눌린 후라 쉽게 몸이 움직여지지 않았다. 대신 입을 달싹여 딸을 불렀다.

'희주야.'

말은 소리가 되어 나오지 않았다. 제 목소리를 듣지 못하니 아직도 꿈속인 걸까 싶었다. 노모는 아랫배에 단단히 힘을 주고 소리를 밀어냈다.

"희주야!"

입안에서만 맴돌던 목소리가 선명한 울림으로 터져 나왔다. 제 목소리를 귀로 듣고 나자 비로소 정신이 번쩍 들었다. 귓구멍을 틀어막았던 악몽의 먼지마저 빠져나가자 귓속으로 온갖 소리가 한꺼번에 들이닥쳤다. 자동차 경적 소리가 들려왔다 사라지고, 사이렌 소리가 저쪽 끝에서부터 달려와 반대편으로 달려갔다. 그때까지 거실에서 혼자 떠돌던 뉴스 앵커의 목소리도 노모의 귓속으로 빨려 들어왔다.

"······사망했습니다. ······살해당했습니다. 경찰은 스물여섯 군데가 찔린 채······ 자살······ 장애인, 독거노인은 그라목손(제초제)을 마시고······ 3중 충돌은······ 뛰어내렸습니다. 몽둥이로······ 칼로 난자당한 채, 사망 한 달 만에 발견된 시신은…… 납치당했습니다. 하수구에서 잘린 목과 손이 발견되었습니다.”

‘아이, 무서워라. 밖은 너무 무서워. 희주는 어디 간 거야……. 배고프네.’

“희주야. 희주야?”

속이 허했다.

“대체 몇 시나 된 거야?”

시간이 꽤 지난 것 같은데 창밖은 환했다. 노모는 일어나 두 눈을 가늘게 뜨고 벽시계를 빤히 쳐다봤다. 저녁 6시가 다 되어 가고 있었다. 그녀는 고개를 끄덕였다.

‘그러니까 배가 고프지.’

노모는 주방 찬장을 열었다. 찬장 안에는 여러 종류의 라면이 뒤죽박죽 들어 있었다. 노모는 라면 하나를 꺼내 들고 개수대로 가 수돗물을 틀었다. 냄비에 찬물을 가득 받은 다음, 라면을 봉지째 털어 넣고 가스레인지 위에 올려놨다. 가스 불을 켜는 것은 잊은 채 라면이 끓기를 기다리는 동안, 싱크대와 찬장 사이로 난 작은 창문에 붙여 놓은 거울을 노려봤다.

거울 속에 우스꽝스러운 화장을 한 어떤 여자의 얼굴이 비쳤다. 입술은 새빨갰고 눈두덩이는 파랬다. 자신의 얼굴이라는 것을 자각하지 못하는 노모는 거울 속 여자의 몰골을 한참 동안 노려보다가 혀를 끌끌 찼다.

“꼴좋다, 미야베 라이카. 쯧쯧쯧. 작가는 무슨, 딱 시궁창 창녀

같구먼. 어머! 내 정신 좀 봐. 다꽝 꺼내야지."

냉장고를 열려는데 안방에서 전화벨이 울렸다.

"좃토 마테(좀 기다려)."

짜증 난다는 듯 눈알을 굴리며 냉장고 안을 훑던 그녀는 고개를 갸우뚱했다.

'내가 냉장고 문을 왜 열었을까?'

아무리 생각해도 뭘 꺼내려고 냉장고 문을 열었는지 전혀 기억이 나지 않았다. 그게 모두 전화벨 때문이었다. 전화벨이 다시 울렸다. 투덜거리며 전화를 받으러 안방으로 가던 노모의 눈앞에 커다란 책장이 보였다. 거실 벽에 붙은 책장 안의 책들은 무질서하게 쌓여 있었고 바닥에도 널려 있었다. 노모는 전화를 받으러 가려던 것도 잊고 허리를 굽히고 앉아 책들을 주섬주섬 모으기 시작했다.

'어유, 집구석하고는. 무슨 책이 이렇게 많아. 어머나. 일본어 소설도 있네?'

계속해서 울리던 전화벨은 자동 응답기로 연결됐다. 양희주의 목소리가 흘러나왔다.

—양희주의 집입니다. 아시죠? '삐' 하면 목소리 남겨 주세요.

"삐."

노모는 자동 응답기가 먼저 '삐' 소리를 내기도 전에, 주름으로 자글자글한 입술을 쫙 벌리고 자동 응답기 소리를 흉내 냈다.

"이년아, 이젠 내가 다 외운다. 아이고, 무거워라."

노모는 책을 잔뜩 끌어안고 일어나 부엌 식탁 위에 내려놓고 냉장고 문을 열었다.

—요양사님, 양희주예요. 왜 전화를 안 받으세요? 엄마는요? 아무 일 없죠? 엄만 자요?

"나 원 참. 니 눈엔 내가 지금 자는 걸로 보이냐? 전화를 받든 안 받든 그건 내 마음이고."

노모는 냉장고와 냉동고 속의 것들을 모조리 비우고 안에 책들을 꽂아 넣었다.

—제가 지금 진짜 무지 바빠서 그러는데요. 안방 장롱 안에 흰색 천 가방 있어요. 그것 좀 밑에까지 내려다 주세요. 제가 한 30분이면 도착할 거거든요. 가동 앞에 서 계세요. 제가 바로 가지고 갈 수 있게요.

"썩을 년, 내가 니 종이니? 밥도 안 주고 어딜 또 간다는 거야! 이년아!"

노모는 책을 확 집어 던지곤 안방 문을 향해 소리를 질렀다.

3

자동 응답기에 메시지를 남긴 양희주는 아무도 전화를 받지 않자 걱정이 됐다. 엄마가 또 배변 실수를 한 것일까. 경증 치매 환자인 노모는 주 3회 방문 요양 서비스를 받는데, 요양사 성격이 교활해 마음에 걸리던 참이었다. 혹시 저번처럼 씻기는 척 엄마를 발가벗겨 놓고 겨드랑이니 발꿈치니 사타구니 사이를 꼬집으며 구박하느라 전화를 못 받는 것 아닐까.

"뭐? 왜 그러는데?"

강마루가 흘끗 곁눈질했다. 희주는 차창 밖으로 씹던 껌을 퉤 뱉고 요양사의 휴대폰으로 전화를 걸었다. 신호가 한참 가도 요양사가 전화를 받지 않았다. 괜한 피해 의식일까. 엄마가 맞고 있을지도 모른다고 생각하자 속에서 열불이 치밀었다.

"빨리 좀 달려."

"내가 말이냐. 빨리 달리게?"

강마루가 농담 같지도 않은 농담을 툭 쏘아붙였다.

"괜히 말 얘기 하니까 한 번 더 하고 싶네. 히힝, 히히힝."

강마루는 양희주의 다리 사이를 만지작거렸다.

"치읏! 너 사이코패스야? 감정이 없냐? 공감대 형성이 안 돼? 나 지금 우리 엄마 때문에 완전 멘붕이거든? 그런데 그런 농담이 나와?"

양희주는 그 손을 찰싹 소리가 나도록 세게 때렸다.

"농담 아닌데. 진담인데. 솔직하게 말해서 그래. 벽에 똥칠하는 늙은것들은 빨랑 죽어 버려야 서로가 편한 거야. 아니, 솔직히 너도 니네 엄마 빨리 죽어 버리면 자유롭게 훨훨……."

"너는 안 늙을 것 같지? 너는 늙어도 벽에 똥칠 안 할 것 같지? 어유, 밉살스러워."

마루가 히죽히죽 웃었다. 빙신, 짜증 나. 양희주는 고개를 홱 돌렸다. 사이드미러에 그녀의 얼굴이 비쳤다. 그녀는 무의식적으로 자신의 얼굴을 살폈다.

입술 색이 썩은 사과 속살처럼 죽어 있었다. 거무튀튀한 입술이 나이 들었다고 증명하는 것 같아 우울했다. 평생 방부제가 잔뜩 든 화장품으로 얼굴을 간수하며 사는 여자들은 나이가 들면 얼굴색이 상한다. 그것을 감추기 위해 나이가 들수록 화장은 더 짙어지기 마련이었다.

"더워. 에어컨 안 나오는 것 같은데?"

그녀가 인상을 쓰자, 마루는 에어컨 온도 조절 노브를 최대치까지 돌렸다. 쏴아 소리와 함께 에어컨 바람이 불어왔다. 그녀는 빨간색 립스틱을 꺼내 입술 라인 밖으로 번지지 않도록 조심스럽게 발랐다. 립스틱 뚜껑을 닫아 핸드백에 집어넣는데, 어디선가 퀴퀴한 냄새가 났다.

"이거 무슨 냄새야? 어우, 토할 것 같아."

양희주는 코를 쥐고 창문을 열었다.

"에어컨 세게 틀라면서? 필터 갈아야 해. 브레이크도 헐렁헐렁해서 자꾸 미끄러지는데 오늘이나 내일 정비소에 갖다 맡길 거야."

"어유, 똥 고물. 빨리 차 한 대 뽑든지 해야지."

인상을 확 찌푸리며 그녀는 립스틱을 핸드백에 집어넣고 심플 알래스카 담배 한 개비를 꺼내 엄지와 검지 사이에 끼웠다. 담배에서 나는 그린스톤 멘톨 향을 맡자 눅눅하고 우울했던 기분이 조금이나마 사그라들었다. 엄마를 집에만 처박아 둘 순 없었다. 둘이서 여행을 다니려면 승용차가 필요했다. 그 차 살 돈을 빌어먹을 놈이 빌려 가서는 돌려주지 않는 것이었다.

"차를 뽑아? 돈 없다면서?"

마루가 말했다. 어투가 딱 비꼬는 투였다.

"돈 없지. 니가 내 돈을 안 갚으니까."

"말하는 싸가지하고는."

"계속 갚는다는 말만 하고 언제 갚을 건데? 한 달 안에 이자까지 쳐서 준다면서? 짜증 나. 괜히 빌려줬어."

"그놈의 내 돈 소리. 누가 니 돈 아니래? 고만 입 좀 다물고 갚을 때까지 기다려 주면 안 되냐? 니가 돈, 돈 하니까 진짜 만 정 떨어진다."

"만 정씩이나? 강마루한테 만 정씩이나 있는 줄 몰랐네. 정떨어지기 전에 갚아. 난, 약속 안 지키는 인간은 그 누구라도 정떨어지니까. 지금 몇 번째 참아 주는 건지 알지? 이번 주에 갚는다고 했으면 갚아. 이번 주가 마지막이다. 이번에도 약속 안 지키면 알지?"

양희주는 선글라스를 콧등 아래로 내리고 눈을 치켜뜨며 강마루를 노려봤다.

"모르는데?"

마루는 일부러 멍청한 표정을 지었다.

"머리 쓰지 말고 돈 갚을 생각이나 해."

"어차피 결혼하면 니 돈이 내 돈이고, 내 돈은 내 돈일 텐데 뭘 그래?"

"쳇, 웃기시네. 내 돈이 니 돈이라고? 그걸 농담이라고 하냐? 우리가 결혼한다고 해도 난 그 돈 받을 거야."

"질겨, 양희주?"

"난 딴 건 몰라도 내 돈에 대해서만큼은 독해. 그나저나 자기 이름은 누가 지었어? 진짜 자기랑 안 어울리잖아."

"강마루가 왜 나랑 안 어울려?"

"그런 이름은 20대 파릇파릇한 젊은 애들한테나 어울리지."

"야, 내게도 파릇파릇한 20대가 있었거든?"

양희주가 피식 웃었다.

"야, 야. 차 밀린다. 다들 집구석에나 처박혀 있지 뭐한다고 기어 나온 거야?"

"그러는 우리도 일조했거든?"

목을 쑥 빼고 두리번거려도 차들이 정체되는 이유를 알 수 없었다. 사고라도 났나 싶어 경찰차 경광등을 기대하며 살폈지만 아무 것도 보이지 않았다. 차들의 행렬은 명절 교통 체증처럼 길어지고만 있었다. 양희주는 초조했다. 집과 방문 요양사의 개인 휴대폰으로 다시 전화를 걸어봤지만 양쪽 모두 통화가 되지 않았다.

"에이 씨, 이 여자가 미쳤나. 왜 전화를 안 받아!"

양희주의 불만이 폭발했다.

"내 전화 씹는 것 좀 봐."

"열 받아서 퇴근한 거 아냐?"

"아냐. 나랑 교대하는 시간이 퇴근 시간이야. 대신 시간 외 근무 수당 내가 주잖아. 그러니까 지금 전화를 받는 게 정상이라고. 우리 엄마 저녁도 안 챙겨 준 거 아닌지 몰라. 평소에도 이 여자 하는 짓이 마음에 안 들었어. 내가 없을 때 우리 엄마를 꼬집고 쥐어박고 그러나 보더라고."

"야, 니가 보기 싫은 니네 엄마, 아무리 돈 받고 하는 일이지만 방문 요양사인들 좋겠냐? 다 돈 벌려고 하는 일인데, 무슨 천사를 기대했냐?"

"내가 언제 우리 엄마 보기 싫다고 했어?"

"요양사 오는 날은 숨통이 트인다면서? 얘가 한 입으로 두말하네."

"집어치워. 내가 내일은 꼭 몰래카메라 사서 달고 만다."

"아예 움직이질 않는구만. 희주야, 너 오늘 안에 집에 들어가긴 글렀다."

강마루는 운전석 차창 밖으로 목을 길게 빼고 투덜거렸다.

양희주는 조수석 차창 밖으로 담배꽁초를 튕겨 버리고 핸드백에서 책 한 권을 꺼내 펼쳤다. 상대방과 대화하기 싫거나 마인드컨

트롤이 필요할 때 하는 버릇이었다. 그녀의 핸드백엔 시집이나 얇은 소설책이 항상 한 권 정도는 들어 있었다. 지금 그녀의 손에 있는 책은 작년 여름부터 들고 다니던 이상의 시집이었다. 이상의 시는 아무리 읽어도 그 의미를 알 수 없다는 것이 오히려 매력적이었는데, 그때그때 자신의 입장에 대비해서 시의 의미를 생각해 보면 묘하게 그 상황과 맞아떨어지곤 했다. 특히 「오감도」가 그랬다.

그녀는 무심코 접혀 있는 책장을 펼쳤다. 접힌 페이지는 「오감도 제10호: 나비」였다. 책장의 여백에 메모가 적혀 있었다.

남의 몸을 뺏어 그 사람인 척하고 살아가는 저쪽의 존재들이 우리들의 틈에 섞여 살아가고 있다.

작년 여름에 그녀가 적어둔 문장으로, 민박집 방 벽에 적힌 것을 그대로 베껴 놓은 것이었다. 1년 전에 적어 놓았던 것을 다시 보니 기분이 묘했다. 아마도 이런 기록이 없었다면 작년 8월에 내가 어디서 무엇을 했는지 기억조차 나지 않을지도 모를 일이었다.

작년 이맘때 엄마와 함께 부산으로 여행을 갔다. 성수기에 예약 전화도 없이 무작정 들어갔던 민박집이라 1인실 같은 좁은 방이 하나 있을 뿐 넓은 방이 없다고 해서 다른 민박집을 찾으러 나가려는데, 엄마는 그 집의 유리온실에 넋을 빼앗기곤 그곳에 묵고 싶다고 고집을 부렸다. 할 수 없이 혼자 여행하는 사람에게 내준다는 1인실에서 하룻밤을 묵기로 했다.

비닐하우스처럼 만들어 놓은 유리온실 안에는 온갖 종류의 싱싱한 야채들이 자라고 있었다. 서울에서만 살아온 그녀 역시 그 집 온실을 보곤 저절로 입이 벌어졌다. 주인 여자는 직접 키운 채소로 손님들의 밥상을 차린다고 했다. 게다가 남편이 새벽에 나가 잡아 온 바닷물고기로 매운탕까지 끓여 준다니, 방이 좁아도 이 집 밥은 꼭 먹어 보자는 생각으로 묵었다.

주인 여자가 내준 방은 온통 책으로 채워져 있어 발을 딛을 곳도, 뻗을 곳도 없었다. 게다가 벽지도 발리지 않은 회색 시멘트 벽은 낙서로 빼곡했다. 벽지도 없이 휑하게 드러나 있는 회색 시멘트 벽이 거슬리긴 했지만, 책들이 뿜어내는 묵은 종이 냄새에 취해 묘하게 안락한 기분을 느꼈다.

시멘트 벽에 낙서가 된 글들은 하나같이 읽어도 의미를 알 수 없었는데, 낙서들을 노려보던 그녀의 눈에 어딘지 익숙한 글귀가 들어왔다. 그것이 바로 이상의 「오감도 제10호: 나비」였다.

"남의찢어진벽지에몸을죽어가는뻗어나비그를사람인척하고본다 살아가는그것은‘저쪽’유계에의존재들이낙역우리들의되는비밀한틈 에섞여통화살아가고구다있다어느날우리거울가운데의집에도수염에 있다죽어가는나는나비를우리본다엄마와아버지날개가축처어진두 렵다나비는입김에어리는가난한이슬을먹는다."

띄어쓰기가 전혀 되어 있지 않은 문장에서 「나비」 시를 빼고 읽으면, 남의 몸을 뺏어 그 사람인 척하고 살아가는 저쪽의 존재들이 우리들의 틈에 섞여 살아가고 있다. 우리 집에도 있다. 나는 우리 엄마와 아버지가 두렵다, 라는 문장이 만들어졌다.

그러니까 그 낙서를 쓴 사람은 띄어쓰기 공간에 이상의 시 「나비」를 집어넣었던 것이었다. 그 수수께끼 같은 낙서의 비밀을 풀고선 내가 지금 요 모양 요 꼴로 살지만 학교 땐 꽤 영리했다면서 우쭐해했다.

그날 밤 엄마와 함께 그녀가 어린 시절 얼마나 영특했는지 하는 이야기로 밤을 새웠다. 자꾸 방금 한 이야기를 기억하지 못하곤 했지만, 그때만 해도 엄마의 치매 증세는 지금처럼 심하지 않아 죽음이나 삶, 산다는 게 뭘까 하는 철학적 화두를 두고 엄마와 토론이 가능했고, 밤을 새워 가며 영혼이니 하는 것들에 대해 끝도 없는 이야기를 나누면서 그녀는 행복했다.

그러고 보면 강마루를 만난 이후로 하루도 편한 날이 없었다. 성격 같아서는 너 만나고 난 뒤부터 하루라도 편한 날이 없었다며 쏘아붙이고 싶었지만 참았다. 운전하는데 싸워서 좋을 건 없었다.

그런데 지금 다시 읽어 봐도 정확한 뜻은 알 수 없었다.

남의 몸을 뺏어 그 사람인 척하고 살아가는 저쪽의 존재들이 우리들의 틈에 섞여 살아가고 있다니, 남의 몸을 대체 어떻게 뺏는다는 것일까. 그리고 저쪽의 존재들이란 어떤 존재들을 말하는 것일까.

"그게 뭐냐?"

생각에 잠겨 있는 양희주에게 강마루가 물었다.

"뭐긴 뭐야. 시집이지."

양희주는 시집을 덮었다.

"시집이면 시 한번 읊어 봐. 차들도 빠질 생각이 없나 본데."

"쳇, 너랑 무슨 시를 이야기하겠니. 말이 통해야지."

"나도 너랑 말이 안 통하거든? 특히 요즘엔 더?"

"말이 안 통하는데 왜 같이 다녀?"

"뭐 말만 통하면 되나. 다른 게 통하니까 같이 다니지."

강마루는 너도 알잖아, 라고 말하는 듯 눈을 맞추며 실실 웃었다. 그게 뭔데, 하고 말을 이으려던 그녀는 짜증이 났다.

"수작 떨지 말고 내 돈 갚을 생각이나 해. 이번 주까지라고 했다. 난 나한테 금전적으로 피해 입히는 인간은 그냥 정나미가 뚝 떨어져."

갚는다, 준다 하면서 차일피일 미루던 그때부터 이미 정이 떨어져 버린 것인지도 몰랐다. 그래서 더 단호해질 수 있었다. 양희주의 휴대폰이 울렸다.

양희주의 표지 일러스트로 아트 상품을 제작해 전시회를 주관한 출판사 편집자의 전화였다. 양희주는 마루에게 조용히 하라는 눈짓을 한 다음, 편집자의 전화를 받았다.

"네, 편집자님. 네. 네? 전시가 다음 주로 미뤄졌다고요? 왜요?"

얼굴을 돌리고 전화 통화에 집중하는 양희주의 옆모습을 보고 있는 마루의 얼굴은 싸늘하게 굳어 있었다. 빛이 사라진 눈은 무슨 생각을 하는지 알 수 없었다. 그 종잡을 수 없는 눈빛 아래에 섬뜩한 것이 있었다.

4

두 여자는 찢어진 청바지에 후드가 달린 반팔 티셔츠를 입고 커다란 가방을 메고 있었다. 키가 크고 호리호리한 쪽인 강주미는 이어폰을, 약간 키가 작은 편인 강나영은 헤드폰을 착용했다.

주미는 후드 티 주머니에 양손을 모두 찔러 넣은 채 주변을 두리번거리며 걷고 있었고, 나영은 사람들로 복닥거리는 길을 걸으면서도 휴대폰에서 눈을 떼지 않았다.

주미는 얼굴이 창백하고 선이 가늘었다. 눈 화장만 짙게 해 유독 검은 눈동자만 살아 있는 듯한 인상적인 얼굴이었는데, 예쁘게 보이려는 의도보다는 원래의 얼굴을 감추기 위한 화장이었다. 나영은 일부러 밀어 버린 것인지 눈썹이 없었다. 오뚝한 콧등 위의 주근깨가 눈썹이 사라지고 없는 비정상적인 기이함을 어느 정도 상쇄해 주는 역할을 했다. 자매의 눈빛은 날카롭고 불안했으며 유순해 보이면서도 반항적이었다.

마트 시식 코너를 돌며 어느 정도 허기를 채운 자매는 서점으로 들어갔다. 두 여자는 서로 뭐라고 소곤거리더니 각자 다른 방향으로 움직였다. 나영은 화장실로 갔고 주미는 신간 판매대에 섰다. 반질반질 윤이 나는 신간들의 표지 그림을 구경하던 주미의 두 눈이 갑자기 휘둥그레졌다.

'……!'

그녀는 방금 자신을 몹시 놀라게 한 책 한 권을 집어 들었다. 책 표지에 그려진 낯익은 그림은 코끝이 시큰해질 정도로 반가웠다. 그녀는 떨리는 손끝으로 표지 날개 안쪽을 펼쳤다. 작가 소개가 적힌 표지 날개 끄트머리에 눈에 띄지도 않을 만큼 작은 글씨로 '일러스트, 아해'라고 적혀 있었다.

정말 몇 년 만에 아해의 새 그림을 보는 것일까. 아해는 이번에도 역시 그녀를 실망시키지 않았다. 주미가 좋아하는 아해 특유의 검은 새, 어딘지 모를 공포와 미스터리가 묻어나는 나비, 해바라기와 매미, 섬뜩한 아름다움을 가진 나뭇가지, 오래된 거울, 그리고 얼굴이 지워진 아이들, 그 모든 것을 감싸고 있는 아득한 안개.

'아……, 이 표지도 갖고 싶다!'

소설책이 아니라 아해의 그림이 있는 표지만 갖고 싶었다. 책을 뒤집어 가격을 확인했다. 1만 2천 원. 그 돈이면 편의점 도시락 세 개는 살 수 있었다.

일자리를 부탁해 놓은 도우미 서비스 업체에서는 아직도 연락이 오지 않고 있었다. 한 끼 굶더라도 책을 살까, 하는 생각이 들었지만, 하루에 고작 한 끼밖에 못 먹는데 그 한 끼를 굶을 수는 없었다. 게다가 1만 2천 원을 책을 사는 데 쓰고 나면 두 사람이 굶는다. 그녀가 좋아하는 건 이름도 모르는 소설가의 책 내용 따위가 아니라, 오로지 '아해'가 그린 표지 그림이다. 내용은 관심 밖이었다. 책을 살펴보자 불행히도 표지만 살짝 벗겨 갈 수 있게 제본된 것이 아니었다.

"뭐 해?"

화장실에 갔던 동생 나영이 돌아와 팔꿈치로 그녀를 쿡 찔렀다.

"뭐야, 그거 사게?"

주미는 난처한 눈빛으로 나영을 쳐다봤다. 나영은 지금 주미가 무슨 생각을 하는지 안다는 표정을 짓고는 곁눈질로 주변을 살폈다. 한두 번 해 본 게 아니니까. 나영이 신호를 줬다.

"소매치기야! 저 남자가 지갑을 훔쳐 갔어요!"

나영은 갑자기 손가락으로 입구 쪽을 가리키며 큰 소리로 고함을 지르고 마치 소매치기를 쫓아가듯 뛰었다. 서점 직원을 비롯한 모든 사람들의 시선이 입구로 쏠렸다.

주미는 가방 속에 책을 집어넣고 유유히 서점에서 빠져나와 나영이 간 방향과 반대 방향으로 걸었다.

5

약국을 찾은 환자는 직장인이라 화장을 안 할 수 없어 화장을 하지만, 얼굴이 찢어질 듯이 건조하고 가려운 데다가 퉁퉁 붓기까지 해서 미치겠다고 했다.

"피부과에서 처방받은 스테로이드제 약만 무려 2년째 먹고 바르고 있지만, 먹을 때뿐이고 얼굴 건조증과 가려움증은 낫지 않아요. 병원을 바꿔볼까요? 아니면 얼굴 건조에 좋은 수분 크림 없을까요? 이효리 크림을 바를까요? 아니면 이하늬 마유 크림을 발라볼까요? 선생님, 이하늬 마유 크림 아시죠? 말기름으로 만들었다는. 그게 꽤 비싸더라고요. 엄마 친구가 선생님이 피부과 의사보다 낫다면서 여길 추천해서 지푸라기라도 잡아 보자는 심정으로 왔어요."

홍조를 띤 얼굴에 부석부석 각질이 인 30대 초반의 여자는 살려 달라는 눈빛으로 시현을 봤다.

"제 생각엔 겉의 문제가 아니라 안이에요. 수분 부족입니다."

"수분 부족 아니에요. 저 매일 커피 열 잔씩 마시는걸요?"

"수분 부족 맞습니다. 카페인이 수분을 바싹 말려 주거든요. 저한테 속는 셈 치시고 녹즙이나 생과일 야채 주스를 6개월 정도 매일 마셔 보세요. 1년 정도 꾸준히 하시면 몸 안에 수분이 꽉 차 얼굴엔 로션만 발라도 촉촉할걸요?"

"정말요? 약 없어도?"

"네, 대신 커피 끊으시고, 생과일 야채 주스를 딱 6개월만 마셔 보세요."

"약사님은 참 이상하시네요. 다른 약국들은 약 팔려고 안달이 던데."

시현은 대답 대신 옅은 미소를 지었다.

여자는 시현을 빤히 쳐다보다가 고개를 끄덕이면서 나갔다. 약 없이도 치료가 가능하다는 사실을 믿지 않는 눈치였다.

금요일 저녁이었다. 신흥 재래시장은 술을 마시거나 불타는 주 말 밤을 보내려고 나온 커플들로 북적거렸다. 도로변을 따라 빼곡 하게 들어앉은 행상들은 조금이라도 더 팔기 위해 늦은 시간까지 남아 있는 사람들이 많았다. 누군가는 금요일 저녁을 즐기고, 누군 가는 여전히 생업에 매달린다. 자영업인 약사는 그 두 삶의 경계 어디쯤에 있다.

며칠 전에 산 손아람이라는 작가의 소설 『소수의견』을 펼쳐 들던 시현은 고개를 들고 유리창 너머를 바라봤다. 약국을 제 집 드나들 듯 하는 동네 할머니가 그 풍경 속으로 걸어오고 있었다. 노처녀 딸 에게 의지해 살아가는 노모는 그와 같은 대원아파트에 살았다. 그 는 다리를 절룩이면서 카운터를 돌아가 약국 문을 열었다.

"약사님, 나 아파요. 약 주세요."

노모가 들어서면서 숨 가쁘게 말했다.

"오늘은 어디가 아프세요?"

늘 똑같은 대화였지만 그는 언제나 싫은 기색 없이 장단을 맞춰 줬다.

"나 머리가 어떻게 됐나 봐. 물건을 어디 뒀는지 기억도 안 나고, 밥하는 법도 모르겠고, 사람들 이름도 기억이 안 나."

노모는 경증 치매 환자였다.

"들어가세요. 약 드릴게요."

약국 문을 잡고 노모가 들어가도록 기다리는 동안, 재래시장에서 외제 담배와 자질구레한 수입품을 파는 고 씨도 들어왔다.

"나, 허리고 엉덩이고 안 아픈 곳이 없어. 파스랑 진통제 좀 줘."

"잠시만요."

"약사님은 여자 있어?"

약을 챙기는 동안 노모가 물었다.

"아뇨."

"그래? 이렇게 잘생긴 우리 약사님이 왜 여자가 없어? 여자들이 눈이 삐었어. 그럼 우리 희주 소개시켜 줄게. 나이가 좀 많긴 하지만 그래도 아직 한 번도 안 한 처녀야."

노모는 '한 번도 안 한'이라고 말하면서 두 눈을 가늘게 뜨고 왜 그거 있잖아, 하는 눈빛으로 삐죽 이를 드러내고 웃었다. 그 모습이 진지하면서도 사뭇 웃겨서 시현은 슬며시 새어나오려는 웃음을 참아야 했다.

"딸이 미인인가? 난 못생긴 여잔 싫은데?"

옆에 섰던 고 씨가 말했다.

"나도 너 싫어, 이눔아! 원래 지지리도 못생긴 놈이 여자 생긴 거 갖고 뭐라 해."

시현은 참지 못하고 웃음을 터트렸다.

"약사님, 이 할머니 은근 재미있네요."

고 씨가 낄낄거렸다.

"늙으면 죽어야 하는데 나는 무서워서 그러진 못하겠고, 안락사인가 조 뭐시기라고 하는, 죽여 주는 곳이 있다던데 거기 좀 데려다줘."

"안락사 기관요?"

"어, 그런 거 같아. 나도 그거 하고 싶어."

"에이, 더 사셔야죠. 그리고 우리나라는 법적으로 안락사가 안돼요."

"그런 게 어딨어? 내가 그만 살고 싶다는데 그렇게 해 줘야지. 왜 내 목숨을 갖고 지네들이 되니, 안 되니 그래?"

열변을 토하던 노모는 갑자기 멍한 표정을 짓더니 허둥지둥 입구로 나갔다.

"할머니, 왜 그러세요?"

"내가 우리 헨슈쵸랑 저녁 약속이 있어서 그만 가."

속옷 같은 여름 치마에 빨간 내복 바지를 껴입고 통굽 구두를 신은 노모는 딸의 것을 가지고 나왔는지 빨간색 디자이너 브랜드 핸드백을 팔에 걸고 있었다.

"하고 있는 건 저래도 저 할망구 젊었을 땐 남자들 좀 울렸겠어. 헨슈쵸라고 하는 걸 보니 젊었을 때 일본에서 사회생활도 한 것 같고."

"헨슈쵸가 뭔지 아세요?"

"편집장을 부를 때 그렇게 말하지."

"아, 작가셨다던데."

"작가? 저 할망구가? 궁금하네. 무슨 책 썼대?"

"그건 저도 모르죠. 늘 머리가 아프다고 찾아오셔서는 횡설수설
하시니 진짜 작가셨는지 아닌지도 모르고. 어젠 또 조력 자살이라
는 말을 종이에 써 와서는 그게 뭔지 꼬치꼬치 캐묻더라고요. 결
국 중간에 이야기가 삼천포로 빠지긴 했지만."

"조력 자살? 안락사?"

"네, 며칠 전에 뉴스에서 스위스의 안락사에 대해서 방송하던데
그때 보신 것 같더라고요."

"그런 걸 생각하다니. 야, 어쩐지 좀 짠하다. 나도 나중에 늙어서
노망들면 어떻게 하나? 약사님, 치매 예방하려면 무슨 약을 먹어
야 해?"

시현은 어딘가로 바쁘게 가고 있는 노모의 뒷모습을 한참 동안
바라봤다. 연필로 대충 틀어 올린 뒷머리에서 은색 머리카락 한 올
이 삐져나와 노모의 목덜미 근처에서 하느작거리고 있었다. 정신도
없는 노모가 안락사를 생각하고 있다는 사실에 고 씨처럼 시현도
자신의 은퇴 후의 삶을 생각하지 않을 수 없었다.

고 씨가 약을 받아 나가자마자 시현의 휴대폰이 울렸다.

발신인을 확인한 시현은 즉시 전화를 받았다.

"접니다."

"약사님 계신 곳이 묘화동이죠?"

"네."

"묘화동에 곽새기가 나타났다는 정보를 입수했어요. 잡으면 감금할까요?"

"네, 그렇게 하신 뒤에 연락 주세요."

"약사님, 잡아 두려면 어깨 둘은 더 필요해서."

"돈 걱정은 마십시오. 그때 말씀하신 것과 같은 액수를 보내 드리면 되죠?"

"네."

"그런데 강주미 소식은 없습니까?"

"아직. 한 번에 하나씩 하죠. 그놈을 찾으면 강주미 씨 소식도 알수 있을 겁니다. 이렇게 찾아도 나타나지 않는 걸 보면, 그놈 손에이미 죽었을지도 모르니까요. 그럼."

전화는 끊겼다. 주미가 죽었을지도 모른다는 조사원의 말에 시현은 양미간을 좁혔다.

시현은 주미를 마지막으로 만났던 그날을 떠올렸다. 그날, 주미는 그녀의 신변에 변고가 생긴 것 같았는데도 무슨 일인지 말해주지 않았다. 그는 다음 날 미국으로 떠날 처지라 변고가 생겼다는 것을 눈치챘음에도 불구하고 캐묻지 않았다. 아니, 얼렁뚱땅 넘어갔다.

사람은 반드시 말로 하지 않아도 느끼기 마련이었다. 그가 그녀의 변고를 외면하려 했다는 것을 그녀 역시 재빨리 눈치챘을 테고, 바로 그 순간 그녀의 마음이 돌아섰을 것이다.

그때 싸늘하게 가라앉던 그녀의 눈빛이 아직도 눈에 선했다. 절박하게 도움을 바라던 눈빛이 한순간에 냉정해졌다. 곧 외국으로 나가게 될 그는 아무런 도움도 되어 줄 수 없다는 현실 앞에 그녀의 변고를 듣고 싶지 않았는지도 모른다. 아니, 그것은 핑계에 불과했다. 그는 주미보다는 현실을 선택했던 것이다. 그 선택은 마음의 짐이 되어 오랫동안 그를 괴롭혀 왔다.

그 후 주미는 그의 전화나 문자에 모두 대답하지 않았다. 착잡한 마음으로 그날 밤을 보낸 후, 다음 날 아침 공항으로 떠날 준비를 하는 부모님 몰래 집을 빠져나와 주미의 집으로 갔다. 작별 인사를 하지 않고 그냥 떠나려니 마음이 편하지 않았다.

그가 도착했을 때 주미의 집 대문이 활짝 열려 있었다. 뭔가 이상한 기분이 들어 마당 안을 기웃거리며 인터컴을 눌렀지만 안에서는 아무런 기척도 없었다.

그때 지나가던 동네 아줌마가 그를 불렀다.

"그 집에 온 거예요?"

"예, 문이 열려 있네요."

"그러게, 그 집 며칠 전부터 계속 대문이 활짝 열려 있어. 무슨 일이라도 일어난 건지. 그 집이랑 아는 사이면 한번 들어가 보죠?"

시현은 다리를 절룩이며 대문 안으로 들어섰다. 미닫이문인 현관문 역시 열려 있었다.

그쯤 되자, 당황한 시현은 성큼 안으로 들어섰다.

'맙소사!'

현관 입구에서 보이는 거실엔 옷가지와 쿠션이 떨어져 있고 방문도 활짝 열려 있었다. 마치 도둑이 집 안을 한차례 쓸고 간 듯, 장롱이며 서랍까지 열린 채 집 안은 엉망이었다.

몇 분 후, 출동한 경찰로부터 며칠 전 그 집의 딸이 신고한 '이상한 일'에 대해 들을 수 있었고, 그 이야기 속에 '곽새기'라는 이름이 있었다.

미국에 도착하고 몇 번의 다리 수술을 했지만, 그 부분의 전문의는 전두엽과 연결된 신경이 잘못되어 그런 것 같다면서 재수술을 해도 크게 나아지지 않을 것이라고 했다. 멀쩡한 다리에 대한 희망이 좌절되자 주미에 대한 마음의 짐이 점점 더 무거워졌다. 아는 사람을 통해 주미의 소식을 알아봤지만 묘한 소문들만 무성했다. 부모가 사라졌다는 둥, 동생이 정신적으로 문제가 있어 노숙자처럼 전국을 떠돌며 살고 있다는 둥, 확인할 수 없는 소문들뿐이었다. 수차례의 수술로 인한 힘든 시간을 끝내고 한국으로 돌아온 그는 부모님의 도움을 받아 약국을 개업했다. 그것이 1년 전이었다. 약국 개업과 동시에 민간인 조사원을 고용해 강주미와 곽새기를 찾아 달라고 의뢰했다.

그들은 아무런 단서도 없이 '곽새기'와 '강주미'라는 이름만으로 조사를 시작했다. 오랫동안 진전이 없다가 몇 달 전, 곽새기라는 인물에 대한 조사 자료를 보내왔다. 자료에 의하면 곽새기는 특수 폭행, 강간, 사기 전과범이었다. 그의 아내가 다니던 정신병원에서 보조 직원으로 일하던 중 환자 한 명을 살해한 살인 용의자로 경찰에게 쫓기고 있으며, 여전히 행적이 묘연한 상태였다. 그 곽새기를 드디어 찾아냈다는 소식이었다. 곽새기를 찾았다면 주미를 찾는 것은 시간문제였다.

6

기사 식당은 신흥 재래시장과 마주 보이는 목 좋은 곳에 위치해 있어 무엇을 해도 장사가 잘되는 요충지였다. 그래서인지 대부분의 손님은 택시 기사였지만 일반인들도 많이 와서 먹었다. 이제 막 바쁜 저녁 시간을 넘기고 조금 한가해진 참이었다. 케이블 방송 채널에서는 〈우리 곁의 영혼〉이 재방송되고 있었다.

〈우리 곁의 영혼〉은 제목 그대로 우리 곁에서 일어나는 초자연적인 사건들을 파헤치는 방송 프로그램이었다. 상원은 바닥을 쓸면서 방송 진행자의 목소리를 들었다.

가해자는 경찰 취조에서 자신의 범행을 인정하면서도 악마처럼 변해 마구 공격을 해 대던 모습은 전혀 기억하지 못했습니다. 전문가들의 견해도 엇갈렸습니다. "환청, 환시, 망상 증세를 보이는 조현병이 의심된다"는 의견부터, "악령이 빙의한 것으로 보인다" 혹은 "해리성 장애의 소견이 보인다"라는 주장까지 다양했습니다. 법정에서는 처음부터 피해자를 살해하기로 계획하고 일을 꾸민 살인 행위에 대한 고의가 인정되어 범인은 무기 징역을 선고받았습니다. 1998년에 일어난 이 사건 속의 살인범은 정말 해리성 장애이거나 악령이 빙의한 것일까요?

3천 살 먹은 악마라니. 실소를 금할 수가 없다.

상원의 머릿속에서 동욱이 말했다.

—왜? 그럴 수도 있잖아?

—정말 악마라면 3천 살이니, 하는 소릴 하진 않지. 저쪽은 시간이라는 개념 자체가 없으니까. 게다가 악마는 '악마'라는 단어를 사용해 스스로를 '악마'라고 지칭하지 않아. 실제로 보지 않고서는 뭐라고 단정 지을 수는 없지만, 사악함이 극에 치닫는 순간 몸이 열려서 근처에서 서성이던 저쪽 존재가 잠시 빙의됐을 수는 있어. 악은 악을 부른다는 말이 괜히 있겠어? 악한 짓을 하는 놈의 몸이 열리니 그와 비슷한 수준의 저쪽 존재가 잠시 빙의됐다가 신나게 몸 풀고 도망쳤을 수도 있는 거지.

동욱은 상원의 몸에 함께 사는 저쪽의 존재로, 말하자면 혼이었다. 짙은 안개를 동반한 진눈깨비가 하루 종일 쏟아지던 9년 전 어느 날, 동욱은 저쪽에서 이쪽으로 넘어왔다.

동욱이 알려줘서 안 거지만, 그날 저쪽에서 이쪽으로 넘어온 자들이 꽤 있었다고 한다. 이쪽으로 넘어온 동욱은 눈길에 미끄러져 잠시 의식을 잃은 열다섯 살 상원의 몸에 숨어든 뒤로 여태 한집에서 잘 살아오고 있다.

상원은 왜 하필 내 몸이었냐고 물었지만 동욱은 대답해 주지 않았다. 하지만 어느 순간 조이라는 이름이 튀어 나왔고, 동욱은 몸이 비는 때를 정확히 보는 능력을 가진 조이라는 능력자가 상원이 의식을 잃는 시간과 장소를 알려줬다고 했다.

동욱이 어른스러워서인지, 그가 워낙 무덤덤한 성격이어서인지,

둘은 잘 맞았다.

시장을 가거나 놀이공원같이 사람들이 많이 모이는 곳에 가면 그들과 같은 처지의 사람들을 알아볼 수 있었다. 그들은 서로에게 긴 시선을 남기며 각자 제 갈 길로 가지만, 같은 처지의 사람들에 대한 공포를 갖고 있었다. 평범해 보이는 얼굴 뒤에 어떤 혼이 숨어 있는지 알 수 없기 때문이었다. 그들은 곧잘 범죄와 연결되기도 했지만, 대부분은 한 번 죽음에서 빠져나온 자들이라 생을 소중히 여겼다. 그렇다고 해서 모두가 그런 건 아니었다. 남의 몸을 자유롭게 넘나드는 능력을 키운 자들은 몸을 옮겨 다니며 문제를 일으켰다.

―작가님 오시네.

몇 분 후를 내다보며 동욱이 말했다.

5분 정도 지났을까, 딸랑, 식당 문에 매달아 놓은 방울이 울렸다. 오색 방울은 사람이 들어와도 울렸고 저쪽의 존재들이 들어와도 울렸다.

"어서 오세요!"

상원이 문 쪽을 돌아보자, 시도 때도 없이 불쑥 찾아오는 노모가 출입문을 열고 배시시 웃고 있었다.

"헨슈쵸, 벌써 와 계셨네요?"

둘이서 마치 이곳에서 만나기로 약속이라도 한 것처럼 노모가 상원에게 말했다.

"어이쿠, 어서 들어오세요, 작가님."

치매 환자인 노모는 이곳에 올 때마다 시간을 몇 십 년 거슬러 올라가 자신을 30대 미모의 여류 작가쯤으로 착각하면서 상원을 헨슈쵸라 불렀다. 노모의 딸 양희주는 노모가 찾아오면 밥을 주라면서 한 달 치 밥값을 미리 지불해 둔 상태였다.

"더워. 날이 무지 덥네."

노모는 손부채질을 하면서 테이블 앞에 앉았다.

"오늘은 뭐 드시게요?"

"메밀국수, 헨슈쵸와(편집장은)?"

상원에게 뭘 먹을 건지를 물었다. 아버지 한선이 주방 너머로 얼굴을 내밀고 말했다.

"작가님, 희주 씨는요?"

"돈 벌러 갔지."

"그래요? 퇴근할 때 한번 들르라고 하세요. 생김치 무쳐 놓은 것 드릴게요."

"식당 아저씨는 내가 다꽝 싫어하는 걸 어떻게 아셨나 몰라. 그런데 그거 공짜야?"

노모가 애교스럽게 눈을 찡끗했다. 상원은 오글거려서 눈알을 굴렸고, 한선은 껄껄 웃었다.

노모는 갑자기 맹한 표정을 지었다. 좀 전까지 무슨 이야기를 했는지 모르는 눈치 같았다. 신나게 말하다가도 갑자기 맥이 끊기면 저런 표정을 짓곤 했다.

"하치, 내가 오늘 점심때 어디 갔다 왔는지 알아?"

노모는 가끔 정신이 없어지면 상원을 그윽한 눈빛으로 바라보면서 하치라고 불렀다.

상원은 하치라는 사람이 노모가 젊은 시절에 좋아한 편집장일지도 모른다고 짐작하고 있었다.

"어디 다녀오셨어요?"

"후쿠시마."

"가서 뭐 하셨어요?"

"남편이 혼자 후쿠시마에 있어. 나랑 같이 한국으로 오지 않겠대. 자기도 나한테 버려졌으니 후쿠시마에 남아 인간들로부터 버려진 동물들을 돌보다 죽겠대. 온몸이 바짝 말라 유령 같았어."

움푹 꺼진 노모의 두 눈엔 금세 눈물이 그렁그렁해졌다.

"내가 나쁜 년이야."

후드득 눈물을 떨어뜨리는 노모에게 냅킨을 건네주는데 출입문에 달아 놓은 방울이 소리를 냈다. 택시 기사 두 사람이 들어섰다. 노모에겐 미안했지만, 노모의 말 상대만 해 주고 있을 순 없었다.

들어오는 손님들의 주문을 받고 음식을 내가고 하다 보니, 노모는 어느 세상을 헤매고 있는 것인지 초점 없는 눈으로 멍하니 앉아 혼잣말로 계속 중얼거리고 있었다. 자존심깨나 있어 보이는 오뚝한 콧날과 이지적인 눈매와 입술을 보면 젊었을 때엔 미녀 작가란 소리를 꽤 들었을 것 같았다. 미녀였으면 뭣하나 싶은 생각이 들었다. 시간은 젊음뿐 아니라 날카롭던 지력도, 작가라는 커리어도 모두 앗아 갔다. 이제 노모는 한낱 치매에 걸린 수많은 노인들 중 한 사람일 뿐이었다.

"여기 어디예요?"

멍하니 앉아 있던 노모가 갑자기 벌떡 일어서더니 두 눈을 동그랗게 뜨고 정색을 했다.

"작가님."

"아냐! 작가라니. 난 미야베 라이카가 아니야! 사람 잘못 봤어!"

노모는 버럭 소리를 지르며 일어나 식당을 뛰쳐나갔다.

"할머니!"

노모를 쫓아가려 하자, 아버지가 상원을 불러 세우며 주방에서 뛰어나왔다.

"내가 갈게. 쯧쯧쯧, 딱해서. 희주 씨가 입주 도우미 구할 거라더니 아직 못 구했나 봐."

아버지는 벗은 앞치마를 상원에게 던지고 식당을 뛰어나갔다.

7

자매는 묘화동 버스 정류장에서 나란히 내려 오른쪽에 있는 편의점에서 저녁으로 먹을 도시락을 사 들고 나왔다. 편의점에서 나오는 순간, 휴대폰을 들여다보고 있던 나영의 앞으로 짐을 실은 오토바이 한 대가 쏜살같이 지나갔다.

짧은 비명과 함께 오토바이를 피하던 나영이 발이 꼬이면서 보도로 넘어졌고 오토바이는 순식간에 뺑소니쳤다. 나영은 넘어지면서 팔꿈치가 까졌지만 휴대폰만큼은 떨어뜨리지 않았다.

"야! 길 다닐 때 휴대폰 좀 보지 마."

주미는 금세 피로 물든 동생의 팔꿈치를 노려보며 화를 냈다.

"너, 그러다가 언젠가는 죽는다!"

"쳇, 죽으면 더 좋지."

"말하는 것하곤. 따라와."

"어디 가?"

"오늘은 저쪽 길로 가. 지난번에 보니까 약국 있더라."

"그 길로 가면 한참 돌아서 가야 하는데?"

"그럼 약만 사서 다시 돌아오든지."

주미는 앞장서서 걸었다. 나영이 다시 휴대폰을 들여다보면서 걷는 모습을 돌아보던 주미는 한마디 더 하려다가 관뒀다. 친구도, 친척도 없고 정상적으로 학교도 다니지 않고 고정된 직업도 없이 살아가는 나영이었다. 그런 동생에게 통신망 속에서 우글거리는 익명의 네티즌들은 둘도 없는 친구이자 애인이 되어 줬고, 천성적으로 외로움을 잘 타는 동생은 그들로부터 위안을 얻었다. 언니인 주미가 채워 줄 수 없는 부분들을 다양한 온라인의 존재들이 채워 주고 있는 것이었다. 손안에 쏙 들어오는 얇고 작은 크기의 스마트폰은 나영의 숨통이었다. 뻔히 알면서 그 숨통을 쥘 수는 없었다.

"누구랑 이야기해?"

"떠도는 소년."

"니들, 서로 진짜 이름은 모르는 거지?"

"미쳤어? 진짜 이름을 알려 주게?"

온라인은 위험한 곳이기도 했다. 무심코 올린 글에서 개인신상 정보가 빠져나가고, 자기도 모르는 사이에 누군가의 표적이 되기도 한다. 진짜 이름을 알려 주지 않았다니 나영이 철은 없어도 생각은 멀쩡하다고 생각하며 주미는 피식 웃었다.

약국은 주미와 나영이 늘 다니는 길의 반대쪽에 있었다. 버스 정류장에 내려 곧장 오른쪽 길로 가면 편의점이 있고 편의점을 모퉁이 삼아 골목이 나 있는데, 그 골목으로 20분 정도 걸으면 친절여인숙이었다. 두 사람은 그곳에 방을 얻어 임시로 살고 있었다. 늘 다니는 길로만 다녔기에 약국 쪽 길은 갈 일이 없었다.

"여기 잠시 앉아 있어."

약국 문 옆에 초등학교에서나 쓸 법한 목재 의자가 하나 놓여 있었다. 나영이 의자에 앉는 걸 보면서 주미는 약국 문을 열고 들어갔다.

거뭇한 턱수염이 난 약사가 막 조제실에서 걸어 나왔다. 뜻밖에도 약사가 왼쪽 다리를 절었다. 한때 그녀가 사랑했던 한 남자의 모습이 뇌리를 스쳤다. 아련한 슬픔을 느끼며 고개를 들던 주미는 갑자기 멍해졌다. 지금 자신의 눈앞에 보이는 것을 믿을 수가 없었다. "뭐 드릴까요?"라고 묻던 약사의 표정도 굳었다.

두 사람은 무슨 말을 해야 할지 몰라 잠시 동안 그렇게 서 있었다. 마침내 시현이 "하" 하고 웃었다. 어색한 웃음이었지만 두 사람 사이를 가로막은 침묵을 깨기엔 충분했다. 서로가 함께 보냈던 행복했던 순간들이 주마등처럼 뇌리를 스치는 바람에 주미는 목소리를 골라야 했다.

"아, 안녕?"

주미는 아무렇지도 않은 척 가장했지만, 심장이 떨려 주먹을 동그랗게 말아 쥐었다.

"와, 이렇게 만나는구나."

시현이 애써 웃었다.

"그러게."

"잘 지냈니?"

"미국에선 언제 돌아온 거야?"

"1년 정도 됐지."

"이런 곳에서 만나게 될 줄은 몰랐어."

"나도……."

"수술은……."

"보시다시피 실패. 그대로야."

주미는 말없이 고개를 끄덕였다.

"너랑은 연락이 안 돼서 네 집에 자주 갔었어. 혹시라도 거기 가면 너랑 마주칠 수 있을까 싶어서."

"……"

"언니! 뭐 해! 더워!"

나영이 약국 문을 열고 소리를 질렀다.

"아, 미안."

"대일밴드 만들어 오니? 빨리 사 갖고 와! 집에 가서 〈쇼미더머니 4〉 봐야 한단 말이야."

기다리다가 화가 난 나영이 약국 문을 세게 걷어찼다.

"집?"

"밴드랑 연고 줘."

두 사람은 동시에 말을 내뱉었다. 시현은 허둥지둥 밴드와 연고를 내밀었다.

"얼마야?"

"됐어. 그냥 가지고 가. 집이라니, 이 동네에 집이 있어? 어딘데?"

주미는 대답하지 않고 돌아섰다.

"야, 강주미!"

시현이 절룩거리면서 카운터를 돌아 나오는 동안 주미는 도망치듯 약국을 나갔다.

주미는 나영의 무릎에 밴드를 붙여 줘야 한다는 사실도 잊은 채, 앞만 보고 잰걸음으로 걸었다. 빨리, 조금이라도 빨리 약국으로부터 멀어지고 싶었다.

시현은 우두커니 서서 그의 앞에서 닫히는 문을 황망히 바라봤다. 두 다리가 멀쩡한 다른 남자들처럼 달려가 잡을 수 없는 자신에게 화가 났고, 도망치듯 떠나 버린 주미가 야속했다.

아직도 그날의 서운함이 풀리지 않은 것이라 생각했다.

시현은 약국 유리창 너머로 자매가 멀어지는 것을 지켜보면서 떨리는 가슴을 쓸어내렸다. 하마터면 주미 앞에서 털썩 주저앉을 뻔했다. 애타게 보고 싶었는데 막상 예고도 없이 눈앞에 나타나니 시현은 어지간히 놀랐다. 지금 놓치면 또다시 사라져 버릴 것만 같았다. 그는 정신을 차리고 주미의 일을 의뢰받아 진행 중인 조사원에게 전화를 걸었다. 조사원은 신호가 두 번 떨어지자 전화를 받았다. 시현은 뛰는 가슴을 진정시킨 뒤, 말했다.

"주미가 방금 제 약국에 나타났습니다. 아무래도 이 동네에 살고 있는 것 같습니다."

"알겠습니다. 빨리 거처를 파악해 연락드리겠습니다."

"네, 어디 사는지 확인해 알려 주십시오. 그리고 아직 곽새기가 잡히지 않았으니 주미랑 여동생 신변 보호도 요청합니다."

곽새기가 묘화동에 나타났다는 사실을 안 이상, 해야 할 조치였다.

"알겠습니다. 그런데 그때 부탁하신 문신 말입니다."

"네, 찾았습니까?"

"몇 분 전에 연락이 왔는데 찾았답니다."

"그럼 거긴 제가 직접 가겠습니다."

시현이 전화를 끊고 나자 곧바로 문신 가게 주소가 날아왔다.

8

나영이 같이 가자고 고함을 질렀지만, 주미는 걷기만 했다. 나영은 주미의 앞을 가로막고 서서 주미의 얼굴을 들여다봤다.

"뭐야. 울었어? 왜? 왜 울어?"

"······."

"나 때문에 그래? 알았어. 휴대폰 안 볼게. 자, 봐."

나영은 휴대폰을 가방에 집어넣었다.

"그래, 알았어. 가자."

주미는 맥없는 목소리로 대답하곤 돌아섰다. 다시 걸음을 떼어놓던 나영의 시선에 뭔가가 잡혔다.

"언니, 저거 봐."

전봇대 앞에 자매의 사진이 실린 전단지가 붙어 있었다.

"강나영, 강주미를 찾습니다. 강주미는 한국대학 서양화과에 다니다가 휴학하고 동생 강나영은 정신병원에서 나온 지 얼마 안 됨."

전화번호와 함께 연락을 하면 사례금을 주겠노라고 적혀 있었다.

"그놈이지? 저기 봐 봐. 찾는 사람에 이름 대신 아버지라고 적어 놨어."

주미를 돌아보는 나영의 눈동자가 불안하게 흔들렸다.

"언니, 내가 정신병원에서 나온 지 얼마 안 됐다는 걸 알고 있어. 어, 어떻게 알지? 흐흑, 나 무서워. 이리로 오는 게 아니었어."

"이리로 왔으니까 이걸 발견했지. 안 그랬음 이 동네에도 전단지가 붙어 있을 거란 걸 몰랐을 거 아냐?"

시현에 대한 생각으로 혼란스럽던 주미는 정신이 번쩍 들었다. 연애 감정에 사로잡혀 있을 처지가 아니었다. 나영이 길거리에서 발작이라도 일으킬까 봐 무서웠다.

자매는 두려운 눈으로 주변을 재빨리 살폈다. 재래시장 길이라 사람들이 많았지만 자매를 눈여겨보는 사람은 없었다. 나영은 전단지를 찢어내 주머니 속에 구겨 넣었다. 두 사람은 잔뜩 몸을 도사린 채 잰걸음으로 걸었다.

"할머니! 같이 가요!"

노모를 쫓아가는 아버지를 뒤따라 나오던 상원은 식당 앞을 지나가던 두 여자와 시선이 마주쳤다. 바로 그 순간, 상원은 강한 현기증을 느끼며 휘청했다. 그가 가까스로 몸의 중심을 잡는 몇 초 사이에 두 여자는 뒤도 돌아보지 않고 식당 앞을 떠났다.

상원은 멀어지는 두 여자의 뒷모습을 보면서 가슴을 쓸어내렸다. 두 여자에게서 그것이 느껴졌다. 정상적인 사람에게서는 느낄 수 없는 어떤 이질적인 힘.

친절여인숙은 더럽고 좁은 골목 끝에 있었다. 자매는 여인숙 대문 앞에 당도했다. 20분이면 도착할 곳을 돌아오느라 꽤 먼 길을 걸어온 것 같은 기분이 들었다. 나영은 화가 나 투덜대면서 분을 풀 곳을 찾고 있었다.

"다리가 아파 죽겠어! 덥고 짜증 나!"

"나도 덥고 짜증 나. 니가 다치지만 않았어도 그쪽 길로 갈 일 없었을 거야!"

따끔했는지 나영은 그 길로 입을 다물었다.

약사 이시현이라는 이름표를 단 하얀 가운을 입고 있던 그의 모습이 떠올랐다. 어디서 지내냐는 물음에 대답도 하지 않고 황급히 약국을 나왔지만, 그는 쫓아오지 않았다. 쫓아오지 않아 서운했다가, 그제야 그가 다른 사람에게 절룩이는 모습을 보여 주는 것을 끔찍이도 싫어한다는 것을 기억했다.

"그러니까 약국 갈 일을 만들지 마!"

주미는 자기도 모르게 나영에게 화를 냈다.

자매는 서로에게 토라진 채로 여인숙 현관문을 열고 들어갔다.

장기 투숙자인 자매는 방 한 달 사용료로 15만 원을 냈다. 하루 5천 원을 내는 셈이었다. 나영이 액세서리를 만들어 팔긴 하지만, 입주 도우미 일을 하다가 그만둔 지금 상태에선 자매에게 5천 원은 정말 큰돈이었다. 자매는 3층으로 올라가 302호실 문을 열고 들어섰다.

　문에서 마주 보이는 벽에 '아해'가 그린 표지들이 붙어 있었다. 그림을 보니 엉망진창이던 기분이 조금은 좋아지는 것 같았다. 아해의 그림이 있는 곳은 그곳이 어디든 안전한 곳, 그녀가 쉴 수 있는 공간이었다. 거처를 옮길 때마다 곱게 뜯어 보관했다가 새 거처가 생기면 벽에 갖다 붙인다. 주미는 어디를 가든 그 그림과 함께했다. 이젠 아해의 그림이 없는 방이란 상상할 수 없을 정도였다. 그 그림이 있어야만 '내 방'에, '안전한 곳'에 와 있다는 느낌이 들었다.

　주미는 크로스백을 벗어 놓고 서점에서 훔친 책을 바닥에 내려놨다. 후덥지근한 더위에 지친 두 여자는 누가 먼저랄 것도 없이 옷을 벗어 던지기 시작했다. 주미는 그제야 나영의 액세서리 가판대가 보이지 않는다는 것을 깨달았다.

　"가판대는?"

　"잃어버렸어, 오늘 아침에."

　나영이 반바지를 발끝으로 집어 올려 이불 위로 던지며 말했다.

　"어쩌다가?"

　"들으면 못 믿을걸?"

　"어떻게 된 건데?"

　"아침에 일하고 있는데 가판대 앞으로 어떤 남자가 삐쩍 마른 개를 끌고 가잖아. 개가 막 몸을 비틀면서 반항하니까, 개를 마구 줘 패는 거야. 그런데 다들 병신같이 보고만 있지, 누구 하나 나서는 사람이 없어."

"그래서?"

"잠시 옆에 액세서리 파는 애한테 내 가판대 좀 봐 달라고 하고 그 남자 뒤를 밟았어."

"미쳤냐? 위험하게? 내가 처음부터 그거 하지 말라고 했잖아?"

"들어 봐."

"……."

"이 개보다 못한 사람 새끼가 걸어가면서 계속 개를 발로 차는 거야. 그때마다 개는 죽는다고 소리 지르면서 오줌까지 지리고. 갈비뼈만 앙상하게 남은 개가 불쌍해서 못 봐주겠더라."

남자는 보신탕집으로 들어갔다.

나영은 보신탕집을 살피다가 식당 뒤로 돌아갔다. 혹시라도 뒷문이 있을까 싶어서였다.

아니나 다를까, 식당의 마당으로 들어가는 파란색 철제 대문이 있었다. 페인트가 벗겨진 철제 대문은 문짝이 이가 맞지 않아 반쯤 열려 있었다. 틈 사이로 보니 마당엔 처참한 몰골로 철창에 갇힌 개들이 여럿 있었다.

나영은 그 모습을 사진 찍은 다음, 마당으로 들어가 철창문을 모두 열고 개들을 도망치게 했다. 개들이 도망치자 식당 안에서 남자들이 뛰어나왔고, 나영은 식당 앞으로 가서 간판 이름을 사진 찍었다.

"간 떨어지겠다. 안 들켰어?"

"안 들켰지. 그런데 개들은 어떻게 됐는지 몰라. 지금 생각해 보니까 또 걱정되네."

"그래서 가판대는?"

"웃기는 게 뭔지 알아?"

"뭐?"

"풀어 주니까 개들이 오줌만 지리고 있지 도망을 못 가는 거야. 어쩔 줄을 모르고 달달 떨고만 있어. 벌써 길들여진 거야, 철창에."

그때 나영의 휴대폰에서 연속적으로 알림이 뜨기 시작했다.

"아까 버스에서 트위터에 올렸는데 난리다."

네티즌들이 그녀의 트윗에 반응하자 기분이 좋은지 나영이 헤헤헤, 하고 웃었다.

"가판대는 어떻게 됐냐고?"

주미가 눈을 흘겼다.

"어떻게 되긴. 돌아와 보니까, 옆에 있던 여자도 없어지고 내 가판대도 없어져 버린 거지."

"세상에. 그럼 그 나쁜 년이 네 걸 훔쳐 간 거니?"

"그렇다고 봐야겠지. 평소에 내 가판대에 LED 설치한 걸 굉장히 부러워했거든. 그런데 그 개들, 다시 잡혔을까?"

"아니, 절대로 안 잡혔을 거야."

주미가 말했다. 두 여자는 잠시 침묵한 채 서로를 바라봤다. 두 사람만이 나눌 수 있는 의미심장한 눈빛을 주고받았다.

"맞아. 안 잡혔을 거야. 왜냐면 개들도 살려고 우리처럼 필사적으로 도망쳤을 테니까."

나영이 두 눈을 빛내며 말했다. 자매는 서로를 바라보며 고개를 끄덕였다. 어느새 서로에게 토라졌던 마음은 사라지고 없었다.

"걱정 마. 내 간판대도 찾을 거야."

"어떻게?"

"이게 있잖아."

나영은 휴대폰을 가리켰다.

"고년 얼굴 사진 찍어 둔 것들 많아. 〈쇼미더머니 4〉 할 시간 다 돼 가니까 내가 먼저 샤워하고 나올게. 오늘 우리 베이식 오빠 1라운드 갈 차례야."

"야! 베이식, 유부남이야!"

"상관없어."

발가벗은 나영은 헤헤 웃으며 욕실로 뛰어 들어갔다.

"쳇, 저번엔 바비 좋다고 난리더니."

"그야 내 맘이지."

하긴, 연예인들은 환상을 만들어 내고 사람들은 자신이 좋아하는 환상을 좇는다. 그들의 마음에 들지 않는 환상이라면 언제든 버리고 다른 환상으로 갈아탈 수 있는 것이다. 그 환상에 의지해 각박한 현실을 잊고 잠시라도 꿈을 꿀 수 있다면 나영이 누굴 좋아하든, 좋아하는 사람을 매일 바꾸든 무슨 상관인가 싶었다.

나영이 복숭아처럼 뽀얗고 탱탱한 가슴을 흔들며 욕실로 들어간 후 곧바로 샤워기 물줄기 소리가 욕실 유리창을 시원하게 두들겼다.

여관 물이니 아끼지 않고 듬뿍 써도 된다. 전기세니, 물세니 뭐니 계산해 보면 집도 절도 없이 떠도는 생활이 돈이 덜 드는 것 같았다. 하지만 돈을 모으긴 어려웠다. 지갑이 비어 가는 걸 보면 겁이 났다.

주미는 도시락을 꺼내 놓고, 훔친 책과 플라스틱 바구니를 끌어와 앉았다. 바구니는 액세서리를 만드는 나영의 도구 상자였다.

도구를 이용해 책에서 겉표지를 살살 떼어낸 다음, 표지에 흠이 생기지 않도록 접착테이프를 붙였다. 날개를 펼치니 하나의 완벽한 그림이 되었다.

불현듯, 지갑에 넣어 다니던 시현의 사진이 기억났다. 그 지갑은 일산 집 그녀의 방 책상 안에 들어 있을 터였다. 그 일이 있기 전까진 시현 없인 못 살 것 같다고 생각했는데, 막상 현실에 부닥치고 보니 죽고 못 살 것 같던 사랑도 변한다는 걸 깨달았다. 사랑이 현실을 극복하는 힘이 되어 주리라 믿었지만, 주미가 사랑했던 시현은 힘이 되어 주지 못했다. 어쩌면 그것이 사랑의 맨 얼굴일지도 모른다.

주미는 책 표지들을 붙여 놓은 벽에 방금 떼어 낸 표지를 붙였다. 겉표지도 없이 속살만 남은 소설책은 어쩐지 흉물스러웠다.

샤워를 마친 두 사람은 큼직한 타월로 머리를 말아 올리고 티셔츠 한 장만 걸친 채 앉아 편의점 도시락을 꺼내 놨다. '치즈함박&오므라이스'와 '통장어덮밥'은 하나에 4,500원씩이었는데 유통기한이 지난 것이라 두 개에 5천 원을 주고 사 왔다. 나영은 텔레비전을 켜고 〈쇼미더머니 4〉에 채널을 고정시켰다.

"꺄악! 시작이야!"

나영은 래퍼들이 랩을 하는 것을 보면서도 수시로 휴대폰을 들여다보며 어디론가 문자를 보내고 무릎 위에 올려놓은 편의점 도시락도 퍼먹었다.

"나온다! 베이식! 베이식!"

나영이 리모컨을 잡아 텔레비전 볼륨을 키우며 열광했다.

〈스탠드 업〉이라는 베이식의 노래를 따라 흥얼거리며 상체를 흔들어댈 때였다. 잘 나오던 텔레비전이 갑자기 멈춘다 싶더니 화면이 검게 됐다가 다시 잠시 나왔다가 완전히 검어졌다.

"아줌마! 티비가 안 나와!"

나영은 고함을 지르며 발작을 하더니 급기야 주먹을 쥐고는 자신의 가슴과 머리를 세게 때리기 시작했다.

"다 끝났어! 베이식 못 보잖아!"

"나영아! 나중에 유튜브 찾아보면 돼. 언니가 찾아 줄게."

그날 이후로 나영은 무엇인가 억울하거나, 갑갑증이 이어지거나, 울화가 치밀 때면 자해를 했다. 교통 정체로 인해 터널 안에서 버스가 장시간 멈추자, 갑자기 비명을 지르며 차에서 뛰어내린 적도 있었다. 주미는 마치 자기 자신이 정신병원의 자해 방지용 억제대라도 된 듯 나영을 꽉 끌어안았다.

재작년 겨울, 집으로 돌아가지 못하고 여관을 전전하던 그때 추위로 얼어붙은 몸을 녹이기 위해 욕실로 들어갔는데 뜨거운 물이 나오지 않자 발작을 일으키더니 급기야 면도칼로 온몸을 그었다. 여관 주인의 신고로 나영은 응급실에서 정신병원으로 옮겨졌다.

　자해의 끝엔 우울증이 기다리고 있었다. 우울증의 끝엔 무엇이 기다리고 있을지 주미는 두려웠다. 동생에게 나쁜 일이 생긴다면 자신도 어떻게 변할지 알 수 없었다.

10

강마루는 양희주를 아파트 단지 길 앞에 내려 주고는 뒤도 돌아보지 않고 차를 출발시켰다. 돈 때문에 이미 감정이 상할 대로 상한 양희주 역시 잘 가라고 손을 흔들어 주지도 않았다. 비록 썩은 곰팡내가 나는 에어컨이긴 했지만 그나마 시원했는데 차에서 내리니 아스팔트를 지글지글 달구고 있던 열기가 확 덮쳐 왔다. 해가 진 시각인데도 폭염은 꺾일 줄을 몰랐다. 길가의 화단 어딘가에서 매미가 악을 써 댔다. 땀이 줄줄 흘렀다. 화장이 녹아내릴 것만 같았다.

"희주 씨!"

어디선가 반가운 음성이 들렸다.

돌아보니 기사 식당 주인 한선이 엄마의 어깨를 꼭 안은 채 서 있었다. 노모는 또 딸에게 야단맞겠다 싶은지 양희주를 피해 슬그머니 고개를 돌렸다.

"엄마! 엄마, 왜 거기 있어?"

한선이 얼른 자리를 비켜 줬다.

양희주는 노모의 팔짱을 꼈다.

"어떻게 된 거예요?"

"우리 식당에 오셨는데 갑자기 어딘지 기억이 나지 않아 무서웠는지 놀라서 뛰어나가시는 바람에 제가 쫓아가 잡았습니다. 전화 드리려다가 오늘 무슨 전시회 하신다는 소릴 언뜻 들은 것 같아서 그냥 집에 모셔다 드리려고 왔죠. 그런데 오늘 방문 요양사 오는 날 아닌가요? 어떻게 어머니 혼자서……."

"그러게요. 모르겠어요. 집에 가 봐야 알지. 아무튼 아저씨, 너무 고마워요."

"맨입으로요?"

"예?"

정색하던 한선이 이윽고 배시시 웃었다.

"식사하러 오시라고요. 그럼."

한선은 깍듯하게 고개를 숙이고, 밝은 얼굴로 돌아섰다.

그는 적게 잡아도 60대 초반으로 보였다. 희주는 서른아홉. 희주 쪽이 나이가 훨씬 어린데도 깍듯이 높임말을 써 준다. 꽤 오랫동안 봐 왔지만 변함없는 사람이었다.

'결혼을 한다면 저런 남자와 해야 하는 것이 아닐까. 하지만 착해 보인다는 것 말고는 남자가 매력이 없어. 가슴이 두근거리지도 않아.'

희주는 한선에 대한 생각을 책장 덮듯 덮어 버렸다.

노모를 데리고 아파트로 돌아온 희주는 노모가 보게끔 거실의 텔레비전을 켜 놓고 방문 요양사를 파견해 준 요양 센터에 전화를 걸었다. 너무 늦은 시각이라 전화를 받지 않을지도 몰라 망설였지만, 희주는 내일 아침까지 기다릴 인내심이 이미 바닥나 있었다. 신호음이 길어져서 전화를 끊으려는데 누군가 전화를 받았다. 마침 센터장인 것 같았다. 희주는 그녀의 집으로 파견되었던 요양사가 하루 종일 전화를 받지도 않고 나타나지도 않았다고 알린 다음, 해고했다.

"다른 요양사를 보내 주는 건 어떻겠습니까?"

센터장이 넌지시 물었다.

"시간 안 지키는 건 그래도 봐줬어요. 몇 분 늦을 수도 있겠지, 해서. 하지만 오늘 같은 경우엔 우리 엄마가 실종될 수도 있었다고요. 그럼 그 책임을 당신네들이 질 건가요? 내가 CCTV 설치해서 우리 엄마 때리는 거 증거 잡아 확 고소해 버리려고 했는데 이 정도로 끝내는 걸 다행인 줄 아세요. 그리고 다른 요양사요? 그 나물에 그 밥 아닌가요? 여보세요?"

뚜. 뚜. 뚜.

양희주가 말을 마치기도 전에 상대방은 전화를 끊었다. CCTV라는 말에 질린 것 같았다.

'어우, 뭐 이런 것들이.'

속에서 열불이 가라앉질 않았다.

냉수라도 마시고 속 차리자 싶어 냉장고 문을 확 당겨 여는데 뭔가 와르르 떨어져 내렸다. 그 뭔가에 발등을 찍히고 비명을 지르며 뒤로 물러나서 보니, 냉장고는 책들로 빼곡했다. 떨어진 것은 그 책들 중 몇 권이었다. 대신 거실 책장에는 반찬 통과 냉동 제품들이 질서 정연하게 진열되어 있었다.

'기가 막혀 웃음도 안 나와.'

그녀는 집 안을 정리하고, 작업실로 들어왔다.

얼마 전에 한 번 접촉한 적이 있는 입주 도우미 업체의 실장에게 그때 보내려 했던 사람을 다시 연결할 수 있는지 묻는 문자를 보낸 후, 벽장에 숨겨 둔 위스키 한 병을 꺼냈다. 낮에는 하루 종일 잠을 자고 밤만 되면 올빼미처럼 야행성이 되어 버리는 노모 덕분에 그렇게 좋아하던 술마저 마음 놓고 마실 수가 없었다. 밤에 술을 마시는 것은 노모를 포기하는 것과 마찬가지 의미였기 때문이다. 딱 한 잔만, 그 정도가 좋았다.

그녀는 거실에서 들려오는 저녁 9시 뉴스 소리를 들으면서 위스키 한 잔을 비웠다. 한 잔 더 마실까 말까 망설이는데 지금쯤이면 배고프다고 난리 칠 노모가 조용한 것이 이상했다.

"엄마, 텔레비전 보고 있어?"

그녀는 큰 소리로 외쳤다.

"엄마?"

당연히 돌아와야 할 대답이 들리지 않았다. 희주의 등줄기로 기분 나쁜 한기가 스쳤다. 그녀는 얼른 벽장문을 닫고 작업실을 나왔다.

"이 망할 놈의 할망구, 왜 대답을 안……."

희주는 간이 덜컹했다. 아니나 다를까, 텔레비전은 켜져 있는데 노모가 보이지 않았다.

"엄마!"

허겁지겁 옷을 걸치며 계속해서 노모를 불렀지만, 집 안에서 들리는 소리는 제 목소리뿐이었다. 현관을 확인하자 노모의 신발 대신 그녀의 구두가 사라지고 없었다. 그녀가 작업실에서 술을 마시는 사이 노모는 그녀의 외출복과 신발을 신고 집을 나간 것 같았다.

아파트 계단을 달려 내려와 아파트 단지를 훑는 동안 불길한 생각이 들어 미칠 것만 같았다.

'엄마한테 무슨 일 일어나면 어쩌지?'

단둘이 의지하고 사는데 갑자기 엄마가 없어져 버리면 어떻게 살지 상상도 할 수 없었다.

친구와 남자에게 실망하고 믿었던 주변 사람들에게 배신당하는 삶을 사는 동안, 뼛속 깊숙이 쌓인 사람에 대한 불신과 실망감은 그녀의 삶을 오롯이 노모에게 의지하게 만들었다.

엄마는 배신하지도 떠나지도 않고 항상 그 자리에서 기다려 주는 고목 같은 존재였다. 후쿠시마 원전 사고 전까진 함께 외식하거나 술을 마시고, 엄마가 쓴 소설에 대해 이야기하고 여행도 다녔다.

알츠하이머병이 시작된 것은 원전 사고로 피난 생활을 시작하면서부터였다. 피난촌에서 식량과 물을 배급받는 동안, 혹시라도 사람들에게 떠밀려서 자신의 차례가 오지 않을까 봐 극도로 신경을 곤두세웠고, 혹시라도 일본인이 아닌 '교포'라는 사실로 인해 혐오 범죄를 당할까 봐 숨을 죽인 채 지내야 했다.

일본인의 대다수는 친절했지만 독버섯 같은 자들이 있었다. 그들은 애국주의를 내세워 우매하고 친절한 사람들을 선동했고, 그 선동의 끝은 어떤 형태로든 폭력을 동반했다.

대지진과 쓰나미로 인한 원전 사고가 터지기 며칠 전, 한 독자가 미야베 라이카는 신재경이라는 이름을 가진 한국인이며, 지금까지 독자들은 한국인 신재경이 일본인인 척하고 쓴 일본 본격 미스터리를 읽어 왔으니, 그 점을 명확히 밝히지 않은 출판사가 독자를 기만하고 우롱한 것이라고 주장하며 미야베 라이카의 책 불매운동을 선동했다.

편집장 하치는 그 사실을 엄마에게 알리고 함께 의논하기 위해 후쿠시마로 오던 중 대지진에 휩쓸려 사망했다. 작가라는 직업에 인생을 건 엄마에게 그 사건은 가장 무시무시한 일이었다. 대재앙으로 인해 모두가 그 사건을 잊었을지 몰라도, 당사자인 엄마에게 그 사건은 여전히 현재진행형이었다.

혹시라도 도로를 건넌 게 아닐까. 도로를 건너다가 교통사고라도 난 게 아닐까. 양희주는 미칠 것만 같았다.

"엄마! 어디 있어?"

목구멍을 죄어 오는 불안감에 골목이 떠나가도록 엄마를 부르며 어둠에 잠긴 재래시장을 샅샅이 훑었다. 오늘따라 술 취한 사람들이 왜 이렇게 많은 건지. 술 취한 사람에게 노모가 해코지라도 당할까 봐 그녀는 더 불안했다.

"아저씨, 우리 엄마 못 보셨어요?"

희주는 기사 식당 문을 벌컥 열고 소리쳤다. 한선과 상원 대신 야간 근무조 아주머니 둘이 돌아보며 고개를 저었다.

그녀는 사거리 쪽으로 달려갔다. 가쁜 숨을 고르며 땀에 젖은 손바닥으로 눈물을 닦아 낼 때였다. 희주의 눈에 노모와 비슷한 사람의 뒷모습이 들어왔다. 대충 틀어 올린 백발에 연필을 꽂은 뒷모습. 과거, 엄마는 글을 쓸 때마다 긴 머리를 대충 틀어 올려 첨삭용으로 사용하던 지우개가 달린 연필로 머리를 고정시키곤 했다. 정신이 없는 지금도 그때의 버릇은 몸에 배여 있는 것인지, 항상 그 머리 모양을 유지했다. 엄마가 틀림없었다.

"……내가 미쳐!"

노모는 희주의 외출복을 입고 희주의 핸드백을 들고 약국 안에 앉아 있었다. 노모를 발견하자 반가움과 안도감이 들었지만 금세 화가 치밀었다. 그녀는 씩씩대며 약국 문을 열고 들어섰다.

"엄마! 혼자 나가지 말라고 했잖아!"

약사가 있건 말건 박카스를 마시고 있는 노모 앞에 서서 소리를 꽥 질렀다.

"나 죽는 꼴 보고 싶어?"

노모는 잘못한 걸 알았는지 어깨를 움츠리더니 희주로부터 얼굴을 돌려 비스듬히 앉았다.

"그만하세요. 어머님 놀라시겠어요. 희주 씨죠?"

"네?"

남의 일에 참견하지 말라고 쏘아붙이려고 고개를 돌려 남자를 쳐다보던 희주는 순간 입을 꾹 다물었다.

단아하게 뻗은 콧대, 거뭇한 수염과 우수에 찬 듯한 짙은 눈매가 희주의 가슴을 설레게 했다. 그녀보다 열댓 살은 적은 나이로 보였지만 인생을 꽤 오래 산 듯한 분위기가 나이 차이 따윈 생각나지 않게 만들었다.

"어머님께 따님 이야기 많이 들었어요."

약사가 카운터를 돌아 나왔다. 한쪽 어깨가 왼쪽으로 기울어진 채 다리를 절었다. 약국이라면 아파트 맞은편의 대형 약국에만 다녔지, 이 작은 약국엔 와 본 적이 없었다.

"약사님, 약 주세요. 머리가 아파요."

노모가 가느다란 목소리로 희주의 눈치를 보며 말했다.

"엄마, 머리 아파?"

"저기요."

희주가 놀라서 묻자, 약사가 갑자기 그녀의 귀에 얼굴을 가까이 댔다. 뭐라 형용할 수 없이 말끔한 남자의 체취가 코끝에 맴돌았다. 향이 짙은 로션이나 향수를 발라 인위적인 냄새를 풍겨 대는 여느 남자들과는 다른 체취에 다시 한 번 가슴이 설렜다.

"어머니, 아까 가스가 차는지 힘주시다가 배변 실수를 하신 거 같아요."

그제야 노모에게서 구린내가 났다. 희주는 얼굴이 화끈했다. 이런 상황에 처했을 때가 여러 번 있었다. 하지만 단 한 번도 지금처럼 부끄러움을 느꼈던 적은 없었다.

"자꾸 윽박지르거나 큰 소리 내시면 어머니한테 안 좋아요. 그러니 힘드셔도 살살 달래셔야 합니다."

강마루랑 있을 때엔 아무렇지도 않던 심장이 왜 이렇게 미친 듯이 뛰는 것인지, 희주는 자기 자신이 당황스러웠다.

"하지만 폐를 끼치는 것 같아서."

"아니에요. 어머님 종종 여기 오시곤 하셔서 벌써 친해진걸요."

엄마가 여길 다녔다니. 희주는 입을 쩍 벌렸다.

"그런데 어머님이 과거에 무슨 일을 하셨어요? 작가였다고 하신 적도 있었는데?"

"예, 일본에 계실 때 꽤 잘나가는 소설가셨어요. 한국어로도 번역되어서 국내에도 엄마 책이 있어요."

"그래요? 저도 책 좋아하는데, 어머님 필명이 어떻게 되세요?"

"미야베 라이카로 찾아보시면……."

노모가 주먹을 쥐더니 희주의 등짝을 후려쳤다

"나, 미야베 라이카 아니야!"

"아파!"

"아프라고 때렸다, 이년아!"

"아무튼 전 몰랐어요. 엄마가 여기 오곤 했다는 건. 아파트 앞에 대형 약국도 있는데 왜, 여길……."

"그놈들은 다 싸가지가 없어. 나처럼 머리 아픈 데 듣는 약은 병원 가야 있대."

그 약국에는 약사 일곱 명에 조제 약사, 보조 약사, 전산 일반 판매직 약사까지 모두 열다섯 명이 근무하고 있었다. 사람들이 복닥거리니 치매 노모는 성가셨을 것이 분명했다. 게다가 노모가 먹는 치매약은 처방전 없이는 살 수 없으니 그렇게 말한 것 같았다. 그런데 이 약국에선 노모에게 대체 어떤 약을 판 것일까.

"엄마, 빨리 가자. 냄새가 진동해."

"아냐. 나 아직 약 안 먹었어."

"아, 제가 깜빡했어요. 약 드릴게요."

약사는 드링크 한 병을 꺼내 뚜껑을 딴 다음 레모나 스틱 하나와 같이 내밀었다.

노모는 아이처럼 좋아하며 레모나 가루를 입안에 털어 넣었다. 무슨 약인가 싶어 지켜보고 있던 양희주는 약사가 레모나를 내밀자 자기도 모르게 미소 지었다.

"얘가 내 딸 희주야. 참 가련한 애지."

가련하다니, 무슨 뜬금없는 소리를 하는 것인지, 희주는 얼굴이 화끈거렸다.

"제가 정신이 없어서 지갑을 두고 왔어요. 내일 꼭 갚을게요."

"그냥 드리는 거니까 신경 안 쓰셔도 됩니다. 어서 가셔서 씻겨 드리는 게 좋겠어요."

약사는 웃는 얼굴로 다리를 절며 걸어가 문을 열어 줬다.

희주는 노모를 데리고 나오면서 약국을 돌아봤다. 혹시라도 남 앞에선 웃는 얼굴이다가 돌아서서 구역질 난다고 방향제를 뿌리고 있을지도 모른다. 그게 그녀가 대해 온 사람들의 진짜 얼굴이었다. 하지만 약사는 누군가의 전화를 받고 있을 뿐이었다. 약사 가운에 붙어 있던 명찰 속 이시현이라는 이름을 속으로 중얼거렸다. 이제부턴 이 약국을 이용해야겠다는 생각이 들었다.

아파트로 돌아와 노모를 씻기고 나니 몸은 금방이라도 쓰러질 듯 피곤한데, 자리에 누워도 잠이 오지 않았다.

'딱 한 잔만 더 마시자.'

희주는 작년 크리스마스 때 출판사에서 선물로 받은 조니워커 블랙을 꺼내 스트레이트 잔에 부어 단숨에 마셨다. 묵직한 피트 향이 가득 퍼지면서 목구멍이 뜨거워졌다. 몇 분이 지나자 날카롭던 신경의 끝이 살짝 무뎌지는 게 느껴졌다. 그거면 됐다. 술 한 잔은 신경질을 부릴 상황에도 헤헤 웃게 만든다. 딱 그 정도면 된 것 같았다.

"우리 엄마!"

희주는 잠옷을 갈아입고 자려는 노모를 끌어안고 웃었다.

'살면 얼마나 산다고. 엄마랑 나랑, 죽을 때까지 미워하고 사랑하고 지지고 볶자.'

노모는 좋은지 히죽 웃었다.

"나, 오늘 이 방에서 엄마랑 같이 잘 거야."

희주는 노모의 왼쪽 팔과 자신의 오른쪽 팔을 묶고 요에 누웠다. 허리가 아파 "끙" 하는 소리가 절로 나왔다.

"엄마는 그 약사가 좋아?"

"네 신랑감이야."

"치, 그런 멋진 연하남이 나랑 결혼하겠어?"

"하지. 우리 요코가 어떤 앤데."

"치, 이제 자."

양희주의 일본식 이름은 요코였다. 노모가 직접 지은 그 이름은 해가 진 뒤에 하늘에 남는 빛, 잔광이라는 뜻이었다. 노모는 잔광이라는 뜻이 아름답다고 했지만, 해가 진 뒤 하늘에 남는 빛만큼 쓸쓸한 것도 없으리라. 이름 때문에 이놈의 삶이 이토록 스산하고 고독한 것일까.

노모는 오늘 하루가 피곤했는지 어웅, 소리를 내더니 곧바로 잠이 들었다. 시간이 벌써 밤 12시가 다 되어 가고 있었다. 노모의 곁에 누웠지만 색색거리는 엄마의 숨소리가 거슬렸다. 양희주는 몸을 뒤척이다 일어나 작업실로 갔다. 벽장문을 열고 들어가 앉았다. 딱 한 잔만 더 마시면 푹 잘 수 있을 것 같았다. 이태원에서 손에 넣은 발렌타인스와 베네딕틴 돔을 섞어 한입에 털어 넣었다. 목구멍이 확 달아올랐다. 하루의 고단함이 잊혔다.

노모 곁으로 돌아온 양희주는 서로의 팔을 다시 묶고 누웠다. 잠이 쏟아졌다. 약사 시현의 우수에 찬 모습이 떠올랐다.

11

　시현은 지팡이를 짚고 인적이 끊긴 밤거리를 천천히 걸었다. 금요일 자정이 지나고 있었다. 고즈넉한 골목 안으로 지팡이가 지면을 때리는 소리만이 나지막이 울려 퍼졌다. 그 소리는 무거우면서도 어딘지 모를 불안감을 띠고 있었다.

　그가 걸음을 옮겨 놓을 때마다 바람 한 점 없는 후덥지근한 밤공기는 그의 살갗 주변으로 흩어졌다 달라붙길 반복했다.

　무심코 걷던 그는 흠칫 놀라 그 자리에 주춤 멈춰 섰다. 바닥에 누운 자신의 그림자가 그를 노려보고 있었다. 다리가 세 개인 그림자는 한쪽으로 심하게 기울어져 있다. 그는 등뼈를 꼿꼿하게 펴고 바로 섰다. 하지만 그가 걷기 시작하면 몸의 중심은 균형을 잃고, 한쪽으로 기울어진 어깨는 시소를 탄다.

　절반의 인생 내내 그에게 와 닿았던 불편한 시선들이 떠올랐다. 그리고 주미. 수년 전, 대학 동아리에서 가평으로 번지점프를 갔을 때 주미는 그에게 커플 번지점프를 같이하자고 손을 내밀어 줬다. 그 전엔 아무도 그에게 같이 뭔가를 하자고 다가온 사람이 없었다. 장애를 가진 사람은 여러 면에서 부담스러운 존재였기 때문일 것이다.

　그런데 그녀가 같이하자고 했다. 그날 그 순간을 떠올리자 입가에 웃음이 떠올랐다. 어깨가 시소를 타건 말건, 지금 그는 그녀를 위해 계획한 일을 해내고자 할 뿐이었다.

골목의 어둠 끝으로 환한 간판 하나가 떠 있었다. 그것을 보는 시현의 눈빛이 단단해졌다. 몇 시간 전, 양희주가 노모를 데리고 약국을 나가자마자 조사원으로부터 전화를 받았다. 눈앞에 보이는 곳은 조사원이 알려 준 여인숙으로, 주미가 여동생과 함께 장기 체류 중인 곳이었다.

그는 친절여인숙 앞에 멈춰 섰다. 플라스틱 전광판의 한쪽 귀퉁이가 깨져 안에 설치되어 있는 형광등의 한쪽 끝이 드러나 보였다. 가격이 저렴할진 몰라도 여자 둘이 장기 투숙하기엔 안전해 보이지는 않았다.

어스름한 불빛이 새어 나오는 3층 302호실의 유리창을 보면서 그는 주미가 잃어버린 일상을 하루라도 빨리 되찾아 줘야겠다고 생각했다.

그들의 토요일

1

2015년 8월 22일 토요일, 한국 서울

점심 식사 손님들이 모조리 빠져나간 터라 식당은 한산했다. 식당 문에 달아 놓은 방울이 울리고 남자 둘이 들어왔다.

"어서 오세요."

40대 중반으로 보이는 남자와 30대로 보이는 젊은 남자였다. 두 남자 모두 생긴 것은 평범한데 사람을 쳐다보는 눈빛이 좋지 않았다. 젊은 남자는 식당 안으로 들어오자마자 화장실부터 찾았다. 상원은 손가락으로 화장실 복도를 가리켰다.

"돼지국밥 두 그릇 주쇼."

검은 티에 트레이닝 바지를 입고 나이키 로고가 붙은 운동화를 신은 중년 남자는 상원을 흘끗 쳐다보곤, 빈 테이블 앞의 의자를 빼

앉았다. 모자를 벗어 테이블 한쪽에 놓고 "물도 좀 주쇼"라고 말했다.

"물은 셀프입니다."

상원은 주방에서 국밥을 준비하면서 큰 소리로 대답했다. 남자가 일어나 물병과 컵을 둔 곳으로 저벅저벅 걸어오더니 주방 창으로 불쑥 뭔가를 내밀었다.

"혹시 이렇게 생긴 스무 살쯤 된 여자애들 못 봤어요? 둘이서 같이 다닐 텐데."

남자가 내민 것은 전단지였다.

전단지 속의 사진은 어제저녁 무렵 식당 앞에서 봤던 두 여자의 사진이었다. 이런 눈빛을 가진 남자 둘이 쫓고 있는 상대가 나이 어린 여자라는 사실 때문일까, 아니면 이런 눈빛을 가진 사람들의 일엔 엮이고 싶지 않아서일까. 상원은 자기도 모르게 거짓말을 했다.

"아뇨. 못 봤는데요?"

"이 동네에서 본 사람이 있다고 해서. 아무튼, 혹시라도 보게 되면 이리로 전화 좀 주쇼."

남자가 전단지 속에 적혀 있는 전화번호를 손가락으로 가리켰다.

2

양희주는 잠에서 깨자마자 휴대폰을 켜고 시간을 확인했다. 벌써 오후 1시였다. 잠든 노모의 팔을 묶은 끈을 풀어 놓고 방에서 나와 부엌으로 갔다. 냉동실에 얼려 둔 쑥떡을 꺼내 전자레인지에 넣고 전기 포트에 물을 끓여 스틱 커피를 탔다. 문득 하얀 치아를 드러내고 천진난만하게 웃던 어젯밤의 약사가 떠올랐다. 약 대신 레모나로 노모를 달래던 그 모습이 자꾸 눈앞에 어른거렸다. 그 약사 때문에라도 강마루와의 관계를 빨리 정리하고 싶었다.

강마루와의 사이엔 육체와 돈, 그것뿐이었다. 두 사람 사이엔 애틋한 마음이 없었다. 단호한 면이 있는 희주는 결심을 굳히자 마음이 급해졌다. 빨리 돈을 받아내고 강마루와는 헤어지는 것이 가장 먼저 할 일이다 싶었다. 싫은 사람과는 단 1초도 같이 있고 싶지 않았다.

늦도록 잘 줄 알았던 노모가 안방에서 나왔다.

"더 자지, 왜 일어났어?"

"집에 오는 길을 까먹을까 봐 겁을 내다가 깼어."

"꿈꿨어?"

노모는 고개를 끄덕였다.

"쑥떡 먹을래?"

"아니."

"무슨 꿈을 꿨는데 막 고함을 지르고 그래?"

"몰라. 기억 안 나는데? 내가 뭐라고 그랬니?"

"'저 밉살스러운 년을 그냥 확 죽여 버려!' 그랬어. 밉살스러운 년이 누군데?"

"아, 그거? 내가 어떤 집에 갔는데, 그 집 시어머니가 며느리한테 아주 못되게 구는 거야. 그래서 내가 소리를 꽥 질러 줬지."

노모가 식탁에 앉았다.

그게 누구의 집이었는지 캐물으려다가 정신도 온전하지 못한 사람이 꾼 꿈을 가지고 무슨 짓인가 싶어 그만뒀다. 희주는 무심코 쑥떡이 담긴 접시를 노모 앞으로 밀어 줬다.

"싫다니까! 방금 싫다고 했잖아. 컵라면 줘."

"칫, 왜 신경질이야? 언제는 쑥떡만 먹고 싶다면서?"

변덕. 쑥떡만 먹고 싶다고 고집을 부리기에 한 상자를 주문했더니 손도 안 대는 바람에 쑥떡은 그녀가 먹어 치워야 했다.

"컵라면 달라고, 이년아!"

"알았어!"

희주는 컵라면에 뜨거운 물을 부어 노모 앞에 놓고 마주 앉았다. 밥할 정신이 없어 늘 인스턴트만 먹인 바람에 치매가 더 심해지는 게 아닐까. 그런 생각을 하니 미안했다.

"엄마, 우리 회 먹으러 부산 갈까? 영양 보충해야지."

누군가 그랬다. 살아 있는 소라를 잡아 날것 그대로 초장에 찍어 먹으면 피가 맑아지고 눈이 뜨인다고.

"돈 많이 들잖아?"

강마루에게 큰돈을 빌려주고 나서부턴 외국어 학원에서 일어를 가르치고 엄마의 소설 인세와 책 표지 일러스트를 그려 번 돈으로 생활비를 충당하지만 턱없이 부족했다. 그래서 출판사 측과 의논해 아트 상품에까지 손을 댔다. 다음 주에 전시를 해 봐서 돈이 될 것 같으면 그쪽으로도 뚫어 볼 생각이었다. 지금 당장은 쪼들렸다. 강마루에게 빌려준 돈만 있어도 이렇게 쪼들리진 않을 텐데.

"그 정도 돈은 있어."

"내가 똥 싸서 창피해서 못 데리고 다닌다면서?"

그러니까 내 차가 있어야 하는 건데. 마음속으로 욱하고 치밀었다.

"엄마, 잠깐만. 전화 한 통 걸고."

희주는 그녀의 작업실로 와 강마루에게 전화를 걸었다.

"이번 주 안에 돈 안 주면 너 고소한다."

강마루가 전화를 받자마자 남으로 갈라설 생각을 하고 말했다.

"알았어, 알았다고. 와, 오늘 줄게."

뜻밖에 강마루가 순순히 나왔다.

"정말이지? 또 딴소리하는 거 아니지?"

"어우, 귀찮아. 뭘 또 그렇게 고소씩이나. 그렇다고 니가 안 할 년도 아니고. 지금 와."

"진작 그러지. 알았어."

희주는 전화를 끊으며 눈알을 굴렸다. 너무 순순하게 나오는 게 어쩐지 꺼림칙했다. 무슨 일이든 닥쳐 봐야 알 일이었다.

거실로 나오자 노모는 식탁 앞에 앉은 채 뭔가 골똘히 생각하고 있었다.

"무슨 생각 해?"

희주는 노모의 맞은편에 앉으면서 물었다.

"란코가 누구야?"

"누군데? 난 처음 듣는 이름인데?"

쇠젓가락으로 컵라면 뚜껑을 눌러놓으며 희주는 심드렁하게 대답했다.

"어디서 얼핏 들은 것 같기도 하고, 아는 사람 같은데 기억이……, 안 나서."

"기억이 안 나면 잊어버려. 기억하기 싫으니까 기억이 안 나는 걸거야. 양민국은 기억나?"

"그건 또 누구야?"

아버지였다. 엄마의 남편.

"란코라는 이름이 생각나면 여기가 아파."

노모는 손바닥으로 자신의 왼쪽 가슴을 꾹꾹 눌렀다.

희주가 욕실로 들어와 머리를 묶고 세수를 시작하자, 노모는 희주의 방으로 조르르 달려갔다가 핸드백을 들고 나왔다.

"나가면 이거 안 준다."

희주가 나갈 거라는 사실을 직감한 노모가 딸을 붙들어 두려는 작전이었다.

"줘."

"싫어. 뺏으려고 하면 확 물어뜯어 버릴 거야."

희주는 노모가 지금까지 작가로서 계속 글을 쓰면서 살았다면 어땠을지 종종 생각했다.

노모는 늘 억지를 부리지만, 그러다가 딸의 관심을 끌면 행복해했다. 딸의 눈길과 손길이 자신에게 와 닿는 그 순간에만 이 세상의 유일한 피붙이인 딸과 탯줄처럼 연결되어 있다는 것을 느끼는 것 같았다. 어쩌면 노모는 평생을 딸에게 쏟아부은 사랑만큼 되받고 싶은 것인지도 모른다. 하지만 아무리 양희주가 노모를 잘 모신다고 해도 그녀가 이 나이 될 때까지 어머니로부터 받은 그 사랑의 반의반이라도 돌려줄 수 있을까 싶었다. 말로 표현하지 않아도 그런 노모의 심정을 고스란히 느끼는 양희주는 치매기가 갈수록 심해지고 있는 노모와 죽을 때까지 함께할 생각이었다.

"알았어. 그거 엄마 해."

"어디 가려고? 나도 갈 거야."

"빨리 갔다 올게."

"나갔다가 안 오려고 그러지?"

노모는 두 눈을 가늘게 뜨고 양희주를 노려봤다.

"나갔다가 진짜 금방 올 거야."

"정말?"

"어."

노모는 핸드백을 열고 안에 든 것들을 욕실 바닥에 쏟더니 손에 잡히는 대로 변기에 던져 넣기 시작했다.

"엄마! 변기 막혀! 이거 막히면 또 사람 불러야 하고. 내가 미쳐."

"아이고, 내가 이렇게 살면 뭣해!"

노모는 급기야 퍼져 앉아 울기 시작했다. 희주는 다른 핸드백을 가지고 와 욕실 바닥의 물건들을 챙겨 넣고 변기에 빠진 것들을 재빨리 꺼냈다.

"후딱 갔다 올 거야."

"그럼 밥 주고 가. 배고파."

노모는 세면대 거울 앞에 서서 빨간색 립스틱을 진하게 바르는 딸을 불안하게 쳐다보며 말했다.

"엄마가 반찬 통이랑 고기를 다 꺼내 놔서 쉬어서 버려야 하잖아? 지금 집에 먹을 게 없어. 어떻게 쑥떡은 놔뒀는지 몰라. 갔다 오면 같이 시장도 가자. 돈 받을 게 있어서, 빨리 갔다 올게."

"돈?"

"응."

"돈이 있어야 밥을 먹지."

"그래, 잘 아네."

"나도 따라갈래."

"안 돼. 밖에 더워."

"안 돼? 쳇! 독한 년. 지만 좋은 거 하러 나가."

노모는 심통 난 아이처럼 부루퉁한 얼굴로 욕실을 나갔다.

양희주는 안방으로 가 외출복으로 갈아입고 나왔다. 노모는 텔레비전 앞에 앉아 채널을 돌리고 있었다.

"엄마, 금방 올 테니까 올 때까지 TV 보고 있어. 내가 올 때까지 착하게 잘 있으면 기사 식당 가서 저녁 먹자."

"그래."

어쩐 일인지 노모가 순순하게 나왔다.

양희주는 현관 신발장을 열었다. 깔끔하게 정리되어 있는 신발장 안의 헌 구두들 사이에 숨겨 둔 신상 하이힐을 꺼냈다. 힐이 높고 끝이 뾰족한 것이 백화점 진열대에서 보는 순간 사랑에 빠져 버린 구두였다. 엄마가 꺼내 신다가 발목이라도 삘까 봐 헌 구두 사이에 숨겨 뒀다.

희주가 신상 하이힐을 꺼내 신는 것을 본 노모는 득달같이 달려와 구두 앞에 쪼그리고 앉았다.

"니 입 색깔이랑 같아!"

"응."

"언니, 나도 시집갈 때 그거 신고 싶다."

또 언니다. 뭔가 원하는 것이 있을 때마다 딸이 언니로 변했다. 양희주는 가끔 노모가 귀엽기조차 했다.

"알았어. 이거 줄게. 그러니까 얌전하게 있어야 해. 알았지?"

"네."

어쩐지 집에 혼자 남을 노모가 측은했다. 현관문을 밀고 나가려던 희주는 다시 거실로 올라가 노모를 안고 등을 다독거렸다.

"가스레인지 켜면 안 돼. 베란다 창문도 열면 안 돼. 알았지?"

"네, 근데 갔다 오면 저 구두 내가 신고 갈 거야."

"알았어. 집에 와서 내가 신겨 줄게. 참!"

희주는 서랍에서 집의 주소와 전화번호, 보호자의 이름이 적힌 이름표를 꺼내 노모의 가슴에 달아 주었다.

희주가 가는 걸 보지 않으려는 듯, 노모는 TV 화면을 향해 돌아 앉았다. 희주는 현관문을 닫으며 큰 소리로 말했다.

"엄마, 나 진짜로 간다!"

3

아파트 앞 도로 건너편 대형 약국은 1초가 멀다 하고 손님들이 들락거렸다. 약국을 찾는 사람들로 문전성시를 이루는 대형 약국을 보니, 초라하고 낡은 건물의 약사가 떠올랐다. 시현에게 가야 할 환자들이 모조리 대형 약국으로만 몰리는 것 같아 괜히 대형 약국의 약사들이 밉살스럽게 느껴졌다.

'오늘부터 엄마 약은 그 약국에서 지어야지.'

"거기 아저씨, 아줌마."

양희주는 길을 건너가 약국 앞에 줄을 서 있는 중년의 남녀를 불렀다.

"뭐하러 거기 그렇게 줄 서서 기다리세요?"

"약 지으려고요."

"딴 약국 가세요. 사거리 입구에 작은 약국 있잖아요?"

"있긴 하죠. 그런데요?"

"거기 약사가 다리를 좀 절긴 해도 굉장히 정직해요. 은근슬쩍 약 끼워 팔기 하지 않고. 저 약국에서는 처방전 약 하나 받으러 가면 막 강제로 이 약 저 약 권하면서 결국은 처방전 약보다 비싸고 필요도 없는 약을 사게 만들잖아요?"

"그렇긴 하지만. 에이, 작은 약국 사모님이세요?"

"아유, 아니에요. 약국 사모님이면 좋게요. 저는 거기랑 아무 상관도 없는 사람인데요. 저희 엄마 탈모 증세 심하셨는데 그 약국서

파는 약 먹고 지금은 숱이 엄청 많아지셨어요. 그리고 약사가 정직해서 약 같은 거 먹지 않고 자연식이니 채식이니 하는 것으로 치료할 수 있는 병은 또 조언도 해 주시고요. 환자분들 한 분 한 분 상담도 잘해 주시고요. 그 약사님, 젊고 미남인 데다가 능력까지 있어요."

양희주는 혹하는 중년 남녀를 보면서 생긋 웃고 돌아섰다.

'약사가 거기서 거기지. 대형 약국 약사나 작은 약국 약사나 무슨 능력의 차이가 있겠어? 오히려 손님 많다고 울 엄말 개무시해 주신 대형 약국의 잘난 약사보단, 조근조근 손님의 상태를 들어 주고 신경 써 주는 이 약사 쪽이 낫지.'

거짓말이면 어떤가. 어차피 효과는 사람마다 다른걸. 사람들이 그걸 모르지도 않을 테고, 말은 씨가 된다고 했는데 자꾸 소문을 퍼트려 손님들을 시현에게 몰아 주고 싶었다. 그렇게 생각하자 벌써 약사 사모라도 된 듯한 기분이 들어 자꾸 웃고 싶어졌다.

희주는 엄마를 부탁하기 위해 기사 식당으로 발길을 돌렸다. 기사 식당은 택시 기사들로 북적거렸다. 장사가 잘되는 것 같아 기뻤다.

'얼씨구, 남의 식당 잘되는데 왜 니가 좋아하고 난리야?'

속으로 그렇게 생각하며 희주는 피식 웃었다.

식당 주인 한선이 희주를 보더니 문을 열고 나왔다.

"어디 가요?"

"아저씨, 오늘부로 방문 요양사 안 와요. 제가 잘랐거든요. 대신 입주 도우미 구할 거예요. 지금 엄마 혼자 계시는데 제가 한 시간 안으로 돌아올 거예요. 혹시라도 엄마 보시면 이번에도 잘 부탁드립니다."

"맨입으로?"

그가 정색을 하고 말했다. 희주는 배시시 웃었다.

"나중에 엄마랑 식당 와서 밥 먹기로 했어요."

"그래야죠. 우리 희주 씨 좋아하는 생김치 그 자리에서 무쳐 드릴게요."

희주는 한선에게 고개를 살짝 숙여 인사했다. 함께 사는 사람이면 나이를 떠나 나한테 잘해 주는 착한 남자가 제일일 텐데 말이야. 하지만 약사랑 기사 식당 주인이랑은 급이 다르지. 또 한편으로는 다른 생각이 든다. 양희주는 약사와 기사 식당 주인을 저울질하며 혼자서 망상에 빠져 실실 웃었다.

곧장 횡단보도를 건너면 지하철역인데도 양희주는 일부러 약국 쪽으로 갔다. 엄마가 먹은 레모나와 드링크 값을 내는 김에 얼굴한 번 더 보고 싶었다.

약국 문이 내려져 있었다. 셔터 위에 '오늘은 오후 6시부터 문을 엽니다'라고 적혀 있었다.

'무슨 일이지?'

은근히 걱정이 됐다. 잘생기고 사람 좋아 보이던 약사의 얼굴 대신 굳게 내려진 셔터를 보자 어쩐지 마음 한구석이 서운했다. 그녀는 입을 뾰족하게 내밀며 돌아섰다.

강마루가 떠올랐다. 불쾌감이 치밀었다. 내가 미쳤지, 어쩌자고 그런 놈한테 몸도 주고 마음까지 줬을까. 천박하게 몸을 굴렸던 자신의 모습이 떠오르자 혐오감에 얼굴이 달아올랐다.

여태 두 사람 사이에 오가는 감정이 사랑이라고 착각하고 있었다. 함께 맛집과 술집을 전전하고 모텔에서 회포를 풀고, 수지가 맞지 않으면 언제라도 돌아설 준비가 되어 있는 관계, 육욕과 외로움을 상쇄하기 위한 만남. 그녀에게 사랑이 아니었듯 그에게도 사랑은 아닌 것 같았다. 산전수전 다 겪으며 세상이 아름답지 않다는 것을 뼛속까지 알고 있는 이 나이에 사랑 따위가 있을 리 없지만, 그녀에게 사랑이 아니라고 해서 그에게도 사랑이 아니라는 사실엔 화가 났다. 그놈을 위해 쓴 돈이 얼만데.

'나쁜 새끼. 뭐? 노망난 늙은이는 빨랑 죽어 버려야 한다고? 지는 어미 아비도 없는 새긴가? 그래, 오늘 끝내자고.'

그녀는 지하철역을 향해 부지런히 걸었다.

4

강마루의 건강식품 판매처가 있는 흑도동으로 가는 전철이 요란한 소리와 함께 역사를 흔들며 달려 들어오고 있었다.

"웨에에에엥. 위이이잉에에에엥."

그녀의 귀엔 그렇게 들렸다. 지하철 달리는 소리는 아이 우는 소리를 닮았다. 머리 위에 땅을 이고 어둠 저 끝에서부터 달려와 이쪽의 어둠을 치고 저편으로 빠르게 사라지면서 지하철은 사람처럼 운다. 양희주는 지하철 달리는 소리가 아이 울음소리를 닮은 것은 전철역에서 투신한 사람들의 한이 서려서일 거라고 생각했다. 아이 울음소리와 투신한 사람이 무슨 상관이 있는지 모르겠지만, 그런 생각 때문인지 들을 때마다 소름이 돋았다. 무엇보다 머리 위에 땅을 두고 있다는 사실이 지하철을 탈 때마다 섬뜩하게 느껴졌다.

조금 더 빨리 가려고 버스 대신 지하철을 탄 것이 후회됐다. 마음이 급했던 것이다. 지하철 안은 에너지 절약이네 어쩌네 하면서 에어컨을 약하게 틀어 놓은 바람에 오히려 불쾌지수가 더 높았다. 옆 사람의 살이 조금만 와 닿아도 살인 충동이 일 정도였다. 더 이상은 사람 입 냄새, 머리 냄새를 코앞에서 맡아야 하는 이런 지하철은 타고 다니기 싫었다. 빨리 승용차를 사야지.

언제 닥칠지 모르는 자신의 죽음을 생각하자 갑자기 막막한 기분이 들었다. 남편과 자식을 거느리고 사는 주변인들은 노처녀 양희주의 막막함을 이해하지 못했다. 입으로는 측은한 척했지만, 속으로는 자신들의 행복을 확인하느라 급급할 뿐이었다.

죽고 나면 제사 지내 줄 사람도 없거니와 재산을 받을 자식도 없으니 그녀의 마지막 길을 의지할 사람이 없다는 사실이 한편으로는 조금 두렵기까지 했다.

부정적인 생각들을 잊기 위해 시집을 꺼내려던 양희주는 얼굴을 찡그렸다. 핸드백을 바꿔 들고 나오면서 시집은 어제 들고 나간 핸드백에 두고 온 것 같았다.

그녀는 깊게 한숨을 쉬고 눈을 감았다. 그리고 속으로 이상의 시 「오감도 제1호」를 외웠다.

'13인의 아해가 도로로 질주하오. 길은 막다른 골목길이 적당하오. 제1의 아해가 무섭다고 그리오.'

시가 좋은 점은 읽는 사람 멋대로 해석해도 상관없다는 것이리라.

양희주는 겁에 질린 그녀가 막다른 골목길을 질주하는 모습을 상상했다. 13인은 열세 명이 아닌 바로 그녀를 상징했다. 그래서 필명을 '아해'라고 지었다. 살고 싶어서 살았던 게 아닌 일본 생활. 한일 문제가 생길 때마다 그녀에게 고스란히 돌아오던 무시무시한 차별 대우. 삶은 언제나 막다른 골목길이었고 그녀는 출구 없는 그 길에서 죽지 않으려고 겁에 질려 질주했다.

'아해는 무서운 아해와 무서워하는 아해와 그렇게뿐이 모였소. 그중에 1인의 아해가 무서운 아해라도 좋소. 그중에 2인의 아해가 무서운 아해라도 좋소. 그중에 2인의 아해가 무서워하는 아해라도

좋소. 그중에 1인의 아해가 무서워하는 아해라도 좋소.'

그녀 속에 무서워하는 아해와 무서운 아해가 함께 있다면 더 이상 이 무서운 삶에서 질주하지 않아도 되지 않을까. 문득 그런 생각이 들었다. 천재 시인 이상도 그의 「오감도」 끝에 그렇다고 적어놓지 않았는가.

'아해가 도로로 질주하지 아니하여도 좋소.'

그렇게 되면 더 이상 두려울 것도 없으니 「오감도」의 마지막 구절처럼 나중엔 더 이상 골목길을 질주하지 않아도 좋은 것이다.

'하지만 지금은 삶을 무서워하는 아해뿐이야.'

양희주는 감고 있던 눈을 떴다. 내릴 곳이었다.

지하철에서 내려 길을 걷자 후덥지근한 공기가 목덜미로 착착 감겨 왔다. 파운데이션 바른 얼굴이 촛농처럼 녹아내릴 것 같은 오후였다.

늘어선 식당 골목의 하수구에선 악취마저 풍겼다. 불운이 달라붙을 것만 같아 신경이 곤두섰다.

'만약 이번에도 은근슬쩍 넘기려고만 해 봐. 가만두지 않을 거야.'

독을 품은 듯한 양희주의 얼굴에 긴장감이 맴돌았다.

휴대폰이 울렸다. 입주 도우미 업체에서 온 전화였다. 기다리던 전화라 얼른 받았다.

"네, 저예요. 어떻게 됐어요? 안 되면 조선족도 괜찮다고 전화하려고 했는데. 된다고요? 네……. 아, 다행이네요. 착한 아줌마라서."

도우미 업체의 실장이라는 남자는 입주하게 될 도우미가 착하고 예쁘다고 했다. 양희주의 입꼬리가 뒤틀렸다.

'쳇, 이 세상에 착한 사람이 어디 있다고. 착한 게 아니라 비굴하든가, 아니면 당분간 착한 척하는 거겠지.'

가족이라고는 그녀와 노모 달랑 둘뿐인데 예쁜 게 무기가 될 리는 없을 테고, 착한 건 두고 보면 알겠지. 지금까지 살면서 정말 착하다고 말할 만한 사람을 만나 본 적이 없었다. 착하고 이해심 많은 사람이라고 자타가 인정하는 사람들도 돈과 관련된 일에서는 모두가 이기적이고 탐욕스러운 검은 마음을 숨긴 사람들이었을 뿐이었다.

기사 식당 한선이 뇌리를 스쳤다. 그의 착한 심성은 오랫동안 한결같았다. 하지만 이 남자도 돈과 얽히면 어떤 괴물을 보여 줄지 알 수 없다. 아무튼 입주 도우미가 착하다니 노모에겐 다행스러운 일이긴 했다.

"그럼 저희 집으로 지금 좀 보내 주세요. 네. 엄마 혼자······. 저희 엄마 노인성 치매 환자인 건 말했죠? 네. 월급은 매달 첫날에 현금으로 지급할게요. 아, 그 아줌마 나이는요? 어머, 되게 젊네. 한참 놀 나이잖아요. 네, 뭐······, 알았어요."

양희주는 전화를 끊었다. 업체에서는 입주 도우미를 지금 보내 준다고 했다.

'그럼 한 가지는 해결됐고. 돈만 받아 내면 다 됐네.'

멍하니 앉아 있던 노모의 뒷모습이 하도 쓸쓸해 보여 계속 마음 한구석이 꺼림칙했는데, 다행이다 싶었다.

5

주미의 손등에 문신을 시술해 줬다는 문신 가게는 논현동에 있었다. 시현은 택시를 타고 논현동으로 갔다.

스스로 납득이 되지 않는 것이 있을 때엔 납득될 때까지 파고들어야 하는 것이 그의 성격이었다. 세상의 그늘에 숨어 두더지처럼 살아가는 주미와 그녀의 동생 나영이 그렇게 살 수밖에 없는 이유엔, 곽새기가 악착같이 뒤를 쫓고 있다는 것 외에, 뭔가 상식적으로 이해되지 않는 것이 있었다.

그것을 이해하기 위해서는 왜 곽새기가 "주미의 손등에 시술된 새 문신이 주미가 이수인이라는 증거"라고 했는지 알아야 했다. 시현 스스로도 그가 찾고 있는 것이 무엇인지 정확히 알 수 없었지만, 어쩐지 자신이 찾고 있는 것을 향해 빠르게 접근하고 있다는 것이 본능적으로 느껴졌다.

문신 가게는 간판이 걸려 있지 않아 겉으로 보기엔 무엇을 하는 곳인지 알 수 없었다. 작업실 문 앞을 서성이자, 목과 팔목에 드래곤 문신을 새긴 고스 스타일의 아가씨가 문을 열고 내다봤다.

타투이스트는 쇄골이 앙상하게 드러날 정도로 바싹 마른 몸매에 어딘지 모르게 독특한 분위기를 풍기는 30대 초반의 여자였다.

"타투이스트 유상미예요."

"전화드렸던 이시현입니다."

두 사람은 악수를 나누었고, 시현은 주미의 사진을 꺼내 보였다.

"이 여자분 맞나요?"

"맞아요. 2011년 8월쯤 이 여자가 동생이랑 와서 손등에 카나리 아 문신을 해 달라고 했어요. 사진인가 무슨 그림을 가지고 와서 는. 아, 맞다. 책 표지였어요. 표지에 그려진 세 그림과 꼭 같이 그 려 달라고 했어요."

"그러니까 상미 씨가 고른 디자인이 아니라, 본인이 직접 디자인 을 가지고 온 거군요."

"네."

"혹시 그 카나리아 문신이 이건가요?"

시현은 주미의 손등에 새겨져 있던 문신이 찍힌 사진을 보였다. 주미를 만나던 시절에 찍어 둔 사진이었다.

"네, 어머, 맞아요. 간단한 거라 금방 끝났고, 돈을 지불하고 갔 어요."

"문신이랑 관련해서 뭔가 이상한 점이랄까, 뭐 그런 건 없었 나요?"

그녀는 혀끝으로 아랫입술을 적시면서 생각에 잠겼다가 뭔가 기 억나는 것이 있는지 고개를 살짝 기울이며 눈알을 굴렸다.

그는 유상미의 기억이 정확한 형체를 잡도록 기다렸다.

"아! 맞다. 생각났어요. 근데 괜히 오싹하네요?"

"……?"

"2010년에 모녀가 자살한 사건이 있었거든요? 우리 동네에. 그게 크리스마스이브에 일어난 사건이라 제가 기억해요. 제가 그 아기 엄마를 알아요. 그 사건 혹시 아시는지 모르겠네?"

"아뇨, 저는 모르는 사건입니다."

"그때 아기 엄마가 우울증을 앓고 있었는데, 카나리아를 매일 한 쌍씩 사 가더라고요. 새를 보면 행복한 상상을 할 수 있다고. 저기 모퉁이 돌아가면 조류 판매상이 있어요, 모이도 팔고. 저는 새를 너무 싫어하고 또 무서워해서 새를 좋아하는 사람들이 이해가 안 가는 사람인데, 어느 날 그 아기 엄마가 문신을 해 달라고 온 거예요."

"혹시 아기 엄마 이름이 이수인이었나요?"

"이름까진 잘 모르겠어요. 하지만 남편이 정신병원에서 일한다는 소문은 얼핏 들었어요."

아기 엄마가 바로 이수인이었다.

"좀 자세히 듣고 싶군요."

"아기 엄마가 카나리아를 단순화한 문신을 손등에 새겨 달라고 해서 제가 문신을 해줬어요. 그런데 그 아기 엄마 죽고 난 다음 해에 방금 보여 주신 사진 속의 그 아가씨가 책 표지를 들고 찾아온 거예요. 그러면서 그 책 표지 속의 새랑 꼭 같은 문신을 해 달라고 주문했죠. 그래서 그 아가씨와 같이 온 여동생까지 두 사람 손등에 문신을 해줬죠. 그땐 몰랐는데, 이야길 하다 보니 그 책 표지에 그려진 카나리아 그림이 제가 애기 엄마 손등에 해 준 거랑 꼭 같네요. 카나리아를 그린 일러스트가 꼭 죽은 아기 엄마 손등에 제가 해 준 문신을 보고 그린 것처럼요."

뭔가 느껴졌다. 시현은 바로 이것이라는 생각이 들었다. '보고 그린 것처럼 꼭 같은 문신.' 한 번도 만난 적이 없고, 다른 동네에 살았으며, 나이마저도 다른 두 여자의 손등에 새겨진 '보고 그린 것처럼 꼭 같은' 문신.

"주미의 손등에 시술된 새 문신이 주미가 이수인이라는 증거"라는 곽새기의 말이 '보고 그린 것처럼 꼭 같은 문신'이라는 유상미의 말과 겹쳐지며 묘한 울림을 만들어 냈다.

"하긴 그 디자인은 워낙 심플한 것이라 누구라도 그렇게 그릴 수 있을 테지만, 우연의 일치치고는 기분이 이상해서 말이죠. 혹시 죽은 아기 엄마랑 그 책 표지를 그린 사람이 서로 알고 있었던 것은 아닐까요? 게다가 더 이상한 건 보통 여성분들은 목 뒤나 손목 안쪽, 아니면 발목, 이런 곳에 문신을 해 달라고 하지, 손등에 해 달라고 하는 사람은 드물어요. 그런데 죽은 아기 엄마도, 사진 속 그 아가씨도 두 사람 모두 같은 카나리아, 같은 손등이네요. 우연치고는 뭔가 이상하지 않아요?"

시현은 고개를 끄덕였다. 그리고 두 여자 사이를 잇는 책 표지.

"어째서인지 모르겠는데 소름이 돋네요."

"그 책 제목이 뭔지, 어느 출판사의 책인지 꼭 좀 알려 주세요. 그리고 이거, 저한테 시간 내주셔서 감사의 의미로 드리는 겁니다."

시현은 지갑 속에서 스타벅스 골드 이용권을 유상미에게 쥐어 주고 나왔다.

옆 가게의 그늘에 앉아 졸고 있던 택시 기사가 문 닫히는 소리에 깼는지 엉덩이를 털며 일어났다.

일단 그 책을 찾아야 할 것 같았다. 책 안에 표지 일러스트에 대한 정보가 있을 것이다. 시현은 묘하게 가슴이 뛰었다. 여기까지 찾아온 성과가 있었다. 대학 앞에도 문신 가게가 있을 텐데 왜 강주미는 논현동까지 찾아와 이곳에서 문신을 했던 걸까. 주미는 뭔가 알고 있었다. 그 뭔가가 대체 뭘까.

그리고 주미가 문신 가게로 가지고 갔다는 그 책 표지를 그린 일러스트레이터는 새를 표현함에 있어 수많은 묘사법이 있을 텐데도 어떻게 이수인의 손등에 그려진 새와 꼭 같은 새를 그렸던 것일까. 세 사람 사이에는 우연의 일치가 아닌, 기묘한 무엇인가가 있다는 생각이 강하게 들었다. 그것이 무엇인지 꼭 찾아내고 싶었다.

택시 기사가 시동을 걸 때였다. 휴대폰이 울렸다. 유상미로부터 온 전화였다.

"그때 놀이터라는 단어를 본 것 같아서 인터넷으로 검색했는데, 찾았어요."

"……!"

"책 제목이 '놀이터가 보이는 집에 사는 남자'예요."

6

시현은 곧장 교보문고로 갔다. 아쉽게도 책은 절판된 상태였다. 친절한 여직원이 몇 군데 온라인 중고책 판매처를 알려 줬지만 그 책을 가지고 있는 사람은 없었다.

그제야 굳이 살 필요가 없다는 걸 깨달았다. 출판사만 알면 출판사로 직접 찾아가 그 책 표지를 그린 작가가 누군지 물어보면 될 것이다.

책 제목으로 검색하자 책에 대한 궁금증들이 풀렸다. 한국 소설이라 생각했는데, 미야베 라이카라는 여류 작가가 쓴 일본 미스터리 소설이었다. 책 표지에 타투이스트 유상미가 말했던 그 새가 그려져 있었다. 정말 주미의 손등 문신과 꼭 같은 그림이었다. 검색을 더 하자 마침내 원하던 것을 찾을 수 있었다. 그가 찾던 일러스트레이터의 이름은 '아해'였다.

책의 초판 발행일은 2011년 8월이었다.

시현은 달리는 택시 안에 앉아 생각에 잠겼다.

2010년, 이수인은 자신이 키우는 카나리아를 손등에 문신했다.

2011년, 아해는 미야베 라이카라는 작가의 책, 『놀이터가 보이는 집에 사는 남자』의 책 표지 그림에 이수인의 손등에 새겨진 문신과 꼭 같은 카나리아를 그려 넣었다.

"왜?"

2011년, 강주미는 이 표지를 들고 가 표지 그림 속 카나리아와 꼭 같은 디자인으로 손등에 문신을 새겼다.

"왜?"

아해, 이수인 그리고 강주미. 이 세 사람은 서로를 알고 있었을까. 이들 사이의 연결 고리가 대체 뭘까. 아해라는 이름을 사용하는 일러스트 작가는 남자일까 여자일까. 그리고 본명은 뭘까.

'그야 출판사에 물어보면 알겠지.'

그가 탄 택시는 『놀이터가 보이는 집에 사는 남자』를 출간한 출판사로 달렸다.

—그 남자가 강주미를 보고 여보라고 부르면서 지가 강주미 남편이라고 했다는 거야.

경찰의 말이 생생하게 떠올랐다. 그때 그 경찰은 곽새기가 2010년 모녀 자살 사건과 관련이 있다는 사실조차 모르고 있었다.

망상증 환자의 말 같기만 하던 곽새기의 그 말이 묘한 파장을 일으켰다. 조사원이 보내온 자료에 의하면 곽새기는 아내 이수인이 입원한 정신병원에서 진압조로 일했다고 한다. 정신병원의 진압조는 환자들이 탈출하면 추적해 잡아 오고, 정신병자 좀 데려가라는 전화가 오면 봉고차를 몰고 가 그들을 데리고 오고, 병동 내의 말 안 듣는 환자들을 폭력으로 진압하는 일을 했다.

과대망상증 환자의 미친 짓이라고 생각해 버리면 그만인 일이, 이수인과 강주미의 손등에 같은 문신이 있다는 사실로 인해 방향을 틀었다. 만약 곽새기가 단순히 과대망상증으로 그런 이야기를 한 것이 아니라면, 반드시 그렇게 믿고 있는 이유가 있었을 것이다. 곽새기는 대체 무엇을 알고 있는 것일까. 아니, 무엇을 본 것일까?

7

양희주는 3층 건물 앞에 멈춰 섰다. 반지하로 내려가는 계단 입구에 이슬농장 건강식품 대리점이라고 적힌 간판이 있었다.

그녀는 선글라스를 벗고 두 눈을 가늘게 떴다. 금방이라도 누군가를 죽일 듯 눈에 살기가 일었다. 그녀는 지하 계단을 향해 단호하게 발걸음을 내딛었다.

밑에서 전화벨이 요란하게 울렸다. 그야말로 구형 전화기에서 울리는 시끄러운 소리였다. 뒤이어 걸쭉한 강마루의 목소리가 튀어나왔다.

"아직 못 찾았어? 대체 그년들 어디 숨은 거야. 서울 바닥 뜬 거 아냐? 뭐라고? 아니. 그렇진 않을 거야. 애들 엄마는 연락 안 된 지 오래됐어. 야, 무슨 손을 대? 넌 날 친딸을 해 먹는 그런 놈으로 보냐? 아님 말고. 니 말처럼 이번엔 좀 오래 숨네. 잠깐, 전화 들어왔다. 하여튼 나영이랑 그년 빨리 찾아와. 끊어. 예, 이슬농장 누에가루 판매처입니다. 한 상자요? 그럼요. 한 상자라도 배달해 드려야죠. 주소 좀 불러 주시겠습니까?"

'애들 엄마? 대체 무슨 말이야?'

뭔가 촉이 왔다. 양희주는 지하실 철문을 벌컥 열어젖혔다.

주문처의 주소를 받아 적던 강마루가 놀란 얼굴로 돌아봤다. 수명이 다 되었는지 지하실 천장의 형광등은 시신경을 자극하며 깜빡였고 그 불빛 아래 드러난 그의 얼굴은 몹시 낯설었다. 잠시 정체 모를 한기가 아랫배 근처를 맴돌고 사라졌다.

양희주는 고개를 빳빳하게 치켜들고 안으로 들어섰다. 강마루는 재빨리 전화기 너머 고객이 불러 주는 주소를 적고 한 시간 안에 배달해 주겠다며 전화를 끊었다.

"어, 왔어?"

억지웃음을 짓고 있던 강마루의 입술 끝이 이지러졌다.

"내 돈 어서 내놔."

"뭘 그리 서둘러. 잠시만 기다려."

"오라고 했으니 준비해 놨을 거 아냐? 단 1초도 기다리고 싶지 않아. 내가 미친년이었어. 내 사전엔 없는 사랑 놀음 하느라 차용증도 안 받고 돈 빌려줬다. 돈 갚겠다고 한 지 6개월이 다 되어 가는 거 알아? 덕분에 이자까지 불어났으니, 오늘 이자, 원금 모두 정확히 계산해."

"일단 밥부터 먹고 커피 한잔하면서……."

"맙소사, 너 오늘도 갚을 생각 없는 거지?"

"갚아, 갚는다고."

"그럼 지금 내놓으라고! 너, 노총각이라면서? 그것도 거짓말이었니? 이 사기꾼아!"

"사기꾼? 정확히는 사기꾼이라기보단……."

강마루가 히죽 웃었다.

"돈밖에 모르는 니가 날 이해할 수는 없을 테니 됐고. 내가 그동안 너 즐겁게 해 줬잖아. 니 비위 다 맞춰 주고. 이자는 그걸로 퉁쳐."

"그렇게는 못하지!"

"살은 뒤룩뒤룩 쪄서는. 다 늙은 년이 돈독만 올랐어. 솔직히 너, 돈 아니면 볼 게 뭐 있겠어? 얼굴이 예뻐, 엉덩이가 탱탱해? 그렇다고 쪼는 맛도 없지. 성격은 또 포악하고."

"이, 씨."

양희주는 수치심과 분노로 헐떡였다.

"넌 돈 빼면 돼지 수육감도 안 되는 년이야."

"돼, 돼지 뭐?"

모욕감에 양희주의 얼굴이 파르르 떨렸다. 양희주는 어금니를 악다물고 강마루의 따귀를 후려쳤다.

"이년이 어디서 남자 얼굴에 손을 대."

"내가 널 사기죄에 강간죄로 고발할 거야!"

덩치가 엇비슷한 두 사람은 한 덩이로 엉켜 몸싸움을 벌였다. 강마루가 양희주의 머리채를 움켜잡자, 양희주도 강마루의 머리칼을 우악스럽게 거머쥐었다. 두 사람은 짐승처럼 치고받았다.

강마루의 커다란 주먹이 양희주의 귀를 후려치자, 단번에 귀가 먹먹하고 눈앞이 잘 보이지 않았다. 순간, 따스하게 웃던 시현의 얼굴이 눈앞을 스쳤다. 잘못하다간 죽겠다는 생각이 들었다. 노모의 얼굴이 떠올랐다. 민박집 벽에 적혀 있던 암호 같던 그 글귀가 그녀 자신의 목소리가 되어 들려왔다.

'사람의 몸을 뺏어 그 사람인 척하고 사는 사람들.'

양희주의 중지에 끼어 있었던 유리 반지가 강마루의 얼굴에 생채기를 냈다.

"에이 씨, 피!"

얼굴에서 피가 나자 강마루는 제정신이 아니었다.

양희주의 머리채를 잡은 강마루는 희주의 얼굴을 지하실 출입문에 세게 처박았다. 드센 성격의 희주였지만 남자의 강한 힘에 떠밀려 머리를 처박히자 정신이 아득해졌다. 강마루는 기세를 더해 희주의 머리를 뒤로 젖혔다가 그대로 벽에다 다시 처박았다. 아예 죽여 버릴 것 같은 기세였다. 희주의 무릎이 꺾였지만 강마루는 멈추지 않았다.

불안하게 깜빡이는 지하실의 형광등 아래로 죽이는 남자와 죽임을 당하는 여자의 얼굴이 드러났다. 피투성이인 희주의 얼굴은 이미 시체에 가까웠고, 두 눈을 부릅뜬 강마루의 표정은 사람의 얼굴이 아니었다.

어느 순간 픽, 하는 소리와 함께 천장의 형광등이 나갔다. 짙은 어둠이 지하실의 끔찍한 풍경을 가렸지만, 희주의 두개골이 콘크리트 벽에 처박히는 소리는 어둠마저 뚫고 들려왔다. 쿵, 하던 소리는 이제 질퍽한 것을 찧어 대는 소리로 변해 있었다.

"헉, 헉, 헉. 씨발년, 사람을 뭘로 보고."

낮게 중얼거리는 강마루의 목소리와 함께 사람의 살이 짓이겨지는 소리가 막을 내렸다.

강마루는 라이터를 켰다. 팽팽하게 경직되어 있는 그의 얼굴이

라이터 불빛에 드러났다. 그는 서랍을 열고 양초를 꺼내 불을 붙였다. 양초 불빛 아래로 축 늘어진 양희주의 하반신이 보였다. 짓이겨진 머리 쪽이 어둠에 잠겨 있어 시신은 마치 머리가 없는 것처럼 보였다. 미동조차 없는 걸 보니 죽은 것 같았다.

분노가 가라앉자 겨우 이성이 돌아왔다. 그는 피 묻은 자신의 손을 노려봤다. 채 소진되지 못한 폭력의 힘이 남아 손이 부들부들 떨리고 있었다.

그는 자물쇠가 잠긴 창고 문을 열었다. 창고 안에 슈트 케이스가 세 개 놓여 있었다.

"그래, 네년이 빨간색을 좋아하잖아. 원대로 빨간색 관에 넣어줄게."

그는 반질반질 윤이 흐르는 빨간색 슈트 케이스를 꺼내 열었다. 포장 비닐로 양희주를 둘둘 말아 슈트 케이스 안에 구겨 넣고 지퍼를 올렸다.

그는 떼어 낸 이름표에 암퇘지라고 적었다.

반지하의 수세식 화장실은 건물 주인이 누수공사를 마친 뒤, 타일을 붙이지 않은 상태로 꽤 오랜 시간 방치해 둔 곳이었다. 집주인은 장기 해외여행을 떠나면서 일꾼을 불러 화장실 벽을 마무리해 줄 것을 그에게 부탁했다.

'일꾼은 무슨.'

출소한 후, 일용직을 떠도는 동안 온갖 궂은일을 해 온 그였다. 그의 손으로 하면 그만이었다.

화장실 한쪽엔 삽과 곡괭이 그리고 타일을 담은 상자가 놓여 있었다. 그는 창고에서 끌고 온 빨간색 슈트 케이스를 세워 두고 곡괭이를 집어 들었다. 거친 벽면을 곡괭이로 몇 번 찍어 내자 시멘트가 떨어지고 움푹 팬 안이 드러났다. 드러난 벽 안에 두 개의 가방 손잡이가 보였다. 좀 더 파내자 또 다른 가방의 몸통이 드러났다. 갈색의 대형 짐 가방이었다. 그는 양희주를 담은 슈트 케이스를 원래 벽 안에 있던 짐 가방 옆에 나란히 세워 두고 시멘트를 개기 시작했다. 건물 주인이 여름휴가를 마치고 돌아오면 타일이 완벽하게 붙어 있는 화장실을 보게 되리라.

8

찢어진 벽지에 죽어 가는 나비를 본다.

그것은 유계에 낙역되는 비밀한 통화구다.

어느 날 겨울 가운데의 수염에 죽어가는 나비를 본다.

날개 축 쳐어진 나비는 입김에 어리는 가난한 이슬을 먹는다.

통화구를 손바닥으로 꼭 막으면서 내가 죽으면 앉았다 일어서드키 나비도 날아가리라. 이런 말이 결코 밖으로 새어나가지는 않게 한다.

이상의 시 「나비」를 읊는 자신의 목소리가 들려왔다.

—남의 몸을 뺏어 그 사람인 척하고 살아가는 저쪽의 존재들.

육체에서 빠져나오고 보니 그 말이 뜻하는 것이 무엇인지 알 것 같았다.

그녀는 이제 무서워하는 아해가 아닌 무서운 아해이자, '저쪽'의 존재가 된 것이었다.

'엄마……. 나, 다시 돌아올게.'

그녀는 반드시 다시 돌아와야 했다.

이 세상에 피붙이라고는 딸 하나뿐인 치매 노모를 혼자 살게 만들 순 없었다.

노모는 조발성 알츠하이머병에 걸린 뒤 서서히 노인성 치매로 옮겨 가는 동안, 물건의 이름과 사용법을 잊어버리고, 낮과 밤을 혼동하고 자신이 누구란 것도, 그토록 사랑했던 하치가 누군지도 잊었지만 딸만큼은 기억했다. 자신이 누군지도 모르는 노모가 딸을 찾아 거리를 헤매다가 혼자 죽어 가도록 내버려 둘 순 없었다. 그녀는 반드시 돌아와야 했다.

9

기세 좋게 거실 창문을 두들겨 대던 빗줄기가 서서히 약해지고 있었다. 집 안 어디선가 물방울 떨어지는 소리가 났다.

통…… . 통…… . 통…… .

적요한 거실을 파고드는 물방울의 공명은 마치 동굴 속인 듯 깊고 아스라했다.

'엄마…… . 나, 다시 돌아올게.'

희주였다. 희주가 노모의 귓가에 대고 속삭였다. 마룻바닥에 누워 자고 있던 노모는 천천히 눈을 떴다. 움푹 팬 눈엔 아직 잠이 달라붙어 있었고, 공명의 진원지를 찾아 거실 여기저기를 기웃거리는 눈빛은 혼란스러웠다. 방금 귓속말을 들었는데 희주가 보이지 않았다.

"엄마, 나 여기 있어."

다시 딸이 말했다. 이번엔 식탁 밑에서 들려왔다.

노모는 상체를 숙여 식탁 밑을 쳐다봤다. 의자에 앉은 딸 희주의 하체가 보였다.

"헤, 헤. 찾았다."

술래잡기를 하는 아이처럼 신이 나서 웃던 노모의 얼굴이 일그러졌다. 딸의 한쪽 발은 시퍼렇게 피멍이 들어 있고 하이힐 신은 발은 부러진 닭 모가지처럼 발목이 꺾여 있었다. 다리 전체가 긁히고 찢어져 피가 말라붙어 있는 걸 보니 화가 치밀었다.

"어디서 이랬어? 어떤 놈이 이런 거야? 아님 년이야? 확 그냥 그 년놈들 눈알을 파 줄라. 구두 한 짝은? 쯧쯧쯧, 다쳐도 많이 다쳤네. 빨간약 가지고 올 테니까 그대로 앉아 있어."

의자를 뒤로 밀며 일어나던 노모는 고개를 갸우뚱했다. 정신이 오락가락하는 바람에 방금 그 일이 꿈인지 생시인지 구분이 가지 않았던 것이다. 노모는 다시 상체를 숙이고 식탁 밑을 들여다봤다. 어찌 된 일인지 좀 전에 식탁 밑에서 봤던 피멍 들고 찢어진 다리 따윈 없었다.

'어? 방금 희주 다릴 봤는데.'

"희주야, 희주야?"

노모는 희주를 찾아 집 안 구석구석을 뒤지고 다녔다. 욕실, 싱크대 안, 변기 뚜껑 아래, 소파 밑, 신발장, 마지막으로 안방 옷장 안까지 확인했지만 희주를 찾지 못했다.

"……"

물속처럼 고요한 집 안에 TV 소리가 둥둥 떠다녔다. 바깥에 나다니는 것이 얼마나 위험한 짓인지 TV 뉴스를 보면 안다던 희주는 노모가 TV를 틀어 놓고 하염없이 보고 있으면 반드시 돌아왔다. 노모는 멍하니 화면에 시선을 고정했다. 노모에게 TV는 매일 딸을 기다려야 하는 긴 시간을 잡아먹어 주는 고마운 괴물이었다.

"그야말로 올 들어서 가장 더운 날씨가 될 것으로 예상되는데요. 현재 전국적으로 폭염 경보가 내려져 있습니다. 월요일 밤부터는 전국적으로 불쾌지수도 매우 높아지겠습니다." 저녁 7시 뉴스가 끝나고 광고가 나오기 시작했다.

뉴스가 끝났는데도 희주는 돌아오지 않았다. 주글주글한 피부 위로 소름 같은 불안이 돋았다. 뉴스 때문에 희주가 초인종을 눌렀는데도 듣지 못했나 싶어 노모는 TV를 끄고 일어나 현관문을 열고 내다봤다. 한참을 아무도 없는 애꿎은 계단을 노려보다가 혹시 그사이에 들어왔나 싶어 안방 문을 열어 봤지만 희주는 그곳에도 없었다.

노모의 그림자가 거실 바닥 위로 길게 늘어졌다. 재활용 플라스틱 용기 안에 가득 쌓인 음식물 찌꺼기 위로 초파리들이 날아다녔다. 노모는 딸이 없는 집 안이 너무 낯설게 느껴져 현관문을 돌아보고 부엌을 보고 집 안 구석구석을 쳐다보고 또 쳐다봤다. 집 안은 꼭 고인 물속같이 고요하다.

문득, "엄마, 나 진짜로 간다" 하고 소리치던 희주의 목소리가 떠올랐다. 그 말이 꼭 늙은 저는 두고 딸 먼저 이 세상을 떠난다는 말처럼 들려와 자글자글 주름진 두 눈에 갑자기 눈물이 핑 돌았다.

노모는 구시렁대면서 냉장고 문을 열고 반찬 그릇을 주섬주섬 꺼내 식탁 위에 놨다. 밥솥에서 두 그릇의 밥을 퍼 마주 보는 식탁 자리에 각각 놓고, 두 벌의 수저를 꺼내 자신과 딸의 자리에 놓았다. 의자에 앉아 딸을 기다렸다. 기이할 정도로 고요한 집 안이 이상해 노모는 집 안 구석구석을 다시 돌아봤다.

'혹시 여기 내 집이 아닌 거 아냐?'

가슴이 철렁해진 노모는 고개를 치켜들고 주변을 살폈다.

벽에 걸린 사진 액자 속에 희주가 어떤 여자랑 함께 웃고 있었다.

"미야베 라이카! 세상에, 여기가 그년 집이었어? 일본 년도 아닌 주제에 일본 년인 척하고 다녔다지."

노모는 사진 속의 여자가 자기 자신의 몇 년 전, 그러니까 치매에 걸리기 전의 얼굴이라는 것은 전혀 깨닫지 못했다.

'그런데 내가 왜 희주도 없이 혼자 여기 있는 거지?'

10

상원은 식당 유리창 너머로 노모가 지나가는 것을 봤다. 노모는 구부정하게 허리를 굽히고 무엇이 그리 급한지 서둘러 걷고 있었다. 마치 뭔가에 홀린 듯한 모습이었다.

목에 걸 수 있도록 만들어진 '치매 노인 긴급 연락 이름표'가 노모의 가슴 앞에서 이리저리 흔들리고 있었다. 땅거미 진 이 시간에 혼자서 어딜 가는 걸까.

"아버지, 저기 할머니 혼자 어디 가시는데요?"

주방에서 아버지가 목을 쑥 빼 식당 밖을 쳐다보더니 놀란 얼굴로 나와 식당 문을 열고 나갔다.

"할머니, 어디 가세요?"

한선이 앞을 막아섰지만, 노모는 쳐다보지도 않고 앞만 보고 걸었다.

"댁은 누구신데요?"

"아……, 그러니까 저기 식당에……."

"우리 희주가 집에 안 와. 애 찾으러 가야 해."

한선은 양미간을 좁혔다. 점심시간쯤에 식당으로 찾아와 한 시간 안에 돌아오겠다던 양희주의 말이 떠올랐기 때문이었다.

"어디 가시지 마시고, 저희 식당에 가서 희주 씨 같이 기다려요."

"됐어, 귀찮아."

노모는 손사래를 치곤 한선을 밀어냈다.

"어머니, 에이 그러지 마시고……."

"어머나, 징그러워. 누구신데 이래요!"

"가요! 우리 식당에."

"사람 살려! 사람 살려!"

한선이 노모를 잡자, 노모는 갑자기 고래고래 고함을 지르며 몸을 뺐다. 지나가던 사람들이 모두 쳐다봤다.

"아버지!"

상원이 달려왔다.

두 남자는 버둥거리는 노모를 번쩍 들고 식당으로 데려가 앉혔다.

"어머니, 배고프시죠?"

"어? 응. 밥 좀 줘."

"잠시만 앉아 계시면 금방 내드릴게요."

한선은 노모를 지켜보면서 양희주에게 전화를 걸었지만 통화는 되지 않았다.

한 무리의 택시 기사들이 몰려 들어왔다.

상원이 손님을 맞고 주문을 받았다. 주방에서 음식을 하다가 목을 쑥 빼고 식당 홀을 보던 한선의 얼굴이 굳었다. 몇 초 전까지만 해도 자리에 앉아 밥이 오길 기다리던 노모는 보이지 않았다. 큰일 났구나 싶었다.

11

출판사에서 이제 막 돌아와 택시에서 내리던 시현은 횡단보도 앞에 서 있는 노모를 발견했다.

"할머니! 어디 가세요?"

시현은 절룩이며 뛰어가 노모의 옷자락을 붙잡았다.

노모의 목에 치매 환자용 이름표가 붙어 있었다. 시현의 눈이 재빨리 이름표를 훑었다.

보호자 이름을 발견한 시현의 두 눈이 한순간 명멸했다. 양희주라는 이름이 그곳에 있었다. 여태 희주라는 이름만 알았지 성이 양씨인지는 모르고 있었다. 이렇게 가까운 곳에 아해가 있었다니 사람의 인연이라는 것은 묘했다. 하지만 여전히 동명이인일 가능성은 배제할 수 없었다.

"뭐여? 저리 비켜. 우리 희주 만나러 어여 가야 해. 나 바빠!"

노모는 시현의 손을 쳐 내곤 뒤도 돌아보지 않고 횡단보도를 건넜다.

"할머니, 나중에 꼭 약국 들르세요!"

시현은 횡단보도를 건너는 노모를 향해 소리쳤다.

노모가 무사히 횡단보도를 건너가는 것을 지켜본 그는 약국을 향해 걸었다. 노모와 양희주가 돌아올 때를 기다렸다가 혹시 이수인이라는 여자를 아는지 물어볼 생각이었다.

노모는 늘 딸이 내리곤 하던 버스 정류장 부스 안을 들여다봤지만 희주는 없었다.

눈에 익은 260번 버스가 도착했다. 칙, 요란한 소리를 내며 버스 문이 열렸다. 노모는 내리는 사람들의 얼굴 속에서 딸의 얼굴을 찾으려는 듯 분주하게 눈알을 굴렸다. 그러나 딸의 얼굴은 어디에도 없었다. 버스 문이 스르르 닫히는 순간, 어쩌면 버스 안에 있을지도 모른다는 생각이 들었다. 노모는 헐레벌떡 일어나 버스 옆면을 손바닥으로 탕탕 쳤다.

사이드미러로 노모를 발견한 운전기사가 닫던 문을 도로 열었다. 노모는 뒤뚱거리며 버스에 올라탔다.

몇 걸음, 약국을 향해 걷던 시현은, 그 자리에 우두커니 멈춰 섰다. 뭔가 잘못되었다는 느낌이 강하게 들었다. 딸이라면, 정신도 없는 노모와 집이 아닌 다른 장소에서 만나자고 할 리가 없었다. 지금 노모는 딸과 만나기로 한 약속 장소를 찾아가는 것이 아니었다.

노모는 자신이 어딜 가는지, 왜 가는지에 대한 생각도 없이, 일상의 버릇처럼, 혹은 그녀가 기억하는 과거의 어느 순간을 현재로 착각하고 어딘가로 가고 있는 것 같았다. 아뿔싸, 싶어 시현이 돌아봤을 때 260번 버스는 노모를 태운 채 떠나고 있었다.

온몸을 절룩이며 달려가 버스를 세울 자신은 없었다. 그는 한숨을 쉬고 돌아섰다. 다행히 노모는 치매 환자용 이름표를 목에 걸고 있었다. 일단은 안심이 되었지만 마음은 여전히 불편했다.

"어이."

누군가 큰 소리로 그를 불렀다. 놀라서 돌아보자 약국 문 앞에 누군가 서 있었다.

"하 형사님, 웬일이세요?"

"너야말로 약국을 비워 놓고 어딜 쏘다녀?"

"얼굴 좋으신데요?"

"뭘 먹어도 속이 더부룩해. 소화제나 좀 줘 봐."

"너무 과음하시는 것 아니에요? 요즘도 자기 전에 술 마셔요?"

시현은 약과 드링크를 내놓으며 말했다.

"알코올 의존증 될까 봐 조심하고 있어. 잔소리해 줄 마누라도 없어서. 하긴 우리 뚱이 놈이 내 마누라긴 해. 뭘 알고 그러는 건지, 모르고 그러는 건지, 내가 술병 놔둔 근처로 가기만 하면 으르렁거리니까."

"아마 뚱이도 알고 짖는 걸 겁니다. 개들이 보기보다 영리하다니."

그는 선 자리에서 활명수와 소화제를 복용하고 빈 병을 재활용통에 던져 넣었다.

"근처에 사건 있어서 오신 거예요?"

"어. 살인 용의자가 근처에 나타났다는 제보를 받았어."

"무슨 살인이요?"

"좀 오래된 사건이야. 2010년에 정신병원에서 살인 사건이 있었는데, 그때 내가 맡았던 사건. 아직 범인을 못 잡았는데 며칠 전부터 여기저기서 제보가 들어왔어. 인상착의 비슷한 놈이 나타났다고. 혹시 이렇게 생긴 놈 보면 연락해."

하 형사는 사진 한 장을 꺼내 놨다.

무심코 사진을 보던 시현의 표정이 굳었다.

"아는 사람이야?"

"이 사람이 누굴 죽였는데요?"

"지 마누라가 입원해 있던 정신병원 환자 목을 땄어."

"왜요?"

"듣기로는 그 환자랑 친하게 지내는 걸 질투해서 그랬다는데, 정확한 동기는 범인을 잡아 봐야 아는 거고."

"죽은 환자는 어떤 사람이었고요?"

"……?"

하 형사의 눈빛이 변했다.

"뭐야, 털어놔 봐. 사진 속 남자 알아?"

"아, 그게 약 사러 한 번 왔던 것 같아서……."

시현은 적당히 둘러댔다.

"한 번 왔으면 또 올 가능성이 높아. 다시 오면 즉시 내게 연락해."

하 형사는 시현이 건넨 홍삼 드링크를 선 자리에서 마셔 버리고 제보 받은 장소 주변을 조사하러 간다면서 나갔다.

곽새기를 경찰에 넘길 생각은 없었다. 시현은 휴대폰으로 조사원에게 문자를 보냈다.

―곽새기가 살해했다는 정신병원 환자 신원 좀 파악해 주십시오.

그의 의뢰 선상에는 없었던 인물이 추가됐다. 시현은 이수인이라는 여자와 관련된 모든 것을 알고 싶었다.

새로운 의뢰가 추가될 때마다 추가 비용을 내야 했다. 의뢰비는 의뢰 내용에 따라 가격이 달랐다. 시현에게 돈의 액수는 문제가 되지 않았다. 그는 곽새기와 이수인 그리고 강주미와 관련된 일이라면 무엇이든 세세히 알고 싶었다. 즉시 답 문자가 왔다.

―그렇잖아도 곽새기를 조사하면서 잠시 알아봤는데 별거 없습니다. 이름은 조이. 정신분열증으로 장기간 입원해 있었는데 곽새기한테 살해당하고 나서도 찾아오는 사람이 없었답니다. 죽기 전에는 이수인이라는 여자 환자와 좀 가깝게 지냈고 그 외 특이 사항은 없었습니다. 그리고 곽새기, 잡을 수 있을 것 같습니다.

"……!"

그때 약국 문이 조금 열리더니 웬 젊은 남자가 얼굴을 내밀었다.

낯이 익었다. 그는 조사원에게 다시 연락한다는 문자를 보내고 휴대폰 화면을 닫았다.

"안녕하세요, 약사님. 혹시 머리에 연필 꽂고 가슴 앞에 치매 환자용 이름표 다신 할머니 못 보셨어요?"

젊은 남자의 이마에 송골송골 맺혀 있던 땀이 굵직한 턱선을 타고 흘러내렸다.

"할머님 버스 타고 따님 만나러 가신다고 하셨어요."

"그럼 버스 타고 가신 건가요?"

"네."

젊은 남자는 낭패한 표정을 지었다.

"그 할머니, 어떻게 아세요?"

"네, 따님이랑 저희 식당에 자주 오시거든요. 따님이 할머님 부탁하고 가셨는데, 따님한테는 하루 종일 연락이 안 되고……."

젊은 남자가 문을 열고 들어와 카운터 앞에 섰다.

"혹시 할머님 보시면 전화 좀 부탁합니다. 전 김상원이라고 합니다. 시장통 밑 길에 있는 기사 식당에 있습니다."

상원은 수첩을 꺼내 전화번호를 적어서 내밀었다.

"아, 어쩐지 낯이 익다고 생각했습니다. 그런데 혹시 그 따님 직업이 뭔지 아세요?"

"네, 책 표지 그림 그리는 일을 한다고 들었습니다. 그런데 왜요?"

"할머님이 가끔 여기 오시는데, 할머님이 그러셔서 그냥 물어본 겁니다. 할머님 보면 전화드리겠습니다."

동명이인이 아니었다. 양희주가 바로 그 아해였다. 그리고 그녀의 집은 지금 비어 있는 것이 확실했다.

12

"사람도 안 탔는데 가면 어떡해요? 아저씨!"

노모는 버스 기사를 향해 얼굴을 실룩이며 투덜댔다.

"아이고, 죄송합니다. 어르신, 뒷자리 비었네요. 앉으세요."

버스 기사는 유들유들하게 대꾸했다.

노모는 운전기사 바로 뒷자리에 엉덩이를 엉거주춤 붙이고 앉아 버스 승객들의 얼굴을 다시 한 번 찬찬히 살폈다. 꾸벅꾸벅 조는 남자, 창밖을 보고 있는 여자, 눈을 감고 이어폰을 끼고 있는 사람들, 웃고 있는 남녀들, 그 속에 희주는 없었다.

"이봐요, 아저씨. 내가 버스를 잘못 탄 거 같아."

노모는 기사에게 큰 소리로 외쳤다.

"어디 가시는데요?"

"우리 희주 있는 데."

"예?"

버스 기사는 커다란 룸미러 속 노모를 쳐다봤다. 자다가 일어났는지 틀어 올린 백발이 산발이 되어 있었다. 쭈글쭈글 검버섯이 핀 얼굴을 보던 버스 기사의 두 눈이 동그래졌다.

아무래도 제정신이 아닌 할머니 같았다. 입술에 새빨간 립스틱을 진하게 발랐는데 립스틱이 입술선 밖을 넘어 비뚤비뚤 엉망으로 발려 있었다.

'자식도 없나? 저런 노파를 어떻게 혼자 내보냈을까?'

그러고 보니 목에 이름표를 걸고 있었다.

헐렁한 티셔츠에 한겨울에나 입을 만한 빨간 속바지를 입고, 그 위에 월남치마를 걸친 노파는 젊은 여자들이나 신을 법한 검정색 통굽이 달린 앵클부츠를 신고 있었다.

앵클부츠를 본 순간, 기사는 얼른 고개를 돌려 키득키득 웃고는 다시 정색을 하고 돌아봤다.

"할머니, 다음 정거장에서 내리실래요?"

"아저씨, 총각이야?"

"아니에요. 애가 둘이나 되는데."

"이놈아, 그럼 애당초 그렇게 말했어야지! 왜 장가도 안 갔다고 거짓말을 하고 그래?"

"아니, 제가 언제 뭐라고 했다고……. 장가의 장 자도 안 꺼냈는데."

운전기사는 뜨악한 표정을 짓고는 입을 닫았다.

"여가 어디여?"

성난 얼굴은 삽시간에 사라져 버리고 호기심에 가득 차 창밖을 두리번대던 노모는 어느새 꾸벅꾸벅 졸기 시작했다.

다음 버스 정류장이 저 앞에 보였다. 운전기사는 할머니를 깨울 생각으로 룸미러를 올려다봤다. 할머니는 조막만 한 얼굴을 어깨 뒤로 젖힌 채 입을 커다랗게 벌리고 단잠에 빠져 있었다. 파리가 들어가도 모르겠네, 혼잣말을 중얼거릴 때였다. 하차할 승객들이 벨을 눌렀다. 기사는 버스를 정차하고 뒷문을 열었다. 승객들이 내리기 시작했다.

"할머니, 내리세요."

버스 기사는 노모를 돌아보고 말했다. 코까지 골며 잠든 할머니는 쉽게 깰 것 같지 않았다.

"할머니, 내리시라고요!"

그가 좀 더 큰 소리로 말했다. 노모는 흠칫 놀라며 정신을 차렸다.

"여가 어디요?"

"망량동이에요. 내리셔서 지나가는 사람한테 이름표 보여 주시고 집에 데려다 달라고 하세요."

노모는 자꾸만 내려오는 눈꺼풀을 들어 올리지 못하고 눈을 감았다.

"할머니, 안 내리실 거예요?"

"아직 다 안 왔어. 세 정거장 더 가서 내리래, 희주가."

노모는 눈을 감은 채 작은 목소리로 중얼거렸다.

"예? 뭐라고요?"

"세 정거장 더 가서 내리신대요."

승객 중 누군가가 말을 거들었다. 세 정거장을 더 가면 흑도동이다.

"할머니 정신이 온전치 않은 것 같은데, 기사님, 그냥 갑시다."

승객 누군가가 소리쳤다.

운전기사는 흑도동 버스 정류장에 버스를 정차했다. 손님들이 내리고 탔다.

"할머니, 흑도동이에요. 세 정거장 더 왔어요."

노모는 고개를 푹 숙인 채 코를 골고 있었다.

"아무래도 파출소에 데려다주는 게 좋겠어요."

맞은편 의자에 앉아 있던 아기 엄마가 기사에게 속삭였다. 두 정거장을 더 가면 파출소 앞이었다. 아기 엄마의 말대로 하는 것이 맞는 것 같았다. 그렇게 생각하며 기사가 문을 닫을 때였다. 사이드미러로 숨이 턱에 닿도록 달려오는 남자가 보였다.

땀에 흠뻑 젖은 강마루는 우당탕 요란한 소리를 내며 버스에 올라탔다. 손님들의 시선이 일제히 그에게 집중됐다. 승객들은 경직된 얼굴로 눈알을 부라리며 숨을 헐떡이는 남자를 호기심 가득한 얼굴로 지켜봤다. 그는 승객들의 시선을 잡아먹을 듯한 눈으로 노려보며 시선 하나하나에 대응했다. 오싹한 그 눈빛에 그를 흘끔거리던 승객들은 시선을 돌렸다.

강마루가 선 통로에서 가장 가까운 곳에 자리가 비어 있었다. 그는 꾸벅꾸벅 졸고 있는 노모의 뒷좌석에 털썩 주저앉았다.

버스는 주행로로 진입해 밤거리를 달렸다.

창에 기대 잠든 노모의 옆모습과 뒷좌석에 앉은 그의 얼굴이 어두운 유리창에 나란히 비쳤다. 당사자들도 깨닫지 못한 기연(奇緣)을 숨긴 두 사람의 얼굴은, 무심한 표정으로 앉아 가는 다른 승객들의 얼굴과 조금도 다르지 않았다.

13

상원이 가고 나자 시현은 약국에 진열해 둔 외제 담배 한 갑과 라이터를 주머니에 집어넣었다. 한 시간 후에 돌아온다는 메모를 써서 약국 문에 붙여 놓고 택시를 잡아탔다.

약국에서 대원아파트까지는 걸어서 가면 20분 정도 걸리지만 택시를 타면 5분이면 충분했다. 이 무더위에 절룩이며 걷긴 싫었다.

지나가는 길 저쪽으로 강주미가 묵고 있는 여인숙이 보였다. 주미는 멀쩡한 집을 놔두고도 집으로 돌아가지 못하고 떠돌고 있다. 그는 주미를 반드시 제자리로 돌려놓고야 말 생각이었다. 그날 그녀의 변고를 외면한 마음의 부채를 어떻게 해서든 갚고 싶었다.

'조금만 더 기다려. 그놈을 내 손으로 제거한 다음, 모든 걸 정상으로 돌려놔 줄게.'

목적한 바를 이루기 위해 종종 불법적인 일도 저질러 왔지만, 그에게도 나름대로의 규칙은 있었다. 불법을 저질러 누군가의 삶을 구한다면 상관없었다.

뉴멕시코에서 번지점프를 하다가 왼쪽 몸 전체를 쓰지 못할 뻔했던 큰 사고를 겪었던 시현은 번지점프 리조트 소유 기업과 기나긴 법정 싸움을 했다. 미국 대학에서 학생들을 가르치는 대학교수였던 이모부는 영어 소통에 어려움이 없었음에도 불구하고 법정 용어를 알아듣지 못해 고액의 변호사를 고용해야 했고, 그 비용은 한국의 부모님이 지불했다. 재판은 상대측에 의해 고의적으로 뒤로 미루어지거나 해서 무려 4년 동안 이어졌다. 결국은 쌍방 합의로 끝났지만, 재판으로 인한 정신적, 물질적 피해는 이루 말할 수가 없었다. 법이라는 것을 혐오하기 시작한 것은 그때부터였다.

법 자체에 문제가 있는 것이 아니었다. 문제는, 법을 이용해 한몫 벌어 보자는 사기꾼 같은 변호사와 동양인 케이스를 한 번도 맡아 보지 못한 뉴멕시코 토박이 판사에게 있었다.

그때부터 지금까지 시현은 어차피 법이란 법을 모르는 약자들을 돕기 위해 있는 것이 아니라고 생각해 왔다. 진실마저도 법정에선 돈과 힘으로 살 수 있는 현대의 변질된 법체계에 환멸을 느꼈다.

법은 법을 이용해 기득권의 이익과 세력을 불리기 위한 장치에 불과하다는 생각은 합법과 불법의 경계를 모호하게 만들었고, 시현은 언제부터인가 합법과 불법을 따지지 않게 됐다.

그토록 찾아도 나타나지 않던 주미가 약국 문을 열고 들어왔던 그 순간, 그녀와 그 사이에 끝마치지 못한 어떤 일이 분명 어떤 식으로든 끝을 맺기 위한 때가 된 것이란 예감이 들었다. 그리고 그는 그때를 위해 열심히 준비해 오고 있었다.

그가 생각에 잠겨 있는 동안, 택시는 대원아파트 가동으로 진입했다.

원래 담배를 피우지 않는 시현은 택시에서 내려서자마자 주머니에 넣어 온 새 담뱃갑을 뜯어 한 개비를 꺼내 불을 붙여 물었다. 경비실은 시현의 모습이 보이는 위치였다. 경비는 아마도 지금 시현을 눈여겨보고 있을 터였다. 그는 곧장 경비실로 걸어갔다. 나이가 지긋해 보이는 경비가 문을 열고 나왔다. 그는 담뱃불을 바닥에 눌러 끈 다음, 담배꽁초를 경비실 앞 쓰레기통에 집어넣고는 허리를 굽혀 인사했다.

"안녕하세요, 어르신."

"아이쿠, 약사님이 이 시간에 무슨 일이세요? 집에 문이 잠겼나요?"

"아, 어떻게 아셨어요? 그런데 제 집은 아니고 1403호 할머니 댁에 들어가야 해서요."

"무슨 일이신데요?"

경비의 눈빛이 달라졌다. 경계심이 엿보였다.

"할머니가 지금 제 약국에 계신데, 갑자기 일어나질 못하세요. 근육 마비가 온 것 같은데 할머니가 사용하시는 약이 집에 있다고 저더러 좀 가져다 달라고 해서 왔습니다."

그는 담뱃갑에서 담배 한 개비를 더 꺼내 들었다. 경비의 시선이 자연스럽게 담뱃갑을 훑었다.

"그래요? 그럼 어서 들어가야죠."

경비는 경비실에 들어갔다가 열쇠를 들고 나와 가동 입구를 향해 걸었다.

"이거 한번 태워 보세요. 독일에서 새로 출시된 담밴데 입맛에 맞을지 모르겠지만."

시현은 담뱃갑을 통째로 건넸다.

"아니, 또 뭘 이렇게 주세요. 늘 받기만 하는데요."

"마음에 드시면 말씀만 하세요. 새 담배 들어올 때 한 상자 가져다 드릴게요. 갈 땐 제가 문 잠그고 가겠습니다."

담배를 피우는 사람들은 새 담배를 맛보고 싶어 하는 욕망이 있다.

"예, 그래도 빨리 나오셔야 합니다. 아시죠?"

경비는 눈가를 늘어뜨리며 만족한 표정으로 웃었지만 은근슬쩍 경고의 말도 잊지 않았다.

시현은 명절마다 경비에게 돈 봉투를 챙겨 주고 가족 중 누가 아프다고 하면 공짜 약을 챙겨 줘 왔다. 오랫동안 시현의 몸에 밴 친절과 배려였지만, 그 친절과 배려가 나중엔 상대방을 손에 쥘 수 있는 힘이 된다는 것을 알고 하는 계산된 행동이었다.

경비가 눈을 감아 준 것도 평소에 깔아 놓은 것이 있어서이기도 했지만 시현이 문을 열어 줘야 할 적당한 구실을 댔기 때문이었다.

노모가 사용하는 약을 가지러 왔다는 말이 경비 입장에서는 진짜인지 거짓인지 알 수 없었기 때문에 마음속으로는 무엇인가 꺼림칙했어도, 약사와의 좋았던 관계를 끊고 싶지 않아 진짜 이유를 묻지 못한 것이다.

외제 담배도 뇌물이라면 뇌물이었다. 그것을 받고 문을 열어 줬으니 문제가 생긴다면 그 역시 직장에 머물 수는 없다는 것을 경비는 알고 있었다. 그렇기 때문에 경비가 시현이 빈집에 다녀갔다는 사실을 양희주에게 말할 수 없으리란 심리를 이용했다.

나중에라도 그가 노모의 아파트에 들어왔다는 사실이 양희주의 귀에 들어가게 된다고 해도 없어진 물건이 없는 이상, 시현이 노모에게 살뜰하게 대해 준 것을 아는 양희주 또한 그를 주거침입으로 고소할 수도 없을 터였다. 무엇보다 양희주가 그날 밤 그를 처음 본 순간 그에게 마음을 빼앗겼다는 사실을 그는 잘 알고 있었다.

집 안은 엉망이었다.

시현은 지팡이를 신발장 옆에 세워 두고 미리 준비해 온 발싸개를 주머니에서 꺼내 신발에 씌우고는 거실로 올라섰다. 그의 아파트와는 구조가 약간 달랐다. 큰방의 문이 훨쩍 열려 있었다. 안은 한쪽 벽면을 꽉 채운 목조 장롱이 버티고 있을 뿐 특별히 그의 시선을 끄는 것은 없었다. 그는 집 안을 살피다가 화장실 옆으로 난 통로로 걸어 들어갔다. 그곳에 또 하나의 방이 있었다. 그는 굳게 닫힌 방 앞에 서서 동그란 손잡이를 돌렸다.

"……!"

문을 여는 순간 검은 새 한 마리가 그의 시야로 뛰어들었다. 그는 흠칫 놀라 상체를 뒤로 뺐다. 하지만 다음 순간 착시였다는 것을 깨달았다. 그에게 뛰어든 새는 그림이었다. 두 개를 이어 붙인 긴 책상 위에 직사각형의 그림 패널이 놓여 있었다. 눈이 없는 검은 새는 패널 속 그림의 일부로, 주미의 손등에 새겨져 있던 새와 꼭 같았다.

검은 새들이 그림 속 무채색의 숲을 날아다녔다.

그림은 기품이 있으면서도 그로테스크한 분위기를 자아냈다. 어딘지 모를 쓸쓸함과 기괴함이 느껴지는 이유는 화려한 색감을 보여 줘야 할 로코코 양식을 흑백의 무채색으로 표현했기 때문이거나, 그림 속 새도, 소녀도, 눈이 없기 때문일지도 모른다.

방은 그림 작가 양희주의 작업실이었다.

책상 위엔 종이를 붙여 둔 나무 화판, 모니터 태블릿과 대형 애플 컴퓨터, 스캐너와 프린트, 색색의 마커들과 프리즈마 색연필, 가위, 습작한 종이들이 각각 자리를 잡고 정돈되어 있었다.

그는 잠자고 있는 마우스를 흔들었다. 컴퓨터가 깨어났다. 컴퓨터 화면엔 스캐너로 읽어 들인 그림이 들어 있었다.

컴퓨터를 많이 사용하는 직업을 가진 사람들에 대해 짧은 시간 안에 뭔가를 파악하려면 역시 컴퓨터를 뒤지는 것이 빨랐다.

이수인과 아해 그리고 강주미라는 세 여자 사이의 연결 고리를 빨리 찾아내고 싶었다.

양희주는 기억력에 자신이 없었던 것인지, 컴퓨터 스크린 가장자리에 이 메일을 포함한 여러 온라인사이트의 아이디와 비밀번호를 적어 뒀다. 머리가 좋은 시현은 그 자리에서 양희주의 아이디와 비밀번호를 외웠다.

북마크를 열고 제목들을 훑어 내리던 시현은 양미간을 좁혔다.

'카나리아?'

누군가의 블로그 이름이 이수인을 떠올리게 했다. 감이 왔다. 촉이 섰다. 클릭하자 화려한 새들 사진이 뜨고 아이디 '블랙버드78'이라는 사람의 블로그가 열렸다. 대부분이 사진 포스팅이었다. 사진을 훑어가는 동안 시현의 동공이 점점 커다랗게 벌어졌다.

그는 양희주의 방 벽에 붙은 그림들과 블로그 사진을 번갈아 봤다. 블랙버드78의 블로그 사진 속의 사물이 그림이 되어 양희주의 방 벽에 붙어 있었다.

새장, 고양이, 카나리아, 장식용 나뭇가지, 종이꽃, 유리 사슴 조각, 애들이 입고 있는 옷들, 스타킹, 머플러 등등.

사진 속의 인물과 사물은 일상의 것들로 보이는데 그것을 그림으로 묘사해 놓으니 뭔가 기괴하고 아련하면서도 미스터리한 분위기를 물씬 풍기는 것으로 변해 버렸다.

일러스트 작가 아해의 사물을 보는 독특한 시각이 그림에 생명을 불어넣은 것 같았다.

78이라면 78년생이란 말일까? 78년생이면 서른일곱쯤 됐을 텐데 사진 속의 여자는 서른일곱으로는 보이지 않을 만큼 동안이었다.

사진 속의 블랙버드78은 아기를 안고 웃고 있었다. 고른 치아를 드러내고 웃는 얼굴은 안쓰러웠다. 누군가에게 맞았는지 한쪽 눈은 눈꺼풀이 퉁퉁 부어 있고 입술이 터졌는지 피가 말라붙어 있었다.

예쁜 얼굴로는 부족해 포토샵까지 해서 자신의 모습을 공개하는 이런 블로그에 누군가에게 맞은 처참한 얼굴을 올려놓은 것이 의아해 다시 보니 '서로이웃'인 사람들만 볼 수 있도록 설정되어 있었다.

블랙버드78이 이수인일지도 모른다고 생각하고 있었지만 어디에도 그의 생각을 확인시켜 줄 만한 것이 없었다. 사진 아래엔 이렇게 적혀 있었다.

불쌍한 우리 민영이 일곱 살, 소아 말기 암 진단받음. 살날이 며칠 남지 않았다고 함. 하루? 이틀? 사흘? 나흘? 암 치료는 너무너무 고통스럽다던데. 별 미련 없는 이 삶. 민영이랑 같이 죽고 싶다. 으잉, 어떡해. 마음 아파. 우리 민영이 불쌍해서 어뜨케.

이수인은 딸과 함께 자살했다. 그는 착잡한 심정으로 다른 카테고리로 들어갔다. 그곳엔 포스팅이 하나뿐이었다.

사진을 보던 그는 흠칫했다. 마우스를 쥐고 있던 손가락 끝에 소름이 돋았다. 사진은 카나리아 문신이 새겨진 이수인의 손등이었다. 블랙버드78은 이수인이었다. 타투이스트가 말을 해 줬을 때엔 머리로만 이해했는데, 직접 사진을 보니 마치 주미의 손등을 보는 것 같은 기괴한 기분이 들어 그는 연신 고개를 절레절레 저었다.

'양희주는 어떻게 이수인의 블로그를 알게 된 것일까. 두 사람 사이에 연락이 오갔던 걸까?'

시현은 북마크 바에 기록되어 있는 메일을 클릭했다. 메일은 로그인된 채로 열렸다. 대부분의 메일이 출판사들과 주고받은 것들이었다. 그는 2010년의 메일을 검색해 하나로 모았다. 아니나 다를까, 블랙버드78과 주고받은 메일이 있었다. 단 세 통뿐이었지만 두 여자가 서로 알고 지냈다는 증거로는 충분했다. 블랙버드78이 보낸 최초의 편지를 클릭했다.

안녕하세요. 아해 님. 제 이름은 이수인입니다. 지금 저는 공공도

서관에 와 있습니다. 이곳에 오면 컴퓨터와 인터넷을 무료로 사용할 수 있기 때문입니다. 저는 평소에 아해 님이 그린 책 표지를 좋아하던 사람입니다. 전 곧 제 아기와 함께 이 세상을 떠날 겁니다. 지금 제가 사는 세상엔 더 이상 미련이 없습니다. 죽기 전에 카나리아들을 길렀던 새장을 열고 새들을 자유롭게 해 줄 겁니다. 제 곁을 떠나는 새들은 놔주겠지만, 제 곁에서 떠나지 않는 새들은 모두 저와 함께 갈 것입니다.

제가 편지에 첨부한 몇 장의 사진을 보시면 제 사진도 있습니다. 확신하건데 작가님의 내부에 도사린 '어둠'은 제가 가진 분위기를 좋아하실 겁니다. 저와 저의 딸아이의 삶을 작가님의 그림 속에서 다시 태어나게 해 주세요. 이 세상은 떠나지만, 작가님 그림 속에서 영원히 살고 싶습니다. 제가 한때 정신과 치료를 받긴 했지만 이상한 사람은 아니랍니다. 나머지 사진들은 모두 저의 블로그에 있으니 제발 제 블로그에 오셔서 사진들을 봐 주세요. 서로이웃을 신청했으니 받아 주세요.

첨부된 사진은 블로그에서 본 사진이었다. 나머지 두 통의 편지는 자살을 회유하는 아해의 일방적인 편지였다. 이수인으로부터 답장은 없었다. 아해의 그림 속에서 다시 태어나 영원히 살고 싶다는 말은 비록 자살이라는 극단적인 선택은 하지만, 이생에 대한 미련이 강하다는 뜻이었다.

이수인과 양희주 사이의 미스터리는 풀렸지만 책 표지 속 그림

중에 하필 카나리아 그림을 가지고 가 손등에 문신을 새겨 달라고 한 것과, 대학 앞의 문신 가게를 두고 논현동까지 찾아간 주미의 행동은 여전히 수수께끼였다. 이제 주미를 만났으니 단도직입적으로 물어볼 수도 있는 일이었지만, 주미에게 상처를 주지 않고 아무렇지도 않게 물어볼 자신은 없었다.

곽새기는 주미가 손등에 새 문신을 하고 있었기 때문에 이수인이 빙의됐다고 믿고 있는 것 같았지만, 과연 그것 하나만으로 남의 집에 수차례 침입까지 했을까. 게다가 놈이 침입했던 첫날부터 주미의 부모님에게서는 소식이 끊겼다. 이미 정신병원에서 누군가를 살해한 전적이 있는 곽새기는 자신의 과대망상을 확인하려는 계획을 실행하기에 앞서 거추장스러운 주미의 부모부터 처리했을지도 모른다. 그것 역시 밝혀내야 할 일 중의 하나였다.

휴대폰이 진동했다. 조사원이었다.

시현은 의자에서 그의 흔적을 지우고 컴퓨터 자판과 양희주의 방문 손잡이도 손수건으로 닦은 다음, 밖으로 나와 발싸개를 벗었다.

경비가 초소의 작은 창을 통해 시현을 지켜보고 있었다. 시현은 눈이 마주치자 고개를 짧게 숙여 보인 다음, 그를 기다리고 있던 택시에 올랐다.

"네, 말씀하세요. 곽새기는 잡았습니까?"

"놓쳤습니다. 하지만 곧 잡을 수 있을 것 같습니다. 곽새기는 강마루라는 가명으로 휴대폰을 트고 이슬농장 건강식품 대리점이라는 작은 사업을 하고 있었습니다. 그 외 시간은 강주미와 강나영을 찾아다니는 데 쓰고 있었고요."

"……!"

그는 흠칫했다. 아직도 곽새기가 주미와 나영을 찾아다니고 있다는 사실이 무서웠다.

비정상적인 집착 아래에 분명 무엇인가 있었다.

"똘마니 하나가 붙어 다니는데, 조사해 보니 감방 동기더군요. 똘마니는 감방 들어가기 전에 흥신소를 했다고 합니다. 지금 곽새기의 대리점에 도착했는데 문이 잠겨 있습니다. 여기서 잠복할 생각입니다. 뭐, 일단 경찰이 쫓고 있는 놈이니 볼일을 보려면 우리가 먼저 잡아야겠지요. 잡자마자 연락드리겠습니다."

민간 조사원은 의뢰를 맡을 때 왜 시현이 주미와 나영 그리고 곽새기를 찾는지 묻지 않았다. 시현은 그 태도가 마음에 들어 그녀를 고용했다. 쓸데없는 호기심을 키우지 않는 것. 그녀는 아직도 그 태도를 고수했다. 그 점이 고마웠다.

14

곽새기의 붉게 충혈된 눈은 불안하게 움직였다. 그는 딱딱하게 굳은 얼굴로 왼손을 주머니 속에 집어넣었다. 신문지에 싸 들고 온 그것이 손에 잡혔다.

화장실의 콘크리트 벽은 흰색 유광 타일로 깔끔하게 마감했다. 그 누구도 그곳에 시신이 든 가방을 숨겼을 것이라고는 꿈에도 생각하지 못할 정도로 완벽한 솜씨였다. 세수를 하고 땀과 시멘트와 피로 범벅된 몸을 씻었다. 거울을 보면서 엉망이 된 머리카락도 정리했고, 혹시 핏방울이라도 튀어 있을까 봐 몸을 샅샅이 닦았다. 벽이 빨리 마르도록 선풍기를 끌고 와 켰다. 도구를 정리하고 화장실 바닥을 쓸었다.

만족한 얼굴로 화장실을 나온 그는 의자를 놓고 올라가 필라멘트가 끊어져 버린 형광등을 갈았다. 의자에서 내려와 전기 스위치를 올리자 새까맣던 지하가 일시에 환해졌다. 바로 그 순간이었다. 지하실 한가운데에서 뭔가가 그를 향해 기이한 웃음을 흘리고 있었다.

"……!"

싸늘하게 굳은 그의 얼굴 근육이 경련을 일으켰다.

새빨간 하이힐 한 짝이 지하실 바닥 한가운데에 덩그마니 놓여 있는 것이 아닌가.

형광등 불빛을 한 몸에 받아 번들거리는 그것은 마치 독을 머금고 비틀린 미소를 짓는 양희주의 입술 같았다. 그가 양희주를 묻는 동안, 하이힐이 어둠 속에 숨어 그를 기다리고 있었다고 생각하자 새로운 분노가 끓어올랐다.

'이, 씨발.'

그는 덮쳐 오는 불길함을 떨쳐 버리려는 듯 하이힐을 지근지근 밟았다.

양희주의 하이힐에 분풀이를 마치고 난 그는 굽이 부러지고 구겨진 하이힐을 집어 들고 쓰레기통에 처박았다가 다시 꺼내 신문지에 둘둘 말아 쌌다. 어설프게 쓰레기통에 버렸다가는 덜미를 잡힐지도 몰랐다. 나머지 한 짝마저 찾아내 태워 버리는 것이 가장 안전할 것 같았다.

나머지 한 짝을 찾아 지하실을 샅샅이 뒤졌지만 헛수고였다. 화장실 문을 열고 봤지만 그 안에도 없었다. 화장실 벽의 타일이 깔끔하게 발려 있는 것을 보자 경직되어 있던 얼굴 근육이 조금 풀어졌다. 벽은 완벽했다.

정신이 나가 있었을 때라 명확하게 기억이 나진 않지만, 나머지 한 짝은 화장실 벽 안에 양희주의 시신과 함께 묻혀 있으리라 확신했다. 그는 증거를 인멸할 적당한 곳을 찾기 위해 구두를 신문지에 둘둘 말아 야상 점퍼 왼쪽 주머니에 넣고 지하실을 나와 집으로 가는 버스를 잡아탔다. 덩치 큰 시체는 영리하게 처리했으면서 하이힐 한 짝을 처리하기가 이렇게 어려울 줄이야.

그는 왼쪽 주머니에 넣고 있던 손을 살며시 뺐다. 그의 손엔 신문지에 둘둘 말린 양희주의 하이힐 한 짝이 쥐어져 있었다. 버스 벽 쪽이라 버스 통로 쪽 승객들에겐 그의 왼손이 보이지 않는다. 그는 신문지에 둘둘 만 그것을 의자 밑에 슬그머니 내려놓았다. 하루에도 수많은 사람들이 앉는 이 자리에 버리면 누가 버렸는지 알 게 뭐람. 구두가 찌그러졌으니 누군가 수선하러 가지고 가다가 잃어버렸다고 생각하겠지.

살인의 증거에서 손을 떼는 순간, 짜릿한 해방감이 전신으로 퍼졌다. 그는 한쪽 입술 끝을 슬며시 들어 올리며 완전 범죄를 꿈꿨다.

수많은 불빛, 수많은 건물, 수많은 사람. 저 미로보다 더 복잡한 서울 바닥에서 주미 년과 나영이를 찾는 것이 남들에겐 어려워 보이겠지만 그에겐 늘 쉬웠다. 그런데 어째서인지 이번엔 그리 쉽지가 않았다. 사냥개처럼 사람 찾는 데 뛰어난 기만이가 그년들을 찾은 지 벌써 1년째였다. 1년 전, 강주미는 진주의 고모할머니 집에 살고 있었다. 그가 찾아냈을 땐 늙은 할망구는 죽고 오래된 큰 집엔 강주미와 강나영 두 년이 살고 있었다. 하지만 그때도 용케 그의 손을 빠져나갔다. 이번엔 대체 어디 숨어 있을까? 그는 음침한 얼굴로 차창 밖 복닥대는 거리에 시선을 던진 채 주미를 잡을 생각에 골몰했다.

"한국대학 앞입니다. 내리실 분은……."

다음 정거장에 가까워질 때쯤 정차 안내 방송과 그의 휴대폰 벨이 동시에 울렸다. 앞 좌석에 앉아 있던 노모가 그 소리에 놀라 눈을 떴다.

그는 인상을 확 구긴 채 휴대폰 벨 소리를 죽였다. 전화는 주미의 행적을 쫓고 있는 기만으로부터 온 것이었다.

"어. 버스. 차는 에어컨도 그렇고 브레이크도 밀리곤 해서. 어. 정비소에 맡기려고."

양희주가 에어컨에서 썩는 내가 난다고 하던 그날 오후에 바로 맡겼으면 지금 버스를 타지 않아도 됐을 텐데.

"뭐? 찾았다고? 한국대학 앞? 그럼 바로 여기잖아. 알았어. 지금 내려서 그리로 갈게."

그는 사나운 표정으로 창밖을 내다보며 자리에서 벌떡 일어나 하차 버튼을 눌렀다.

이제 막 잠에서 깬 어리바리한 노모는 바로 코앞에서 등을 돌리는 곽새기를 붙잡았다

"여가 어디야?"

"뭐야? 이 할매는?"

그는 노모의 팔을 뿌리쳤다.

"아저씨, 우리 딸 못 봤어?"

"노망이 들었나. 내가 당신 딸을 어떻게 알아?"

그는 두 눈을 희번덕거리며 재수 없다는 듯 노모를 노려본 다음, 하차 문 쪽으로 걸어갔다. 노모도 투덜대며 그의 뒤를 따랐다.

맞은편 통로에서 나오던 긴 생머리의 여자가 노모 앞으로 나서자, 이번엔 그 여자를 붙잡고 다시 물었다.

"언니, 우리 딸 못 봤나?"

"아악! 왜 이래, 이 할머니! 내가 왜 할머니 언니야!"

입을 벌리지 않으면 청순하게만 보일 생머리 여자가 노모의 손을 내치며 진저리를 쳤다. 그러자 여자를 뒤따라 나오던 젊은 남자가 노모와 여자 사이를 가로막고 섰다.

"할머니!"

"저 할머니 왜 저래? 징그러워. 어머, 이 냄새는 또 뭐야? 똥 냄새 아냐?"

"한국대학 앞입니다. 내리실 분은 뒷문 승차장을 이용해 안전하게 하차해 주시기 바랍니다."

생머리 여자가 오만상을 쓰고 노모를 흘겨보는 동안 버스가 정차했다. 순간 아무것도 붙잡고 있지 않던 통로 쪽 사람들이 뒤로 휘청했다.

"악!"

뒷줄에서 여자가 비명을 질렀다.

중심을 잡지 못하고 뒤로 넘어지던 노모가 뒷사람의 발을 밟은 것이었다. 노모는 사람들의 다리 사이로 나자빠진 채 허둥거렸다.

버스에서 내린 곽새기는 대학 앞의 복닥거리는 인파 속으로 녹아들었다.

하차 문 쪽이 요란하자 뒤돌아보던 버스 기사의 눈에 신문지에 둘둘 말린 물건이 보였다. 구겨진 신문지로 둘둘 말아 놓은 것을 보니 분명 정신없는 노모의 것이 틀림없다는 생각이 들었다. 버스 기사는 승객들을 돌아보며 소리쳤다.

"거기 할머니 정신이 온전하지 않으니까 누가 좀 도와주세요. 그리고 이것 좀 할머니한테 전해 주고요."

근처에 앉아 있던 흑인이 일어나 신문지에 둘둘 말린 물건을 받아 들고 노모 쪽으로 갔다.

"오우 마이 갓. 할모니, 일어나세요."

흑인 남자가 사람들 틈을 비집고 들어와 한국말을 하며 노모를 일으켜 세웠다.

"할모니, 아 유 오케이?"

"뭐여! 깜둥이 아녀?"

흑인 남자를 돌아보는 노모의 눈이 휘둥그레졌다.

"여가 어디여! 내가 어디 와 있는 거여? 같이 가자, 이것들아!"

노모는 흑인 남자를 확 밀어 버리고 앞서 내리는 승객들 틈으로 비집고 들어가 허겁지겁 버스에서 내렸다. 노모에게 발이 밟힌 사람들은 우두커니 어디로 가야 할지 모르고 있는 노모를 흘겨보고는 모두 제 갈 길을 갔다.

노모 앞에 흑인이 다시 와서 섰다.

"으악!"

노모는 쪼그리고 앉아 두 손으로 얼굴을 가렸다.

"할모니, 이거."

흑인이 노모 앞에 신문지에 둘둘 말린 물건을 내려놓고 설레설레 고개를 흔들며 어디론가 가고 나자 노모는 살며시 눈을 떴다.

노모 앞으로 무표정한 사람들이 오고 갔다. 무수한 차들이 경적을 울리며 도로를 질주했고, 벌집처럼 다닥다닥 붙은 간판들이 노모의 눈앞에서 뱅글뱅글 돌았다. 노모는 낯설고 혼잡한 풍경에 압도되어 한 발짝도 움직일 수 없었다.

여긴 어디지?

희주는 어디 있는 거야?

집으로 돌아가지 못해 희주를 만나지 못할까 봐 너무 무서웠다.

"아이고."

쪼그리고 있던 노모는 다리가 후들거려 그 자리에 퍼지고 앉았다.

희주가 이름표를 걸어 주던 것이 떠올랐다. 노모는 생기를 되찾으며 이름표가 있던 가슴 근처를 움켜잡고 내려다봤다.

"어, 없다?"

줄에 길게 매달려 있었는데. 온몸에 소름이 오스스 돋았다.

내 이름이 뭐지? 난 누구지? 우리 집은 어디야? 모든 기억이 수몰된 노모의 머릿속엔 희주라는 이름과 희주가 그녀의 딸이라는 사실만이 떠다녔다. 간혹 잠시나마 제정신이 돌아올 때엔 딸의 이름마저 잊어버릴까 봐 두려웠고 그 두려움을 다신 겪지 않으려고 자살을 시도하기도 했지만 그때마다 희주가 나타나 노모를 살려냈다.

제정신이 아닐 때에 누군가 좀 죽여 주면 좋을 텐데, 그런 생각은 수십 번도 더 했다. 가족에게 절망을 떠안기고 인간의 존엄성을 갉아먹는 치매라는 병에 걸린 노인들을 위한 안락사 기관이 있었으면 곧바로 달려갔을 터였다.

　지금의 그녀는 64세 노모가 아니라, 36세 여류 작가 미야베 라이카였다. 그러자 더욱 당황스러웠다. 거리가 몹시 낯설었다. 일본어 간판 대신 한국어 간판들이 보였고 그녀를 스쳐 지나가는 사람들은 모조리 한국어로 떠들어 댔다.

　'내가 잠시 한국으로 여행을 온 건가? 가방도 없이 여기서 뭐 하는 거야? 요코는 어디 있는 거야? 남편이랑 같이 온 걸까?'

　질문은 던졌지만, 답을 해 줘야 할 머릿속은 텅 비었다. 왜 여기에 있는 것인지 아무런 기억이 없자 비명이라도 지르고 싶었다. 라이카는 남편에게 전화를 걸어야 한다고 생각했다. 하지만 수중에는 돈이 없었다. 신문지에 둘둘 말린 뭔가를 꼭 쥐고 있었을 뿐이었다. 핸드백을 빽치기당한 것 같았다.

　주변을 두리번거리던 라이카의 시야로 서점이 들어왔다. 저 서점엔 한국어로 번역되어 출간된 그녀의 소설들이 있을 터였다. 일본에서는 이름만 대면 모두가 놀랄 만한 대형 출판사들이 그녀가 쓴 소설 계약을 따내기 위해 앞을 다투곤 했다. 책의 날개엔 그녀의 이력과 함께 사진이 있을 테니 자신이 누군지 밝히고 당당하게 도움을 요청하면 될 것 같았다. 마치 저곳이야말로 내가 있어야 할 곳이라고 생각한 듯 라이카는 서점을 향해 거침없이 발걸음을 옮겨놓았다.

　그녀가 들어서려 하자 유니폼을 입은 서점 여직원이 뛰어나오더니 라이카를 막아섰다. 여직원은 뭐라고 말하려다가 얼굴부터 찡

그리며 제 손으로 코를 막았다.

"할머니, 못 들어오세요!"

라이카는 그녀의 등 뒤에 할머니가 있나 싶어 돌아봤지만, 직원 유니폼을 입은 아가씨 앞엔 라이카뿐이었다.

"이 아가씨가 왜 이래. 할머니라니!"

"네? 할머니니까 할머니라고 하죠."

여직원이 "이 할머니 미친 거 아냐?"라고 중얼거리는 소리가 라이카의 귀에 들려왔다. 라이카는 서점 유리창에 비친 자신의 모습을 발견하고는 멍해졌다. 산발한 백발, 입가의 골이 팬 주름, 입술라인 밖으로 번져 나간 새빨간 립스틱, 미친 여자 같은 옷차림새. 고작 30대 중반일 뿐인 그녀는 80대 노인만큼 늙어 있었다. 아니, 미친 여자가 따로 없었다.

'뭐야? 저게 나야? 내가 지금 저 꼴로 돌아다닌 거야? 설마.'

라이카는 고개를 돌려 좌우를 살폈다. 다른 사람은 없었다. 유리창을 마주 보고 있는 사람은 그녀뿐이었다.

"어! 으아아악! 아악! 내가 왜 이래!"

라이카가 미친 듯이 비명을 지르기 시작하자 서점 안에서 남자 직원이 뛰어나왔다.

"할머니!"

노모가 남자 직원의 팔을 잡고 늘어지려는 순간, 뭔가가 훅 달려와 노모를 끌어안고 바닥을 뒹굴었다.

"거기 서!"

커다란 덩치의 남자가 달려오며 소리쳤다.

"에이 씨!"

길에서 어영부영하고 서 있던 노모에게 부딪쳐 바닥으로 곤두박질친 나영은 떨어진 가판대를 챙기려고 손을 뻗었다. 바로 그 순간 곽새기와 함께 그녀를 뒤쫓아 왔던 남자가 나영의 목덜미를 움켜잡았다.

"헤! 잡았다!"

"놔! 이거 놔! 당신 누구야! 이거 놓으라고!"

나영은 목덜미를 잡힌 채 발악했다.

"놔줘! 이 새끼야!"

곽새기를 피해 도망쳤던 주미였다. 주미는 1만 7천 볼트의 푸른 불꽃을 놈의 목덜미에 찔러 넣었다. 남자는 구운 새우처럼 몸을 말고 으억, 으억, 소리를 내며 사지를 떨었다.

행인들이 걸음을 멈추고 경악한 얼굴로 그들을 쳐다봤다.

혼잡한 행인들 사이에서 강주미를 놓치고 우왕좌왕하던 곽새기는 마침내 강주미를 발견했다. 곽새기는 강주미 하나에 온 신경을 집중하고 날 듯이 건널목을 건넜다. 곽새기가 건널목을 건너 보도로 올라왔을 때였다. 곽새기는 갑자기 어디선가 튀어나온 건장한 두 남자에게 양쪽 팔을 붙잡혔다. 그 순간 검은색 봉고차가 그들 앞에 섰고, 봉고차가 그 자리를 떠났을 땐 의문의 두 남자도, 곽새기도 보이지 않았다.

대로에서 전기 충격기에 당하는 사람을 처음 본 행인들에게 에 워싸인 주미 역시 그녀의 등 뒤에서 일어난 일에 대해선 알지 못했다. 그것은 행인들도 마찬가지였다.

"나영아! 괜찮아?"

땀에 젖은 머리카락이 나영의 볼과 이마에 달라붙어 있었다. 사지를 떨던 남자는 아스팔트 바닥에 풀썩 엎어졌다.

"일어나!"

주미는 나영의 팔을 붙잡고 일으켜 세웠다.

"어서 가자!"

주미와 나영은 황급히 그 자리를 떠났다.

"아이고."

무릎을 심하게 부딪친 노모는 바닥을 굴렀지만 아무도 다가와주지 않았다.

서점 여직원과 남자 직원은 노모와 엮이게 될까 봐 흘끗 쳐다보고는 서점 안으로 들어가 문을 닫았다. 노모는 절룩이며 일어나 서점 입구에서 조금 떨어진 곳에 쪼그리고 앉았다.

지나가는 사람들을 붙잡고 집에 데려다 달라고 하던 노모는 악취에 기겁하는 사람들로 인해 점점 힘이 빠졌다. 시간이 지나자 오가던 사람들의 발길도 드문드문해졌고 서점도 불이 꺼졌다.

'나는 누구지? 내가 왜 여기 있는 거야. 희주는?'

어둠은 새까만 개미 떼처럼 노모의 주변으로 몰려들고 있었다. 어디로 가야 할지도 모르겠고 눈도 침침해 잘 보이지도 않는 노모는 비에 젖은 새처럼 눈만 끔뻑이며 어둠 속에 우두커니 앉아 있었다.

잃어버린 가판대를 찾으러 왔다가 곽새기와 마주친 나영과 주미는 겁이 나서 죽을 것만 같았다. 부서진 가판대는 챙겨 오지 못했지만 둘 다 잡히지 않은 것이 천만다행이었다.

"가판대는 또 하나 만들면 되니까. 그건 포기하자."

"당근이지. 더 좋은 걸로 업그레이드시킬 거야!"

나영이 속상해하고 있을 줄 알았는데 오히려 더 씩씩하게 말하는 바람에 주미는 힘이 났다.

나영의 말을 듣고 전기 충격기를 산 뒤 아직 한 번도 사용해 보지 못했는데, 오늘 돈값을 했다. 두 사람이 하나씩 가지고 다니게 두 개를 살걸, 후회가 됐다.

도망치고, 쫓기고, 잡히고, 다시 도망치고 하다 보니 숨는 것도 이력이 생긴 모양이었다. 한 시간 반 동안 카페 화장실 안에 숨어 있었다. 만약에라도 놈들의 눈에 뜨일 경우 어디서 만날지 약속을 하고 중간중간 숨을 곳을 정해 둔 다음 움직였기 때문에 붙잡히지 않을 수 있었다.

"아직 찾고 있을까?

사인펜으로 제 무릎에 카나리아를 그리던 주미가 속삭였다.

"몰라. 그 괴물이 포기하겠어?"

주미가 그린 카나리아를 내려다보면서 나영이 대답했다.

"그런데 언니."

"어."

"아까 언니가 전기 충격기로 막 지진 놈은 또 누구야?"

나영은 곽새기의 사촌 동생 기만의 얼굴을 본 적이 없었다.

놈을 알고 있는 사람은 주미뿐이었다. 서로 성씨가 달랐음에도 불구하고 곽새기는 사촌 동생이라며 그를 데리고 다녔다.

"나도 몰라."

주미는 거짓말을 했다.

"언니, 우리 엄마 아빠 왜 나타나지 않는 걸까? 곽새기가 죽었다면 경찰이 시신이라도 찾아냈을 거 아냐? 안 죽었다면 우릴 구하러 와 줘야 하는 건데, 대체 어디 있냐고. 연락도 없고. 그런데 더 이상한 건, 언니랑 있으면 엄마 아빠 생각이 전혀 나질 않아. 나 좀 이상한 거지?"

"아냐. 너 이상한 거 아냐. 불안정하게 사니까 너무 지쳐서 그런 거지."

나영이 시무룩한 얼굴로, 도망치다가 넘어져 까진 무릎을 내려다봤다. 주미의 시선이 나영의 무릎에 가 닿았다.

"아프겠다. 언제 이랬어?"

나영은 무릎과 팔꿈치가 벌겋게 까져 피가 맺혀 있었다. 주미는 크로스백을 열고 밴드와 연고를 꺼냈다. 시현이 그녀의 뇌리를 스쳤다. 주미는 나영의 무릎에 약을 바르고 밴드를 붙여 준 다음, 변기 옆의 구석진 공간에 머리를 뒤로 젖히고 앉아 눈을 감았다.

그와 처음으로 만난 것은 2010년 12월 24일 오전, 경기도 가평 번지점프장에서였다.

　번지점프는 독서 동아리에서 매년 크리스마스 때마다 떠나는 당일치기 여행이었다. 점프대 주변은 겨울 안개가 자욱했고 잿빛 하늘엔 낮달이 떠 있었다.

　누군가 날씨 참 이상하다며 고개를 치켜들고 하늘을 올려다봤다. 눈 덮인 산 중턱엔 희부연 안개구름이 연기처럼 풀어지고 강은 하얗게 얼어붙어 있었다.

　동아리 회원들은 주미가 번지점프하는 모습을 보기 위해 모두 기다리고 있었지만, 주미는 고개를 설레설레 흔들면서 자꾸 뒤로 뺐다.

　"선배님, 저 고소공포증 있어요!"

　"얌마, 난 폐소공포증에 고소공포증에 줄공포증까지 있어. 빨리 안 나와?"

　체육학과 선배이자 회장이 손짓했다.

　"전 마지못해 온 거거든요. 제발, 저는 좀 봐주세요."

　"귀엽게 논다, 안 돼."

　회장이 성큼 걸어오더니 주미의 팔을 잡았다. 주미는 끌려가지 않으려고 발바닥에 힘을 주고 버텼다. 그때까지 한쪽 구석에 앉아 잠자코 보고만 있던 약대 졸업반이자 동아리 선배인 시현이 입을 열었다.

　"자율적으로 하지. 강주미 진짜 무서운가 본데. 나중에 커플 번

지나 시켜."

"안 돼. 형평성에 어긋나. 다른 여학생들도 처음이라 무서웠지만 했어. 올라가! 강주미!"

회장이 강주미의 팔을 잡아당겼다.

"괜찮아. 안 해 봐서 그래. 일단 저 위에 올라서기만 하면 끝이야. 속이 뻥 뚫려."

친구들이 주미의 등을 떠밀었다.

"아, 안 돼요. 악."

동아리 멤버들은 실실 웃으면서 용기를 북돋아 주기 위해 모두 한마디씩 거들었다. 주미는 어쩔 수 없이 엘리베이터에 올랐다.

안전 요원이 번지점프 장비를 그녀의 허리에 단단히 묶은 후 소리쳤다.

"무서우면 지금이라도 내려……."

"해요. 합니다! 잠시만요."

주미는 금방이라도 뛰어내릴 듯 앞으로 나섰지만 이번에도 점프대 끝에서 멈추고 말았다. 눈앞으로 펼쳐진 거대한 공간이 심장을 압박해 왔다. 낮달이 그녀를 보고 있었다. 낮달 속으로 영혼이 빨려 들어가는 것만 같은 비현실적인 느낌에 주미는 살짝 현기증을 느꼈다. 드넓은 잿빛의 대기 속에서 무엇인가가 그녀를 노려보고 있는 것만 같은 기분이 들었다. 아랫배가 싸늘해지는 감각에 심장의 고동이 격해지던 바로 그 순간, 어떤 목소리가 그녀의 귓전에 대고 속살거렸다.

'죽고 싶어 했잖아. 바로 지금이야. 뛰어내려!'

그녀는 뭔가에 홀린 듯 그토록 떼어 놓지 못했던 발을 허공으로 내밀었다. 육중한 몸이 공간을 가르며 아래로 떨어지고 있었다. 추락하고 있는 자신을 깨닫는 순간 좀 전에 느꼈던 바로 그 시선들이 그녀를 향해 달려들었다.

와, 하고 함성을 지르며 주미의 용기를 북돋아 주려던 동아리 회원들은 로프에 매달린 채 축 늘어지는 주미를 보며 경악했다.

"강주미, 뛰어내리다가 정신 잃은 거 같은데?"

시현이 놀라서 소리쳤다. 밑에서 보고 있던 동아리 회원들과 장비를 챙기기 위해 돌아서려던 안전 요원이 하얗게 질렸다. 대기하던 구명보트 요원이 주미를 향해 노를 저었다.

주미는 서늘한 바람이 목덜미를 휘감고 지나가는 것을 느꼈다. 서서히 의식이 선명해지고 있었다. 사방에서 그녀를 부르는 소리가 들려왔다. 그중에서도 단 하나의 목소리만이 그녀의 의식을 파고들었다.

―정신 차려! 지금 우리가 갈게!

그것은 목소리의 형태가 아닌, 어떤 기운이었다. 강하고 따뜻한 기운. 그런 기운을 보내는 사람이 누군지 알고 싶다는 생각이 드는 순간, 주미는 번쩍 눈을 떴다.

"……!"

차가운 바람이 땀에 젖은 머리 밑을 쓸었다. 시원했다. 얼굴에 와 닿는 찬 공기에 가슴이 뻥 뚫리는 것만 같았다. 발 아래로 펼쳐진 풍경은 한 폭의 동양화처럼 아름다웠다. 아래에서 고개를 치켜 들고 그녀를 올려다보는 친구들의 놀란 얼굴이 보였다. 그녀는 친구들을 향해 손을 흔들었다. 그제야 놀라서 지켜보고 있던 친구들이 함성을 질렀다. 그들 속에 담담한 미소를 짓고 서 있는 시현이 보였다.

그녀의 두려움을 이해해 준 유일한 남자. 아마도 조금 전에 그녀의 무의식 속으로 파고들었던 목소리는 그의 것이 아니었을까. 주미는 시현을 내려다보며 손을 흔들었다. 시현은 주미가 그를 향해서 손을 흔들고 있다는 것을 알아차린 듯, 씩 웃으면서 손을 흔들어 줬다.

모두가 기다리던 커플 번지를 할 차례였다. 미리 예고된 대로 짝 짓기 게임이 시작되려 할 때였다. 주미가 시현 앞으로 나섰다.

"같이 해요."

"우와."

선배들과 친구들이 야유를 퍼부었다. 회장은 기분 좋게 웃으며 시현을 돌아봤다. 시현은 멋쩍어하며 일어섰다.

두 사람은 엘리베이터를 타고 타워로 올라섰다. 안전 요원이 두 사람을 하나로 묶고 뒤로 물러섰다.

"선배, 난 아직도 무서워요. 선배는요?"

주미의 말에 시현이 주미의 손을 꼭 잡았다.

"내 다리, 뉴멕시코에서 번지점프하다가 사고로 다친 거야."

"네? 그런데 번지점프를……."

그런데 번지점프를 다시 하냐고 무섭지 않느냐고, 미친 거 아니냐고 물으려는 주미를 시현이 갑자기 힘껏 끌어안더니 뛰어내렸다. 그녀를 꼭 끌어안은 시현의 팔 힘은 빙하를 향해 거꾸로 추락하는 공포에서 그녀를 구해 줄 만큼 강했다. 줄 하나에 몸을 맡기고 허공에 던져진 시현의 눈은 그윽했다. 그런 눈으로 시현은 그녀의 두 눈을 들여다봤다.

그는 삶의 고통을 극복하는 방법을 알고 있었다. 그가 안아 주면 무엇이든 할 수 있을 것 같았다. 그와 함께 삶을 헤쳐 나가고 싶다는 강렬한 욕망이 솟구쳤다. 자신의 악몽과 맞설 줄 아는 시현은 두 다리가 멀쩡한 그 어떤 남자보다 강한 사람이었다.

그날 이후로 두 사람은 서로에게 탐닉했다.

시현은 툭하면 주미를 끌고 산과 강과 바다를 찾아다녔다.

두 사람은 비 오는 해변에 쪼그리고 앉아 시현의 가죽 점퍼를 덮어쓴 채 파도를 구경했다. 그의 하얀 이마에 달라붙어 있던 검은 머리카락과 짙은 속눈썹, 바다 너머 어딘가를 바라보던 우수에 찬 눈빛과 툭 튀어나온 목울대에 가슴이 두근거렸다.

아무도 없는 학교 작업실에서 그림을 그리고 있던 날, 바쁘다던 시현이 연락도 없이 불쑥 나타났다. 그는 작업실에 있던 누군가의 기타를 치며 겨울에 태어난 당신의 생일을 축하한다는 노래를 목이 터져라 불렀다. 주미가 5월에 태어났다고 아무리 말해 줘도 끝까지 노래를 불렀다. 주미가 어눌하게 웃자 기타 줄을 튕기던 손이 멈췄고, 의자에서 일어난 시현은 절룩이며 다가와 주미를 벽 쪽으로 몰았다. 주춤주춤 뒤로 밀리던 주미의 다리가 후들후들 떨렸다. 주미의 등이 벽에 닿는 순간, 시현이 힘줄이 드러난 건장한 팔을 뻗어 주미를 가뒀다. 뜨겁게 달아오른 주미의 입술을 시현의 말캉한 입술이 막았다. 두 사람은 서로의 체취에 취했다. 시현은 입술을 떼면서 씩 웃었다.

"나, 약사고시에 합격하는 날, 너한테 도장 찍고 싶었어."

"합격한 거야? 그럼 이젠 약사야?"

"응. 너한테 키스했으니 네 절반은 내 거다. 나머진 내 여자 된 후에."

영원히 계속될 것만 같던 그 시간들도 곽새기가 나타나면서부터 곤두박질치기 시작했다.

"언니, 아까 도망치다가 서점 앞에서 어떤 할머니한테 걸려서 같이 넘어졌어."

나영의 말에 주미는 회상에서 퍼뜩 빠져나왔다.

"할머니? 누구?"

"아, 몰라. 설명하기 귀찮아."

"지금쯤 그놈도 갔을 거야. 일단 넌 여기 있어. 내가 나가서 망을 보고 올게."

주미가 일어섰다.

"시, 싫어. 무서워. 니가 돌아오지 않으면 어떡해?"

나영이 울상이 되어 따라 일어섰다.

"전기 충격기 갖고 가잖아? 그리고 그런 일은 절대로 안 일어나. 그러니까 쓸데없는 걱정은 붙들어 매."

주미는 머리를 묶어 모자 안으로 집어넣고, 플레어스커트를 벗어 가방 안에 넣었다. 치마 안에 입고 있던 청반바지 차림이 되었다. 입고 있던 흰색 티셔츠를 뒤집어 입자 검은색 티셔츠가 됐다. 화려한 유람선이 그려진 티셔츠엔 '요코하마 연락선'이라는 한국어가 커다랗게 프린트되어 있었다. 입술에 살구색 립스틱을 바르고 가방에서 렌즈 없는 안경을 꺼내 썼다.

"전기 충격기는?"

나영이 물었다. 주미는 손전등처럼 생긴 전기 충격기를 꼭 쥔 채 손을 들어 보였다.

"내가 전화하면 나와."

"아, 아무래도 안 되겠어. 싫어. 나 혼자 있기 싫어. 너 없이 나만 혼자 있으면 내가 얼마나 불안한지 알아? 특히 밤엔 더 그래. 오만 가지 생각이 다 든단 말이야. 차라리 내가 나갈래. 니가 여기 있어."

"그래, 그럼 같이 나가자."

자매는 카페가 있는 건물을 나와 주변을 배회하며 꽤 오랫동안 곽새기와 기만의 흔적을 찾았지만, 다행히 어디에서도 놈들의 그림자는 찾을 수 없었다.

서점 앞을 지나 버스 정류장으로 가려던 나영이 주춤했다.

"어? 저 할머니 아직 저러고 있네?"

"너랑 부딪쳤다는 할머니?"

"어."

"어디 다친 거 아냐?"

"에이, 그냥 가자."

나영이 돌아섰다. 주미는 노모 앞으로 가 쪼그리고 앉았다.

"할머니, 어디 다치셨어요? 왜 여기 계세요?"

"정신이 좀 이상한 할머니 같아."

나영이 말했다.

주름이 자글자글한 눈꺼풀 아래로 넋을 잃고 있던 노모의 눈동자가 움직였다. 노모의 시선은 주미의 셔츠에 프린트된 글자에 고정됐다.

'요코하마.'

노모는 중얼거리며 고개를 갸우뚱했다.

"요코가 누구야? 내가 아는 사람 같은데?"

주미는 노모의 뜬금없는 소리에 어리둥절했다. 노모한테서 배변 냄새가 짙게 풍겼다.

"할머니, 이름 뭐야?"

나영이 물었다.

"미야베. 미야베 라이카. 응, 맞아."

노모는 자기 말에 확신하듯 고개를 끄덕였다.

"뭔 이름이 그래? 할머니, 일본에서 왔어?"

노모가 갑자기 서럽게 울기 시작했다.

"앤가. 울긴 왜 울어?"

나영이 말했다.

"저 할머니 똥 싼 거 같아. 냄새가 장난 아냐."

나영이 주미에게 속삭였다.

"냄새는 우리한테서도 나."

주미가 나영에게 눈을 흘겼다. 곽새기로부터 도망 다닐 땐 여름에도 세탁을 자주 할 수 없어서 늘 입은 옷을 다시 입어야 했다. 그때마다 겨드랑이나 옷에서 퀴퀴하고 시큼한 냄새가 진동했다. 말뜻을 알아들었는지 나영이 시무룩해졌다. 주미는 노모의 얼굴을 쳐다봤다.

"집이 어딘지 전혀 기억이 안 나세요?"

"어."

"괜히 잘해 주려고 하지 마. 그랬다가 달라붙으면 어쩌려고 그래? 가만, 나, 저 할머니 본 적 있는데?"

노모를 빤히 보고 있던 나영이 고개를 갸웃거리다가 말했다.

"그래? 어디서?"

"묘화동, 그 기사 식당."

"그 기사 식당?"

"어. 전단지 발견하고 열받았던 날, 어떤 식당 앞으로 지나갔잖아? 언니를 요래 쳐다보던 그 식당 남자가 저 할머니랑 같이 있었어."

나영은 요래라고 말하면서 두 눈을 가늘게 뜨고 주미에게 얼굴을 들이댔다.

"좀 살 만하니?"

주미가 피식 웃었다.

"그럼 거기 데려다주면 거기서 알아서 하겠지. 할머니, 일어나세요."

주미는 노모를 부축해 일으켜 세웠다.

"이거 할머니 거야?"

나영이 노모의 곁에 떨어져 있던 신문지에 둘둘 말린 물건을 주워 노모의 손에 쥐어 줬다. 노모는 시큰둥하게 보다가 이윽고 신문지를 들춰 봤다.

"어? 우리 요코 구두네?"

노모의 얼굴이 환해졌다.

"뭘 요코래? 좀 전엔 아무것도 기억 안 나는 것처럼 말하더니. 요코가 누군데?"

노모의 시선이 주미의 티셔츠에 가 닿았다. 촉촉하게 젖은 눈동자는 요코하마 연락선이라는 글자의 언저리를 다시 헤매고 있었다.

"됐어. 그만해. 할머니 더 헷갈리겠다."

주미는 꼬치꼬치 캐묻는 나영에게 눈치를 줬다.

"구두가 왜 그렇게 망가졌어요? 수선 집에 맡기시려고 가지고 나왔어요?"

"응."

노모는 천진난만하게 웃으며 고개를 끄덕였다. 노모는 주미 덕분에 안심이 됐는지 밝은 얼굴로 일어나 와플 노점을 손가락으로 가리켰다.

"아이고, 맛있겠다! 나 배고픈데."

노모가 하나 사 달라는 얼굴로 주미와 나영을 쳐다봤다.

"헐."

나영이 어깨를 으쓱했다.

"봐. 금세 달라붙잖아. 할매, 우리 먹을 것 살 돈도 부족하단 말이야."

노모가 갑자기 밉살스러워진 나영이 퉁명스럽게 말했다.

주미가 팔꿈치로 나영을 쿡 찔렀다.

"가셔서 하나 드세요."

주미의 허락이 떨어지자마자 노모는 와플 가판대로 쪼르르 걸어갔다.

"도망친다고 힘을 다 뺐더니 나도 배고파."

나영이 말했다.

"나도 그래. 다리가 다 후들거려. 우리도 저거 먹자."

두 사람은 천천히 와플 가판대로 걸었다.

"그 자식들, 우리가 어디서 자는지는 모르는 것 같지?"

"나도 몰라. 돌아가자마자 방 옮겨야겠어. 감이 안 좋아."

"도우미 업체에선 연락 안 왔어?"

"아직 전화가 안 오는 걸 보면 안 된 거 같아."

노모는 벌써 와플을 손에 들고 먹으며 두 사람을 향해 손짓했다.

주미가 지갑을 꺼내 들며 와플 가판대로 걸어갔다.

"저 할머니 똥 싼 건 어쩔 거야? 똥독 올랐겠다."

"그러게. 어쩌지?"

"에잇, 알게 뭐야."

그때였다. 한 손에 와플을 쥐고 게걸스럽게 먹고 있던 노모가 다른 한 손을 치마 속으로 쑥 집어넣더니 속바지를 벗기 시작했다.

"노망났나 봐."

나영이 주미에게 속삭였다. 와플 장수도 당황해서 보다가 뭔가를 눈치챘는지 "장사에 방해되니까 저쪽으로 데리고 가 주세요"라고 말했다.

"이 할머니, 우리 할머니 아니거든요?"

나영이 발끈했다.

"네?"

"할머니, 여기서 이러면 안 돼요."

주미가 옷을 벗어 던지려는 노모를 말렸다.

"놔. 더워. 더워 죽겠네."

노모는 주미의 손을 뿌리치며 내복 바지를 벗고, 이번엔 헐렁한 티셔츠도 훌러덩 벗어 버렸다.

"아이구! 안 돼요!"

"그냥 가자. 귀찮게 말려들지 말고."

나영이 주미를 끄잡아 당겼다.

주미가 노모가 훌러덩 벗어 던진 티셔츠를 주워 다시 입히는 동안, 나영은 주변을 두리번거렸다.

"따라와."

나영이 앞장서서 어디론가 가자, 주미는 노모를 데리고 나영의 뒤를 따랐다.

와플 장수는 짜증 난다는 얼굴로 가판대에서 걸어 나와 바닥에 떨어져 있는 노모의 겨울 내복 바지를 발로 차서 되도록이면 와플 가판대에서 먼 곳까지 밀어냈다.

나영은 서점의 뒷문을 핀 하나로 땄다. 핀 하나만 있으면 비밀번호로 여는 문을 제외한 대부분의 문은 열 수 있었다. 떠돌며 살다 보니 만나는 사람들도 가지각색이었다. 문 따는 기술은 온라인에서 만난 어떤 아저씨와 쪽지를 주고받으면서 배웠다.

주미는 손전등의 기능까지 하는 전기 충격기를 꺼내 깜깜한 실내를 비춰 화장실을 찾았다.

"일단 급한 대로 여기서 대충 씻기고, 집에 가서 샤워시키면 돼."

"뭐하러 거기까지 데리고 가. 식당 가면 끝. 아니면 난 여기서 그냥 갈래."

"알았어. 할머니, 이제 옷 벗어도 돼요."

노모는 말이 떨어지기 무섭게 치마를 벗고, 안에 입고 있던 노인용 팬티를 벗었다.

"으아, 저거 난 손 안 댈 거야. 우웩."

주미는 손을 빠르게 움직여 오물이 그득한 팬티를 둘둘 말아 냄새가 덜 퍼지도록 막은 다음, 화장실 벽에 설치되어 있는 종이 수건을 빼서 물에 적신 후 노모의 엉덩이를 야무지게 닦았다.

"저 똥 묻은 팬티는 세면대 위에 올려놓고 가자."

나영이 히히히 웃었다.

"요코야."

노모가 주미를 돌아보며 다정하게 불렀다.

"언니가 요코라는 사람인 줄 아나 봐?"

"네, 왜 그러세요, 할머니."

"엄마가 우리 요코 기저귀 갈아 주곤 했던 게 엊그제 같은데, 벌써 이렇게 아가씨가 된 거야?"

노모의 입에서 나온 엄마라는 단어에 주미는 흠칫했다. 그녀에게도 엄마가 있었다. 얼굴도 기억나지 않는 엄마가.

이 천덕꾸러기 치매 노인에게도 딸이 있다는 사실이, 비로소 이 노인을 한 사람의 감정을 가진 여자로 보이게 했다. 그런데 왜 요코라는 노모의 딸은 지금 곁에 없는 것일까. 요코는 일본인일까. 노모는 자신의 이름을 미야베 라이카라고 했는데. 한국말을 하는 것을 보면 재일 교포일까. 어쩌면 딸은 한국으로 여행 와서 치매 걸린 노모가 귀찮다고 버렸을지도 모른다. 그게 아니라면 어디서 잃어버렸는지도 모를 노모를 찾아 울면서 지금 이 시간, 이 도시를 헤매고 있을지도 모른다.

'요코는 지금 어디에 있을까?'

15

한선은 식당 밖 골목에 서서 사거리 쪽을 지켜보고 있었다. 상원은 빈 테이블에 앉아 내일 쓸 콩나물을 다듬었다.

"엇! 할머님!"

아버지의 목소리에 상원은 벌떡 일어났다. 노모가 나타난 것 같았다. 상원은 식당 밖으로 나갔다. 노모가 두 여자와 함께 걸어오고 있었다. 여자를 보던 상원은 흠칫했다. 다시 그녀들이었다. 정상적인 사람에게선 느낄 수 없는 어떤 이질적인 힘을 내뿜던, 그리고 아침에 두 남자가 두고 간 전단지 사진 속에도 있었던 자매.

"할머니!"

한선이 노모 곁으로 갔지만, 노모는 반가워 어쩔 줄 모르는 한선을 지나쳐 상원의 손을 덥석 잡았다.

"아이고, 반가워라, 헨슈쵸!"

"뭐래. 뭔 쵸? 저 할머니 웃겨."

나영이 키득거리면서 주미에게 속삭였다.

상원은 주미를 쳐다봤다. 상원과 시선이 마주치자, 주미가 먼저 시선을 피했다.

"어서 안으로 들어갑시다. 아가씨들도 들어오고."

한선이 노모를 데리고 식당으로 들어갔다. 주미와 나영은 그들을 따라 식당 안으로 들어갔다.

"잘하면 여기서 공짜 밥 먹겠다. 파조리개랑 소고기 등심 구이 같은 거 먹고 싶어."

나영이 주미에게 속삭였다. 주미는 입술 끝으로 미소를 떠올리며 "나도" 하고 대답했다. 나영은 식당 안으로 들어서자마자 사진을 찍기 시작했다. 메뉴판을 찍고, 식사 중인 손님의 테이블에 차려진 음식들도 찍었다. 그 모습을 보면서 한선이 눈살을 찌푸렸다.

"아저씨, 이 식당 맛있게 잘한다고 SNS에 올려줄게요. 장사 잘되게요."

"아가씨가 안 그래도 우리 식당은 이미 유명해. 점심땐 자리가 없어서 줄까지 서니까."

한선은 나영에게 쌀쌀맞게 쏘아 주고는 곧바로 노모에게 다정한 얼굴을 했다.

"저녁은 드셨어요?"

"밥 좀 줘. 배고파."

"할머니 데리고 온다고 우리도 못 먹었어요. 배고픈데."

한선과 노모의 대화에 나영이 끼어들었다. 한선은 나영을 흘끗 쳐다볼 뿐, 아무런 대꾸도 하지 않았다. 한선의 행동을 보고 있던 주미는 기분이 나빴다.

"희주 씨는요?"

한선이 노모에게 물었다.

"어? 희주?"

노모는 시무룩한 얼굴로 움푹 들어간 두 눈만 깜빡거렸다.

"희주 씨가 누군데요? 우리가 할머니 봤을 땐 혼자였어요."

나영이 또 끼어들었다.

"어, 이 할머니 따님."

"나, 집에 가야겠어. 우리 희주가 먼저 왔겠네!"

자리에 앉았던 노모는 도로 일어났다.

"어, 어. 할머니 앉아. 밥 먹고 가야지."

나영이 노모의 팔을 붙잡았다.

그때 주미의 휴대폰이 울렸다. 나영이 주미의 휴대폰 화면을 내려다보고는 기대에 찬 눈빛으로 주미를 봤다. 도우미 업체 김 실장이었다. 주미는 식당 밖으로 나가 전화를 받았다.

"할머니, 요코가 집에 데려다줄 거예요. 그러니까 여기 앉아 있어요."

나영은 영악하게도 '요코'라는 이름을 꺼내며 노모의 어깨에 손을 올려놓고 슬그머니 힘을 줬다. 요코란 말에 노모가 엉거주춤 의자에 앉았다. 한선은 양미간을 좁히며 나영과 주미를 주시했다.

나영이 주미를 따라 식당을 나가자, 동욱도 상원의 몸에서 나와 두 여자 곁으로 왔다.

"지금 전화해서 미안해."

"어떻게 됐어요?"

"저기, 저번에 주미 씨가 가려다가 요양사 고용하는 바람에 취소된 그 집 있지?"

"네. 치매 할머니 계시다는……."

"오늘 아침에 입주 도우미 다시 보내 달라고 연락 왔는데, 내가 주미 씨 보낸다고 했거든. 그런데 우리 애가 교통사고를 당하는 바람에 오늘 하루 종일 정신이 없어서 깜빡하고 자기한테 연락을 못 했어."

전화기 저쪽에서 실장이 말했다.

"애는 괜찮아요?"

"응."

"그런데 아침에 보내 달라는 걸 지금 와서 이야기하면 어떡해요?"

"그러니까 미안하다고 하잖아."

"일도 못해 보고 잘리게 됐네!"

"미안. 만약 잘리면 다음 자리는 주미 씨부터 넣어 줄게. 그런데 이상한 게 집주인 여자가 전화가 없네."

"무슨 말이에요?"

"몹시 급한 것 같던데, 보내 준다고 하더니 어떻게 된 거냐고 닦달하는 전화를 할 만도 한데 여태 전화가 없어. 지금은 너무 늦었고 밑져야 본전이니 내일 아침에 연락해 봐."

"연락은 무슨! 그때처럼 이미 잘린 거잖아! 그러니까 전화가 없는 거지. 무슨 일을 그따위로 해욧! 지금 가지고 있는 돈도 다 떨어져 간단 말이에욧!"

실장이 전화를 끊었다.

"왜 그래? 안 된 거야?"

나영이 물었다.

"친한 척, 위해 주는 척하더니. 그러면 그렇지. 사람이란 다 그때뿐이야. 내 말이 끝나지도 않았는데 두 번 다시 보지 않을 것처럼 전화를 딱 끊어!"

"못됐다! 우리한테서 밥 얻어먹은 것 다시 내놓으라고 그래!"

흥분한 나영이 쌕쌕거리며 빠르게 말을 내뱉었다.

"짜증 나. 도우미 업체가 거기뿐인가?"

주미는 불안한 얼굴로 입술을 잘근잘근 씹었다. 나영은 풀 죽은 얼굴로 뭔가 골똘히 생각하더니 주미의 옆으로 바싹 다가가 속삭였다.

"저 할머니 집이 어딘지 물어보고 우리가 데려다주자. 그러면 희주인지 요코인지 하는 그 집 딸이 고맙다고 얼마라도 줄 거 아냐?"

"……!"

"어떻게 잘해 보면 그 집에서 오늘 잘 수도 있어. 오늘 밤엔 집에 들어가지 말자. 혹시 모르니까."

주미는 나영과 시선을 주고받은 후 식당 문을 열고 들어갔다. 동욱은 한발 앞서 상원의 몸으로 훅 들어갔다.

"할머니 댁 아시면 알려 주세요. 모셔다 드리게요."

주미가 한선에게 말했다.

"됐네. 할머니 가족이랑 내가 잘 아니까 내가 하면 돼. 두 아가씨는 이 근처에 사나?"

"네. 하지만 제가 모셔 왔으니까 제가 데려다 드릴게요."

한선은 얼굴을 찌푸렸다. 상식적인 사람이라면 저런 이상한 소리는 하지 않을 터였다. 일반적인 사고방식으로는 이해할 수 없는 태도였다. 두 여자 모두 마음에 들지 않았지만, 특히 눈썹이 없는 키 작은 쪽 여자가 더 마음에 들지 않았다.

"집 주소만 알려 주심 돼요."

주미는 포기하지 않았다.

"아니, 지금 이게 무슨 수작이야! 내가 방금 할머니 가족이랑 아는 사이라고 했잖아!"

한선이 매섭게 호통을 쳤다.

"수작이라니요? 할머니한테 물어보세요. 제가 할머니 배변 실수하신 것도 다 씻겼고, 어딘지도 모르는 동네서 집 잃고 헤매는 할머니를 택시에 태워서 여기까지 데리고 왔는데, 왜 중간에 남의 공을 가로채려는데요? 수작은 아저씨가 부리시네."

나이 많은 어른이 호통을 치는데도 주미는 눈 하나 깜짝하지 않고 따지고 들었다.

"아가씨들, 인생 그렇게 살지 마!"

"어머, 우리가 인생을 어떻게 살았다고 이러세요?"

"입만 벌리면 거짓말하나?"

"네?"

"택시는 무슨 택시야. 여기까지 걸어와 놓고선."

그제야 나영과 주미는 움찔했다. 거짓말이 들통났다. 안 되면 택시비라도 뜯어내려고 거짓말을 했는데.

"니들! 요코한테 소리치지 마!"

그때까지 불안한 얼굴로 앉아 있던 노모가 벌떡 일어서며 고함을 질렀다.

모두 놀라서 노모를 쳐다봤다.

"에잇, 못된 것들. 애나 어른이나 못돼 처먹었어. 가자, 요코야!"

노모는 주미의 손을 낚아채더니 식당 밖으로 데리고 나갔다. 그 뒤를 어리둥절해진 나영이 따라나섰고, 한선의 신호로 상원이 여자 셋을 따라 나갔다.

"할머니, 집 모르신다면서요?"

"알아, 알아. 내가 왜 내 집을 몰라. 어여 가자. 엄마가 내일 우리 요코 좋아하는 녹차 모찌 아이스크림 사 줄게. 사쿠라 년 생일 파티에 초대 못 받으면 어때? 너도 네 생일 때 사쿠라만 쏙 빼고 다른 친구들 초대하면 되잖아."

주미와 나영은 서로를 쳐다보며 어깨를 으쓱했다. 도무지 무슨 말을 하는지 알아들을 수가 없었지만 상관없었다. 노모가 두 사람의 편을 들어줬다는 사실에 나영은 의기양양해졌다.

"사쿠라 년 어미도 못됐어. 너, 혹시 친구들한테 엄마가 『놀이터가 보이는 집에 사는 남자』 쓴 작가 미야베 라이카라는 거 말했니?"

"뭐라고 대답해?"

주미가 나영에게 답을 구했다.

"쉬, 잠자코 있어 봐."

나영은 검지로 제 입술을 눌렀다. 노모는 굳이 답을 바라고 물었던 것이 아니었던 것처럼 혼자서 쉴 새 없이 떠들어 댔다.

"안 하길 잘했어. 하지 마. 절대로 그런 이야긴 하면 안 돼. 엄마가 그런 이상한 이야기를 쓰는 작가라고 너를 색안경 끼고 볼 거야. 요코는 하치 편집장 아저씨 어때? 그 아저씨, 미남이지? 하긴 네 아버지도 미남이긴 하지만, 하치한테는 그윽한 미소가 있어."

그때부터 노모는 하치 이야기로 바빴다.

세 여자의 뒤에서 따라가던 상원은 노모가 대원아파트 입구로 들어가는 대신, 그 앞길을 지나치자 멈춰 서 휘파람을 불었다.

"할머니 댁 이리로 가야 해요."

세 여자가 돌아봤다. 상원은 아파트 입구로 들어서면서 손을 흔들었다.

"언니, 저 남자 아까부터 말끝마다 휘파람 불지? 휘파람 소리 너무 듣기 싫지 않아? 휘파람 소리 들을 때마다 속이 메스꺼워."

나영이 속삭였다.

"나도 그래. 짜증 나."

주미가 대답했다.

나영은 아무 생각 없이, 앞장서서 걷고 있는 상원의 뒷모습을 사진 찍었다.

아파트 경비 초소의 작은 유리창 위엔 노란 조명등이 켜져 있었다. 그리 환하지 않은 조명등 주변으로 크고 작은 날벌레들이 어지럽게 날고, 벽엔 나방 몇 마리가 붙어 있었다. 나영은 어둠 속에 환하게 불이 켜져 있는 경비 초소도 사진 찍었다.

상원은 경비 초소의 반쯤 열린 유리창 너머를 바라보면서 고개를 꾸벅 숙였다. 꼬장꼬장한 얼굴의 노인이 창문을 완전히 열고 밖을 내다보더니 얼른 초소에서 나왔다.

"이것 봐, 아가씨. 왜 허락도 없이 사진을 찍는 거지?"

야간 경비가 퉁명스럽게 말했다.

"SNS에 올리려고요."

"SNS가 뭔데?"

"치."

나영이 씩 웃으며 고개를 돌렸다. '내가 왜 그걸 당신한테 설명해줘야 해'라는 뜻이 담긴 웃음이었다.

"치, 라니. 어른이 무슨 말을 하는데 치, 라니. 얘는 대체 누구야?"

"죄송해요, 어르신."

상원이 사과하는 동안 나영은 못마땅한 얼굴로 주미와 나영을 쳐다보는 경비원의 얼굴을 찰칵 소리 나게 사진 찍고는 히죽 웃었다.

"이봐, 학생! 그 휴대폰 이리 내놔! 사진 지워! 당장 지우라고!"

나영은 낄낄 웃으면서 놀이터 쪽으로 도망쳤다.

"나영아!"

주미가 불렀지만 나영은 막무가내였다.

"희주 누나 들어오셨어요?"

상원이 물었다.

"뭐, 저런 미친 게 다 있어! 희주 씬 여태 못 봤어. 중간에 왔을지도 모르지. 난 야간에만 오니까. 저 미친 애랑 동행이야?"

주미가 눈을 치켜떴다.

"화 푸세요. 제가 주의시킬게요."

상원은 난감한 얼굴로 주미를 돌아봤다.

"할머니, 집 열쇠는 어쨌어?"

경비원은 마치 노모가 가는귀라도 먹은 것처럼 큰 소리로 말했다.

"모르지, 나는."

"희주 누나가 비상 열쇠를 맡겨 둬서 제가 갖고 있어요. 자동문만 열어 주세요."

경비원은 못마땅한 얼굴로 주미의 위아래를 흘끗 쳐다본 후 경비실로 들어갔다.

"동생 어디 아파요?"

상원이 말했다.

"뭐요? 내 동생이 뭐가 어때서요?"

"애가 철이 많이 없어 보여서."

"댁이나 철분제 챙겨 드세요! 별꼴이야, 정말!"

주미는 톡 쏘아붙이곤 노모의 팔짱을 꼈다.

가동의 자동문이 스르륵 열렸다.

"할머니, 어서 들어가요."

"아니죠. 그건 아니죠. 어딜 들어가려고요?"

상원이 막아섰다.

"할머니 집에까지 데려다줘야죠!"

"됐어요. 그쪽은 철분제 많이 필요한 동생이나 데리고 여기서 꺼지지?"

상원이 목소리를 깔았다.

뭐라고 대꾸하려던 주미는 가동 입구 위에 적힌 호수를 보면서 고개를 갸우뚱했다.

"혹시 할머니 댁이 가동 1403호예요?"

"그런데요?"

"어머! 신기해라."

"뭐가 신기해?"

나무 뒤에 숨어서 사진을 찍어 대던 나영이 쫓아와 주미의 등 뒤에 바싹 붙었다.

"여기가 거기야!"

"진짜? 헐? 대박!"

나영과 주미는 동시에 두 눈을 동그랗게 뜨고는 묘하게 들뜬 웃음을 웃었다.

"뭐가 여기가 거기라는 거지?"

상원이 엄한 표정으로 말했다.

"오늘부터 제가 이 집 입주 도우미로 오게 되었어요. 그런데 사정이 좀 있어서 지금 온 거랍니다. 주인아주머니께서 치매 노인이 계시다고 했는데, 그분이 바로 할머니셨네요."

주미의 말투가 금세 바뀌었다. 상원은 못 미더운 눈으로 주미를 봤다. 주미는 남자 군인들이나 사용할 법하게 생긴 카키색 캔버스

천으로 된 크로스백에서 수첩을 꺼냈다. 파란색 볼펜으로 꾹꾹 눌러쓴 노모의 아파트 주소와 양희주라는 이름, 그리고 전화번호를 보여 주면서 노모를 만난 이야기를 해 줬다.

듣고 보니 묘한 인연이란 생각이 들었다. 이런 인연엔 반드시 어떤 일이 벌어진다. 무슨 일이 벌어질지는 인간의 머리로는 풀 수도, 상상할 수도 없지만, 시간이 지나고 나면 의아했던 인연의 실체가 드러나는 법이었다. 조금만 생각이 깊은 사람이라면 지난 시간을 되돌아보며 '아, 그때 그래서 그렇게 된 거구나'라고 깨달을 수 있다. 살다 보면 시간이 지난 후에라야 이유를 알 수 있는 일들이 있기 마련이었다. 하지만 대부분의 사람들은 자신의 과거를 되돌아보며 현재와 비교해 보는 여유조차 없이 살아가고 있다.

"그럼 앞으로 자주 보게 될 것 같은데 서로 통성명이나 하죠. 난 김상원. 그쪽은?"

"앞으로 자주 보게 될 일은 없을 것 같은데요?"

주미가 턱을 치켜들었다.

"강주미라고 적혀 있던데?"

"네?"

"전단지에."

상원은 남자 둘에게서 받은 전단지를 꺼내 보였다. 주미의 얼굴이 하얗게 질렸다.

"보게 되면 연락하라던데. 사례비도……."

"그, 그래서 연락하려고?"

"글쎄, 그건 그쪽이 어떻게 행동하느냐에 달렸겠지?"

"아, 아깐 미안했어요. 그쪽 아버지가 우리 나영이를 개무시하는 바람에 기분이 나빠서 퉁명스럽게 대했던 거예요."

"우리 아버지가 좀 무례했던 것 같네요. 내가 대신 사과할게요."

상원이 깍듯이 잘못을 인정하고 사과하자, 오히려 주미가 민망해졌다.

상원은 주머니에서 비상 열쇠를 꺼내 노모의 아파트 문을 열었다.

"들어가요."

상원은 문을 잡고 섰다.

집안이 엉망인 걸 보니 양희주는 돌아오지 않은 것이 분명했다. 밤 12시가 다 되어 가는 시간인데도 돌아오지 않았다는 사실에 상원은 어쩐지 불길한 생각이 들었다.

"들어와, 요코야."

노모가 주미의 팔을 잡고 안으로 끌었다.

"왜 할머니가 네 언니를 요코라고 부르는 거니?"

상원이 나영에게 물었다.

"그야 할머니가 제정신이 아니니까 그렇지."

나영은 멍청하게 그것도 모르냐는 시선으로 상원을 흘겨보면서 거실로 올라섰다.

"딸은 아직 안 왔나 본데?"

"집 안 좀 봐. 할 일이 태산이야."

주미는 두 눈을 빛내며 웃었다. 할 일이 많아 좋다는 것일까, 아니면 할 일이 태산인 이 집에 반드시 필요한 존재로 인정받을 수 있게 된 것이 기쁘다는 것일까. 묘하게 흥분된 눈이었다.

—아버지 기다리시겠다. 너 먼저 가라. 난 여기 좀 더 있다 갈게.

동욱이 말했다.

상원은 이상하게 들떠 있는 여자 둘에게 노모와 그 집을 맡기고 간다는 것이 꺼림칙했지만, 동욱이 있겠다고 하자 그나마 안심하고 돌아섰다.

주미는 거실 책장을 가득 채운 책들 앞에서 멍하니 입을 벌린 채 움직일 줄을 몰랐다. 어째서인지 책을 보면 절로 흥분됐다. 책장엔 일본어로 쓰인 책들이 꽤 많았다. 주미는 저 책들이 모두 어떤 표지를 달고 있을지 몹시 기대됐다. 아해가 그린 그림처럼 그녀의 영혼을 달래 줄 또 다른 표지 그림도 발견하게 될까. 그녀는 책한 권을 뽑아들었다. 책 표지를 보는 순간, 그녀는 전율했다. 이 집에 뭔가가 있었다. 그녀를 이곳으로 오게 만든 어떤 이유. 제목이 일본어라 읽을 순 없었지만 표지 그림은 아해가 그린 게 틀림없었다. 그녀는 책들을 모조리 뽑아 가며 표지를 구경했다. 아해가 그린 것이 확실해 보이는 책이 있는가 하면, 애매한 것도 있었다.

그녀는 일러스트레이터의 이름을 확인하기 위해 책 표지를 살폈다. 책 뒷면 아래에 아주 작은 일본어로 뭐라고 적혀 있었다. 분명 '아해'일 거라고 생각했다.

"할머니, 이것 좀 읽어 보세요. 뭐라고 적혀 있어요?"

주미는 손가락 끝으로 일본어를 가리켰다.

"나 일본어 모르는데……, 그럼 아해. 아해가 누구야?"

주미는 히죽히죽 웃었다.

지금 그녀는 국내에선 한 번도 보지 못했던 아해가 그린 표지 그림들을 보고 있는 것이었다.

'대박! 대박! 이런 책들이 어떻게 이런 집에 있는 거지?'

"나영아! 이리 와 봐!"

아해가 그린 표지 중엔 동화책과 요리책으로 보이는 것들도 있었다. 그런데 출간된 지 오래된 책들의 표지 그림은 주미가 모으기 시작한 그림과 화풍이 미묘하게 달랐다. 주미는 오래된 책의 표지보다는 카나리아와 새장과 종이꽃이 그려져 있는 표지 쪽이 더 좋았다.

"니가 이리 와 봐!"

복도 안쪽 다른 방에서 나영이 흥분해서 소리를 질렀다. 주미가 뛰어가자 소파에 우두커니 앉아 있던 노모는 마치 놀이를 하고 있는 것처럼 그녀를 따라다니며 즐거워했다.

"여기 그림들 좀 봐. 언니가 좋아하는 아해 그림 아냐?"

주미는 믿을 수가 없었다. 말을 잇지 못했다. 방 안은 온통 아해가 그린 그림들로 가득 차 있었던 것이다.

흰색 새장 그림, 얼굴 없는 푸른색 머리카락을 가진 여자, 그리고 색색의 새들, 잎이 없는 앙상한 나무들.

그녀가 한 번도 보지 못한 그림들이 커다란 액자에 담겨 사방의 벽에 걸려 있고, 책상과 커피 테이블 위에는 습작 그림들이 가득했다.

"나, 너무 좋아서 울 것 같아."

주미가 어리광을 부리듯, 코맹맹이 소리로 나영에게 말했다.

"할머니, 이 그림 그린 사람 누구예요?"

무슨 일이 일어나고 있는 것인지 모르면서 덩달아 흥분해 있는 노모에게 나영이 물었다.

"우리 요코가 그렸지."

"그럼 요코가 아해예요?"

"뭔 귀신 씻나락 까먹는 소리야. 요코는……."

노모는 다음 말이 생각이 나지 않는지 눈알을 한 바퀴 굴렸다가 재빨리 말했다.

"배고파. 밥 먹자. 엄마가 카레라이스 해 줄게."

노모는 주미를 데리고 방에서 나갔다.

나영과 주미가 식탁에 앉자, 노모는 선반에서 주섬주섬 접시를 꺼냈다.

"할머니, 앉으세요. 제가 할게요."

주미가 일어났다.

노모는 부루퉁한 얼굴로 주미를 빤히 쳐다봤다.

"왜요?"

"오늘도 담임선생이 사쿠라 년 편을 들면서 너한텐 못되게 굴었니? 그래서 엄마한테 심통 부리는 거야? 왜 엄마를 할망구라고 불러?"

나영이 당황해 하는 주미를 손톱 끝으로 쿡 찔렀다.

"아, 아냐, 엄마. 미안해."

주미가 재빨리 말했다.

"사과해 줘서 고마워. 앉아 있어. 시험 공부하느라 힘들 텐데 엄마가 할게."

노모는 전기밥솥에서 밥을 펐다.

"엄마 친구 하시오카 마리코(일본 작가 기리노 나쓰오의 본명)가 이런 말을 했거든. 가장 큰 복수는 의심의 씨앗을 심어 주는 거다. 그래서 엄마도 내일 학교 골목에서 기다리고 있다가 사쿠라 년이 나오면 어딘가로 끌고 가서 너한테 한 것처럼 뺨부터 한 대 때려 준 다음, 의심의 씨앗을 심어 주려고. 어때?"

노모가 주미와 나영의 의견을 물었다.

"사쿠라 년이 먼저 요코 뺨을 때린 거라면 복수해야지. 때려 주는 것 좋아!"

나영은 그렇게 대답하고 주미에게 살짝 윙크했다.

"니가 한국 애면서 공부를 잘하니까 질투하는 거야. 그런 것들 때문에 속상해서 학교 안 가고 그러면 안 되는 거야. 밥 많이 먹고 힘을 내야지."

밥에서 쉰내가 났다.

"어서 먹어."

노모는 밥을 푹 푸더니 입안에 넣고 우물거렸다.

쉰 것도 모르는 것인지 반찬도 없이 허겁지겁 맨밥을 먹는 노모를 보면서 나영과 주미가 얼굴을 찌푸렸다.

"그 밥 그만 먹어요. 지금 새 밥 지을게요."

주미가 밥그릇을 뺏으려 하자, 노모는 두 팔로 밥그릇을 끌어안으며 노려봤다.

"놔둬. 우리도 매일 유통기한 지난 밥 먹잖아. 재수 없으면 설사밖에 더 하겠어?"

나영이 일어나 냉장고 문을 열었다. 반찬이라고는 마트 마크가 붙은 봉지 속 갓김치와 조미김뿐이었다. 냉동실을 열자, 멸치와 건어물 종류만 있을 뿐 고기 종류는 전혀 없었다. 부엌에 딸린 식품 저장 창고를 열었다. 식료품들이 질서 없이 잔뜩 쌓여 있었다.

"사이다, 라면, 참치캔, 김치참치, 김, 마른 오징어, 국수, 온통 인스턴트뿐이야. 어우, 지겨운 햇반도 있네."

"싫어. 시켜 먹자. 돈은 이 집 주인 앞으로 달아 놓고."

"알았어. 뭐 시킬까?"

"당연히 탕수육이랑 치킨 세트!"

"알았어."

"와, 오늘 밤은 공짜 밥 먹네. 돈 굳었다."

"니네들 누구얏!"

노모가 갑자기 고함을 꽥 질렀다. 노모는 두 눈을 가늘게 뜨고는 당황하는 주미와 나영을 의심의 눈초리로 노려봤다.

"할머니, 여기 일 도와주러 왔어요."

주미가 말했다.

"요양사는 우리 희주가 잘랐다던데?"

"……"

"우린 희주 아줌마가 새로 고용했어요."

답을 못하고 있는 주미 대신, 나영이 말했다. 재치 있는 답변이었다. 노모는 더 이상 두 사람을 수상쩍게 보지 않았다.

노모는 밥 한 그릇을 비우고 일어나 리모컨을 찾아 들고 텔레비전 앞에 앉았다.

"할머니, 시간이 너무 늦었네요. 주무셔야지요?"

"……"

노모는 돌아보지도 않았다.

"야식 배달해 주는 곳 좀 찾아봐. 여기 있는 식당들은 모두 문 닫은 시간이야."

"어."

나영은 휴대폰으로 야식 배달 식당을 찾기 시작했다.

"아까 길에서 말이야, 할머니가 자기 이름이 미야, 뭐라고 하지 않았어?"

"미야베 라이카."

주미는 고개를 갸우뚱하다가 어멋! 하고 짧게 소리를 치며 책장 앞으로 가 섰다. 오래전 그녀가 훔친 책에서 미야베 라이카라는 작가 이름을 본 것 같았다. 표지에 빨간색 명조체로 쓰여 있던 제목이 선명하게 기억났다.

"놀이터가 보이는 집에 사는 남자."

아니나 다를까, 그 책이 이곳에도 있었다. 책을 뽑아 들고 보니 제목 아래에 미야베 라이카 지음, 이라고 한글로 적혀 있었다.

"미야베 라이카가 쓴 게 많아."

나영이 이 책 저 책을 뽑아 보며 말했다.

"우와, 그럼 저 할머니, 소설가였어?"

나영은 마치 대단한 발견이라도 한 사람처럼 외쳤다.

노모는 텔레비전 앞에 비스듬히 드러누워 졸고 있었다.

"이렇게 많은 책을 쓴 걸 보면 꽤 유명했을 것 같은데, 어쩌다가 노망이 든 거야? 작가도 늙으면 노망이 드는구나. 신기해."

나영이 말했다.

"여기 할머니 사진이랑 약력 있어. 봐 봐."

주미는 접힌 책날개를 펼쳐 보였다.

"약력이 뭐야?"

나영이 물었다.

"경력 같은 거."

"아."

"흑백이긴 하지만 미인이셨네. 30대 초반쯤에 찍은 사진 같아. 카리스마 쩔어. 누가 지금 저 쪼글쪼글한 백발의 할머니가 이 사진 속 여자랑 같은 사람이라고 생각할 수 있겠어?"

주미는 어깨를 으쓱해 보였다.

"하긴 그게 우리랑 무슨 상관이람."

나영은 금세 흥미를 잃고 다시 휴대폰으로 시선을 돌렸다.

주미의 휴대폰으로 문자가 왔다. 김 실장이 보낸 문자였다.

아깐 미안했어. 애가 아프다고 날 불러서 급히 전화 끊었어. 저기, 그 집 내일 아침에 전화라도 해 봐. 요즘 도우미 구하기가 어렵다는 거 그 집도 알 테니까 괜찮을 거야. 전화번호는 그때랑 같아.

나 몰라라 해도 상관없을 텐데 일부러 문자를 보내 준 김 실장에게 미안함과 고마움이 교차했다. 성급하게 상대방을 판단하고 화를 냈던 자신의 모습이 부끄러웠다.

주미는 양희주에게 여러 차례 전화를 걸었다. 하지만 통화는 되지 않았다. 그녀는 지금 어디에 있는 걸까. 친구를 만나 술이라도 퍼마시고 있는 걸까, 아니면 애인을 만나서 호텔에서 자고 있는 것일까. 얼굴은 어떻게 생겼을까. 날씬할까, 뚱뚱할까.

노모는 얼버무리긴 했지만 분명 "요코가 그렸지"라고 했다. 요코를 자기 딸이라고 했으니 그렇다면 입주 도우미인 주미를 고용한 양희주가 요코이자 아해란 말이었다. 주미는 양희주가 궁금해 죽을 것 같았다.

나영은 야식을 주문한 후, 노모의 옷장을 뒤져 헐렁한 일 바지와 러닝셔츠를 꺼내 입고 나와 욕실로 들어갔다.

비가 쏟아지기 시작했다. 거실 유리창으로 빗줄기가 사납게 내리꽂히고 있었다. 열어 놓은 부엌 창 너머로 시원하지만 눅눅한 바람이 불어 들어왔다. 집 안을 대충 치운 주미는 식탁에 앉아 『놀이터가 보이는 집에 사는 남자』를 읽기 시작했다. 아해의 어머니가 쓴 소설을 읽지 않을 수는 없었다.

소설은 첫 장부터 정신없이 페이지를 넘기게 만들었다.

놀이터에서 소녀 하나가 사라졌는데, 경찰은 놀이터가 보이는 집에 사는 남자를 범인으로 지목했다. 남자는 하루 종일 집 안에 있었다고 말했지만 경찰은 믿어 주지 않았다.

"망할 놈의 경찰들."

주미의 머릿속으로 곽새기가 처음으로 나타났던 날이 떠올랐다.

그날은 자해로 인해 정신병원에 입원했던 나영이 퇴원한 지 2주 일째 되던 날이었다.

주미는 후드를 머리에 쓰고 일산 킨텍스 길을 걸었다. 진눈깨비로 인해 길은 질척이고 미끄러웠다. 그래도 진눈깨비가 내리는 풍경은 아름다웠다. 시현과의 데이트를 위해 신고 나간 신상 구두 속으로 차갑고 질퍽한 물이 스며들어 와 발은 이미 얼어붙은 것 같았다. 빨리 집에 가서 씻고 쉬고 싶었다. 바람이 방향을 틀어 주미의 얼굴로 진눈깨비가 날아와 앉았다. 주미는 동생 나영에게 전화했다.

"어디야?"

"친구 자취방. 늦을 거야. 엄마한테 대충 둘러대 줘."

"야, 12시 전엔 들어와. 알았어?"

"엄마랑 아빠 왔어?"

"지금 6시밖에 안 됐는데 엄마랑 아빠가 집에 있냐?"

"알았어. 언니가 잘 말해 줘. 오늘 학천이 오빠 생일이라서 나 친구들이랑 밤샘 파티할 거란 말이야."

"알았어. 사고 치지 말고."

주미는 전화를 끊었다. 나영이 바람둥이 학천과 함께 있다는 사실이 거슬렸다.

집 창문이 환했다. 이 시간에 누굴까. 부모님이 벌써 귀가했을 리는 없을 테고. 주미는 대문 앞에 서서 벨을 눌렀다. 그런데 "주미 왔니"라든가, "나영인 어디 있니"라는 엄마의 목소리가 나올 법한데 아무런 말도 없이 징, 하는 기계음과 함께 대문이 철컥 열렸다. 뭔가 평상시와는 다르다는 기분에 짧은 순간, 주미의 어깨 위로 불안감이 스쳤다가 사라졌다.

진눈깨비로 지저분해진 마당을 지나, 현관으로 올라섰다. 문을 열고 들어서자 평상시와 다름없이 텔레비전 방송 소리가 들려왔고, 고소한 음식 냄새가 집 안에 진동했다. 부침개를 굽는 냄새 같았다. 사람 사는 집 같은 따뜻한 음식 냄새에 좀 전의 의아함은 사라져 버리고 허기가 졌다.

"다녀왔습니다."

주미는 신발을 벗고 거실로 올라섰다.

부엌에서 엄마가 나왔다고 생각했다. 하지만 꽃무늬가 프린트된 앞치마를 입고 주미 앞에 서 있는 것은 누군지 알 수 없는 어떤 남자였다.

남자는 엄마의 앞치마를 두르고 있었다. 부엌칼을 든 한쪽 팔을 아래로 늘어뜨린 채 그가 말했다.

"어서 와, 여보. 배고프지? 당신 좋아하는 돼지고기 부침개 만들어 놨어."

"여보? 누구? 저요?"

"그래, 너. 거기 너 말고 또 누가 있어."

"아, 아저씬 누구세요?"

"나? 니 남편이잖아? 나 몰라? 나 곽새기. 니 남편!"

소름이 끼쳤다.

"악! 엄마! 아빠!"

뒤로 물러서던 주미는 비명을 지르며 도망쳤다.

"나, 나영아, 이상해!"

주미는 마당을 가로지르면서 나영에게 전화를 했다.

"이상한 남자가 우리 집에 와서는 나더러 여보래."

"장난치지 마, 언니!"

"아냐! 정말이야!"

"진짜? 엄마는? 집에 아빠 없어?"

"없어! 나 무서워 죽겠어!"

"정신병자 아냐? 빨리 학천이 오빠 자취방으로 와."

"알았어."

"이수인!"

대문 밖까지 쫓아 나온 남자는 주미의 긴 머리채를 움켜잡았다.

"악!"

주미는 팔을 뒤로 돌려 자신의 머리채를 잡고 남자에게 끌려가지 않으려고 필사적으로 버텼다. 남자는 주미 앞으로 와서 섰다.

"나 몰라? 민영이 기억 안 나? 너, 민영이 엄마잖아!"

"악! 사람 살려!"

주미는 있는 힘껏 소리를 질렀다.

"거기 뭐예요?"

지나가던 동네 아저씨 둘이 멈춰 섰다.

"아이, 씨, 그냥 가. 남의 일에 상관하지 말고."

"아저씨, 경찰에 신고해 줘요! 전 이 사람 몰라요!"

주미가 필사적으로 저항하자, 동네 아저씨 둘이 의심스러운 표정으로 주미와 정체불명의 남자를 향해 다가왔다. 남자는 승산이 없을 거라고 생각했는지 인상을 확 구기더니 주춤 물러섰다. 주미는 동네 아저씨 둘의 등 뒤로 숨었다.

"너 변태야? 가, 가라고!"

동네 아저씨 둘 중 한쪽이 한 대 칠 듯 앞으로 나서며 주먹을 쥐어 보였다.

"이수인! 네 이름은 이수인이야! 너도 알고 있다는 거 다 알아! 네 손등에 그 새 문신, 그게 네가 이수인이라는 증거잖아! 다른 사람은 몰라도 내 눈은 못 속여!"

곽새기는 뒷걸음질 치면서 발악하듯 소리쳤다.

주미는 버스에서 내려 자취방 골목으로 들어섰다. 학천의 자취방 앞에 구급차가 와 있었다. 수송대원 둘이 들것을 들고 나왔다. 들것 위에 나영이 누워 있었다. 나영은 주미를 보자마자 어린아이처럼 울었다.

주미는 바지 주머니에 손을 넣고 어두운 표정으로 걸어 나오는 학천에게 어떻게 된 일인지 물었다.

"야, 니 동생, 자해 습관 있어?"

"그딴 거 없어!"

주미는 고함을 꽥 질렀다.

"없긴 뭐가 없어! 니 동생이 방 벽에 온통 피를 발라 놨다고!"

"뭐?"

가슴이 덜컹했다.

"니 동생, 완전 미친년이야."

학천이 눈알을 부라렸다.

'저따위로 말하는 새끼가 뭐가 좋다고 매달리는 건지.'

화가 나 씩씩대는 주미 앞으로 구급대원이 다가왔다.

"학생, 보호자야?"

"네, 언니예요."

"타."

주미가 차에 오르자 구급대원은 구급차의 뒷문을 닫았다.

"왜 그랬어?"

주미는 상체를 숙이고 나영에게 속삭였다.

"나도 몰라. 학천이 오빠가 은혜랑 키스하는 걸 보는데, 머릿속이 하얘지는 거야. 정신을 차리고 보니 내가 내 팔을 긋고 있었어."

"언니분은 병원에 도착하기 전까지 이거 작성하시고. 강나영 학생, 혹시 정신과 진료 받은 적 있어?"

구급대원이 돌아보며 물었다.

나영은 말을 더 잇지 못했다. 주미 역시 마찬가지였다.

병원에서 응급 처치를 받고 나온 자매는 곧장 일산경찰서로 갔다.

경찰에게 자초지종을 이야기하는 동안, 나영은 뭐가 마음에 들지 않는 것인지 시종일관 불만에 가득 찬 얼굴로 왼팔에 감긴 붕대를 만지작거렸다.

"부모님 두 분 모두 직장에도 나타나지 않으셨고 연락이 안 돼요."

"알았어. 일단 이거부터 작성하고 집에 돌아가 있어. 경찰 아저씨가 다 알아서 할게."

"집에 가라고요? 엄마 아빠도 없는데?"

나영이 언성을 높였다.

"지금 우리더러 그 정신병자가 있는지도 모를 집으로 돌아가서 살해라도 당하라는 거야? 뭐, 이런 경찰이 다 있어!"

"나영아!"

주미가 나영을 꾸짖었다.

"학생, 방금 뭐라고 했어? 뭐, 이런 경찰이 다 있냐고?"

"내가 언제요?"

경찰이 나영을 쳐다보며 황당한 표정을 지었다.

"그래, 알았다. 그날 일 다시 한 번 이야기해 봐."

"아니, 대체 몇 번을 다시 말하라는 거야! 그러니까 우리 말을 믿지 않는다는 거 아니에요, 지금!"

나영이 다시 버럭 소리를 질렀다.

"죄송해요. 제 동생이 좀……."

경찰은 나영의 붕대 감긴 왼팔을 흘끗 쳐다보고는 좀 전의 질문에 대한 답을 들어 보자는 듯, 주미를 쳐다봤다.

"집에 돌아왔는데 부모님은 안 계시고 어떤 아저씨가 엄마 앞치마를 두르고 부엌에서 나와서 저더러 '여보'라고 불렀어요."

"그리고 또?"

"배고프냐고 묻고, 자기가 제 남편인데 이름이 곽새기라고 했어요."

"곽새기."

경찰은 진술서에 곽새기라고 입력했다

"그런데 왜 곧바로 신고하러 오지 않았니?"

"제 동생이 갑자기 아파서 병원에 가야 했어요."

"다음번에 또 그런 일이 생기면 곧장 경찰서로 와야 해. 알았지?"

주미는 고개를 끄덕였다.

"일가친척은 없니?"

"진주에 고모할머니가 계시긴 한데, 연세가 많으셔서 거의 누워지내신다고 들었어요."

"또 올까 봐 무서운데 경찰 아저씨들이 우릴 보호해 줘야죠? 맞죠?"

나영이 퉁명스럽게 말했다.

"너희들이 이렇게 신고했으니까 그 아저씨가 다시 올 일은 없을 거야. 안심해."

"다시 오면 어쩔 건데요?"

나영이 말했다.

"다시 와서 우리가 살해라도 당하면 어쩔 거냐고요? 우리 죽고 나서 경찰 올 거예요? 우린 정말 무섭단 말이에요!"

"자, 그만 일어나서 돌아가라. 집에 들어가면 문단속 잘하고. 알았지? 부모님은 금방 돌아오실 거야."

경찰은 자리에서 일어나 어디론가 가 버렸다.

자매는 눈치를 보다가 일어나 경찰서를 나왔다.

집이 보이는 골목으로 접어들었을 때였다. 자매는 그 자리에 멈춰 서서 서로의 손을 꽉 잡았다.

"언니, 집에 불이 켜져 있어!"

"엄마랑 아버지가 돌아온 걸 거야."

"아닐 수도 있어. 그 변태 새끼일지도 모르지. 어쩌지?"

"설마."

자매는 문 앞에 서서 망설였다.

"벨 눌러 보면 되잖아."

나영은 부모님이 돌아온 게 틀림없다는 얼굴로 벨을 눌렀다.

몇 초가 지나고, 인터컴 근처에서 달그락거리는 소리가 나더니 목소리가 튀어나왔다.

"들어와, 민영아. 아빠야!"

낯선 남자의 목소리가 들려왔다.

"끼아악!"

자매는 비명을 지르며 도망쳤다.

자매는 곧장 경찰서로 가서, 몇 분 전에 이야기를 했던 경찰을 찾아 지금 집에 그놈이 와 있다고 신고했다.

못 미더워하던 그는 경찰 한 사람을 더 데리고 자매의 집으로 갔다.

경찰이 도착했을 때 대문은 열려 있었고 집 안엔 아무도 없었다. 경찰은 자매를 의심스러운 눈초리로 보더니 이윽고 화난 얼굴로 나지막이 말했다.

"너희들 허위 신고하면 어떻게 되는지 알아, 몰라?"

"허위 신고 아니에요!"

"저기요. 왜 우리가 허위 신고를 했다고 생각하시는 건데요?"

경찰이 시선을 피했다. 주미는 알아들었다. 나영의 정신병 이력 때문이었다.

"들어가서 CSI처럼 지문 찾아내고, 머리카락 떨어져 있는지 찾고, 족적도 뜨고 안 해요? 그렇게 하면 알 거 아니야?"

나영이 경찰에게 대들었다.

실종 신고를 접수했던 경찰은 끝내 자매를 외면하고 돌아갔다.

경찰 둘이 나가고 나자, 주미는 장롱에서 커다란 가방 두 개를 꺼내 와 나영 앞에 내려놨다.

"짐 싸!"

"어디 가게?"

"엄마 아빠가 와야 집에 들어오지, 무서워서 안 되겠어."

"돈은 있어?"

주미는 부엌으로 달려가 쌀통 뚜껑을 열고 봉투를 꺼냈다.

"거기에 돈 있는 건 어떻게 안 거야?"

"엄마가 여기 돈 숨겨 놓는 걸 봤어."

"얼마나 있는데?"

돈을 꺼내 보자, 5만 원권 지폐 40장이 들어 있었다.

밤거리는 고요했다. 지나다니는 사람도 없었고, 오가는 차들도 드물었다. 자매는 텅 빈 버스 정류장에 앉아 주변을 살폈다. 어디선가 놈이 지켜보고 있는 것 같아서 한시라도 빨리 이 동네를 벗어나고 싶었다.

"몇 시니?"

"11시."

"일단 오늘은 시간이 너무 늦었으니까 저 밑에 있는 찜질방에서 자자."

주미와 나영은 쉴 틈 없이 뒤를 돌아보며 사거리 어딘가에 있는 찜질방을 찾아 들어갔다.

다음 날 아침 9시쯤, 주미는 휴대폰 소리에 잠에서 깼다.

소리를 들었는지 나영도 몸을 뒤척이며 눈을 떴다. 어젯밤에 찜질방 바닥에 누워 자던 사람들 대부분이 나가고 없었다.

"누구야?"

나영은 문자를 확인하는 주미의 어깨에 턱을 올려놨다. 할 말이 있으니 만나자는 시현의 문자였다.

나영은 자신의 휴대폰을 확인하더니 어두운 얼굴로 중얼거렸다.

"엄마 아빠는 문자도 확인 안 해. 어떻게 된 걸까?"

나영이 울먹였다.

"일단 엄마랑 아빠랑 연락이 될 때까진 집에 들어가면 안 될 것 같아. 뭔가 수가 생기지 않으면 진주 고모할머니 집에 가 있자."

"그런데 진주에 있는 고모할머니라는 사람을 난 왜 모르지?"

"한 번도 안 만났으니까 그렇지."

"언니는 만났어?"

"응, 그렇겠지?"

"뭐야, 대답이……."

"만났을 거야. 주소는 내가 알아. 수첩에 적어 뒀거든."

"학교는?"

자매는 할 말을 잊었다.

"할 수 없어. 학교까지 찾아올 놈이야. 당분간 휴학계를 내자."

"어? 그 남자가 학교까지 찾아올지 안 올지 언니가 어떻게 알아?"

"알아."

주미는 단호하게 대답했다.

"그렇잖아도 학교 가기 싫었는데. 히히, 이건 잘됐네."

주미가 쩨려봤다.

"시현이 오빠 만나러 갈 거야?"

"어, 그래야 할 것 같아."

"나도 학천이 오빠 보고 갈래. 그 난리를 피워서 미안한데 미안하다는 말도 못했어."

"안 돼. 넌 나랑 같이 다녀야 해."

"나, 애 아니거든?"

"너, 애 맞아. 넌 만날 사고만 치잖아."

사고만 친다는 말이 나영의 감정을 상하게 한 것 같았다. 나영은 어두운 얼굴로 주미를 쩨려보면서 일어섰다.

"미안, 미안해. 언니가 지금 정신이 없어서."

"정신이 없을 때 나오는 말이 솔직한 거겠지. 나 만날 사고 치는 거 맞아. 그리고 이젠 자해까지 해."

"미안하다고 했잖아."

"됐고. 오늘은 각자 자기 볼일 보자. 문자 보낼게."

나영은 삐친 얼굴로 여탕으로 쏙 들어갔다.

시현은 만나기로 한 장소에 먼저 와 있었다.

어깨엔 백팩을 메고 한 손에는 여행 가방까지 든 주미를 시현은 의아하게 쳐다봤다

"무슨 일이야? 그 가방들은 또 뭐고?"

"선배는 무슨 일이야? 할 말이 있다면서?"

"너부터."

주미의 두 눈에 눈물이 고여 올랐다.

"왜 그래?"

"나 당분간 학교 못 나갈 것 같아."

시현은 시선을 떨어뜨렸다.

"무슨 일인데?"

"그냥 집안일이야. 선배는?"

"나는……."

시현은 시선을 내리깔고 뭔가 망설이더니 이윽고 고개를 들며 말했다.

"다시 수술하러 미국 가."

"언제?"

"내일."

"그걸 지금 말하는 거야?"

"좋은 일도 아닌데 뭣하러 일찍 말해?"

"좋은 일이건 아니건 뭐든 네 마음대로야?"

주미가 화가 나서 소리쳤다.

"주미야."

"언제 와?"

"글쎄, 당분간 그곳에서 지내게 되지 않을까 싶어."

"그럼 오늘이 마지막인 거야, 우리?"

"마지막은 무슨, 미국 가서도 카톡이랑 화상 채팅하면 되는데."

"그래?"

주미는 입술 끝을 들어 올리며 애잔하게 웃었다.

"잘 가. 건강하고. 다리 수술이 잘되길 바랄게."

주미는 자리에서 일어났다.

"주미야."

시현이 엉거주춤 일어났다. 주미는 냉정하게 돌아섰다.

"야! 강주미!"

주미는 북 카페를 나왔다. 그것이 시현과의 마지막이었다.

시현이 떠나고 난 후, 주미와 나영은 진주 고모할머니 집에서 한동안 살았다. 자식들이 먼저 죽어 버리고 혼자 남은 고모할머니는 그 마음의 상처로 인해 많이 힘들어 하는 상황이었지만, 주미와 나영에게 무척 살갑게 대해 줬다. 주미가 일을 해서 번 돈으로 카나리아와 새장을 사 오자, 고모할머니는 하루 종일 카나리아 앞에서 지내면서 새들을 지켜보는 것을 좋아했다. 결국 고모할머니는 어느 비 오는 날 아침, 잠에서 깨어나지 못했다. 동사무소 직원들의 도움으로 고모할머니를 화장할 때 주미는 카나리아도 함께 화장했다.

동사무소 직원은, 주미가 살아 있는 카나리아를 고모할머니의 시신이 담긴 관에 함께 넣자, 두 눈을 동그랗게 뜨고는 어깨를 움츠렸다.

"어머, 쟤 왜 저래. 어유, 오싹해. 좀 이상한 거 같지 않아?"

자기들끼리 오만상을 다 찌푸리며 주미를 괴물처럼 쳐다봤다.

주미가 양희주의 노모에게 잘해 주려는 것은 그녀에게 살갑게 대해 줬던 고모할머니가 떠올라서였다. 장례를 마치고 나서 고모할머니의 집에는 한 달 정도 더 살았지만, 그것으로 끝이었다. 어떻게 추적했는지 곽새기가 그곳까지 다시 찾아왔던 것이다.

16

2015년 8월 22일 토요일, 일본 신주쿠

토요일 저녁 멘야무사시는 어제보다 더 붐볐다.

"란코, 너 오늘 조심해."

레이가 란코 곁을 스윽 지나가며 말했다.

"뭘 조심해?"

"불."

"뭔 소리야. 어서 오세요!"

손님들이 들어왔다. 란코는 잽싸게 메뉴판을 들고 손님들에게 갔다.

"미야베 라이카는……."

빈자리로 손님을 안내하고 주문을 받아 돌아서던 란코는 자기도 모르게 그 자리에 멈춰 섰다.

"비겁했어. 핵이 떨어지든 대지진이 나든, 우리야 여기서 죽을 수밖에 없잖아. 이곳이 내 나라고 내 고향이니까."

"그렇지. 하지만 라이카는 자신을 작가로 키워 준 조국을 버리고 한국으로 도망갔지. 지금은 아마 환갑이 됐을걸. 그 여잔 글을 쓰지 않고는 살 수 없는 사람이었으니 한국에서 또 다른 필명으로 책을 내고 있을 거야. 적어도 양심이 있다면 미야베 라이카라는 이름으로는 절대로 책을 낼 수 없을 테니 말이야. 아마도 한국 이름을 쓰겠지?"

"한국 이름이 뭔데? 알아?"

"신 뭐라고 했는데, 신…… 재경이랬던가?"

"지금 라이카 책은 모두 절판됐지?"

"라이카가 출판사 측에 연락을 해서 계약 갱신을 해지한다고 통보했어. 그리고 그다음엔 어떻게 됐는지 소식을 듣지 못했지."

"그럼 한국에서 출간된 책은 있나?"

"내가 알기론 없어."

"그럼 절필이라도 한 게 아닐까?"

"야, 나랑 이야기 좀 해."

레이가 란코의 옆구리를 쿡 찔렀다.

"쉿, 조용히 해."

란코는 얼굴을 실룩이며 레이에게 눈을 흘겼다.

"퇴근하기 전에 나 좀 봐."

레이는 장난스럽게 두 손을 들어 보이곤 주방으로 들어갔다. 란코는 두 남자 손님의 대화에 다시 귀를 기울였다.

"그 여잔 살아 있는 이상은 절필 따위를 할 여자가 아니야. 아무튼 말이야, 라이카에 대해 이렇게 쓴소릴 하고 있긴 하지만……."

"……?"

"그 여자의 미스터리는 최고였네."

동행은 고개를 끄덕였다.

"솔직히 작가에게 국적이 무슨 소용인가. 작가가 국적으로 독자를 만나나? 아니잖은가. 작가는 작품으로 말할 뿐이지."

"그 부분은 꼭 그렇다고 할 수만은 없어. 한 사회에 발을 담그고 살고 있다면 그 사회가 요구하는 것도 있을 테니. 작가도 작가이기 이전에 한 나라의 국민이잖나."

"거참 딜레마일세."

"이런 이야기는 산토리라도 마시면서 하면 좋을 텐데 말이야."

"뭐랄까, 요즘 젊은 작가들이 쓰는 이야기들은 굳이 이야기로 듣지 않아도 될 것들이야. 모두 현실에서 일어나는 이야기들이니까. 아니, 어쩌면 현실이 소설보다 더 무섭고, 미스터리하고, 감동적이지. 그런데 그 여잔 그 현실이 감추고 있는 공시성을 훤히 꿰뚫는 것 같은 글을 썼지. 공시성이라는 게 서로 무관한 듯 보이는 두 사건이 의미 있게 전개되는 배후에는 알지 못할 시공간의 질서가 작용하고 있다는 것이잖아. 바로 이 라멘집에서 자네를 만나게 될 줄 몰랐는데 만나게 된 결과를 되돌아가서 면밀히 짚어 보면 그 속엔 공시성의 법칙이 숨겨져 있단 말이지. 미야베 라이카는 우연이라는 미스터리를 필연으로 풀어내는 재주가 기가 막혔어. 그래서 순문학 작가들이 혀를 내두를 만큼 투박하고 거친 문장이었지만 서사가 뛰어났기에 나오키 상부터 해서 온갖 상들을 휩쓴 거지."

"그 여자 문장은 출간 때마다 하치 편집장이 직접 감수를 했다던데."

"그렇지. 하치가 죽고 나서 그 여자도 운이 다 된 것 같았지. 솔직히 나는 그 여자의 신작을 읽어 보고 싶네."

누군가 자신의 작품을 읽어 보고 싶다고 해 주는 것은 어떤 기분일까.

자신을 버린 친모였지만 작가가 되고 싶은 란코는 미움과 질투를 넘어 미야베 라이카가 진정 부러웠다.

'나도 그런 글을 쓸 수 있다.'

란코의 마음속에서 투지가 불타올랐다. 어딘가에 아이도 시어머니도 남편도 없는, 오롯이 혼자만 있을 수 있는 방이 있다면 뭔가 대작을 쓸 수 있으리란 막연한 자신감마저 들었다. 하지만 캡슐호텔 방만 해도 하루에 6천 엔은 줘야 할 텐데 그 돈은 어떡해. 벌써부터 돈이 아깝다.

'누군가 그 정도 돈이야 미래를 위한 투자니까 널 위해 써도 돼, 하고 말해 주면 좋겠다.'

스타벅스에서 커피 한 잔을 사 마시는 돈도 사치 같아 아깝다. 하지만 그렇게 모은다고 해서 돈이 모이는 것도 아니었다. 시어머니의 집에 살면서 방세도 내는데, 며느리이기 때문에 용돈도 줘야 한다. 그러다 보면 하루 종일 다리가 퉁퉁 붓도록 일해 번 돈이 1엔도 남지 않는다. 어째서 나는 스스로 운명을 개척하지 못하는 것일까. 풀이 죽었다.

'시어머니가 죽어 버렸으면 좋겠어. 그러면 그 집에서 편하게 지낼 수 있을 텐데.'

그 집에서 란코의 일거수일투족을 감시하며 숨통을 죄는 것은 시어머니 혼자뿐이었다. 남편도 시아버지도 그렇지 않았다.

퇴근했지만 역시 집에 들어가고 싶지 않았다. 란코는 발걸음을 돌려 신주쿠 역에서 신오쿠보로 갔다. 그곳에 유명한 점집이 있었다. 신오쿠보 골목은 일본의 한인 타운이라 해도 될 만큼 한국 식당, 화장품 가게로 넘쳐났다. 그녀에게도 한국인의 피가 섞여 있어서일까, 이 골목을 걷고 있으면 마치 어머니의 나라 한국에 와 있는 것 같은 기분이 들어 묘하게 들뜬다. 한글로 '덕수궁'과 '야채농가'라고 쓰인 한식당 사이로 난 좁은 골목으로 들어갔다. 그곳에 점집이 있었다.

시어머니에 대해 토로하자, 점쟁이라기보다는 학교 선생님처럼 보이는 중년 남자는 고개를 끄덕였다.

"부적을 써야겠어."

"예, 얼만가요?"

"처음이니 1만 258.20엔."

"와!"

"너무 비싸?"

그녀는 고개를 끄덕였다.

"깎을 생각은 하지 마. 그럼 효험이 없어지니까."

란코는 마른침을 꿀꺽 삼켰다.

"이걸 오늘 밤 0시에 태워. 정각 0시여야만 해."

부적이 전문이라는 점쟁이는 무슨 뜻인지 모를 붉은 주서를 휘갈겨 쓴 부적을 써서 내밀었다.

"그러니까 정확히 무슨 효험이 있는 건가요?

"니 시어머니가 기가 세서 그래. 기가 보통 센 게 아니야. 니 남편 허리가 부러진 것도 그 할망구가 질투를 해서 부정 탄 거야. 이 부적을 태우면 그 할망구 기를 좀 눌러 줄 거야. 그래야 아줌마도 숨을 쉴 게 아니야?"

"병이 나게 하든가, 주, 죽게 하는 게 아니고?"

"지금 나더러 사람 죽이는 부적을 써 달라는 거야?"

부적사가 두 눈을 부릅뜨고 란코를 노려봤다.

"그, 그건 아니지만……."

"죽여도 표시 안 나게 해야지. 비명횡사, 심장마비 같은 걸로 죽게 하는 부적은 좀 비싼데?"

부적사는 교활하게 웃었다.

과연 효험이 있을까? 란코는 두근거리는 마음으로 부적을 품고 집으로 돌아왔다.

집 안에는 남편과 히카루뿐이었다. 히카루는 병상에 누워 있는 남편의 팔에 안긴 채 새근새근 평화로운 얼굴로 잠들어 있었다.

'남편이랑 히카루, 우리끼리만 살면 얼마나 좋을까.'

시부모를 모시지 않고 분가해서 살자고 하면 효자인 남편은 길길이 날뛴다. 남편에게 보냈던 연민의 미소가 싸늘하게 굳었다. 결혼하기 전에는 이런 남자인 줄 몰랐다.

"우리 히카루 자는구나. 어머님이랑 아버님은?"

"친구들이랑 파친코 하러 가셨지."

히카루가 깰까 봐 남편이 속삭였다. 시어머니만 없으면 남편은 란코에게 잘해 줬다. 하지만 시어머니가 나타나면 180도 다른 남자가 됐다. 자기 어머니와 아내 사이에서 갈등하기도 하겠지만, 란코는 아무리 생각해 봐도 시어머니 앞에서는 마마보이가 되어 버리는 남편이 이해 불가였다. 그런 일을 하도 겪다 보니, 이젠 남편이 다정하게 굴어도 별로 기분이 좋아지지 않았다.

히카루도 자니 마음껏 씻고 푹 쉴 수 있겠다 싶었다. 쉬면서 책을 읽어야지. 란코가 좋아하는 작가는 그리 많지 않았다. 그중에서도 미야베 라이카와 동료이자 동갑내기 친구라고 알려진 기리노 나쓰오의 소설이 가장 좋았다. 지금 읽고 싶은 책은 읽다가 시간이 없어서 덮어 둔 『그로테스크』였다. 작가가 보여 주는 세계에 푹 빠졌다가 나오면 항상 정체불명의 뿌듯함이 느껴진다. 그래서 책을 읽는 것이 아닐까.

'커피 한 잔 타서 마시면서 마저 읽어야지.'

기분이 좋아진 란코는 발걸음마저 가볍게 부엌으로 갔다.

부엌으로 들어서던 란코는 악, 하고 비명을 질렀다. 어깨에서 힘이 쭉 빠졌다. 무슨 파티라도 치른 것인지 식탁과 개수대엔 더러운 그릇과 냄비가 산더미처럼 쌓여 있었다. 라멘집에서 해 댄 설거지만으로도 모자라 집에까지 와서 이러고 있어야 한다는 사실에 울화통이 터졌지만 어쩔 수 없었다. 어차피 해야 할 일이라면 시어머니가 오기 전에 해치우는 것이 좋을 것 같았다.

시어머니는 설거지하는 동안에도 옆에 와서 담배를 피워 대며 그건 왜 그렇게 씻느냐, 한 번 더 씻어라, 비눗기가 아직 남아 있지 않겠니, 하며 잔소리를 해 댔다. 그래서 한 번 더 씻으면 무슨 물을 그렇게 낭비하느냐고 말해 사람을 환장하게 만들었다.

'잔소리하며 날 괴롭히는 재미를 맛보지 못하게 해 주지.'

시어머니가 오기 전에 해치워 버리는 것이 복수하는 길이었다.

설거지가 다 끝나갈 때쯤 시어머니와 시아버지가 술에 떡이 되어서 들어왔다.

비틀거리며 란코에게 다가온 시어머니는 손가락질을 하며 횡설수설 술주정을 하더니 그녀의 발등 위에 고스란히 토했다.

시간은 0시를 향해 달려가고 있었다. 반드시 0시에 부적을 태우라고 했는데……. 란코는 시어머니 몰래 부적을 태워야 했기 때문에 초조했다. 시어머니의 방바닥을 닦고 이부자리를 봐준 다음 만취한 시어머니를 눕히고 방을 나왔다. 마치 무덤의 입구를 막아 버리는 심정으로 시어머니의 방문을 닫았다. 0시가 되려면 4분이 남아 있었다. 행동을 개시하기 전에 혹시라도 시어머니가 문을 열고 나올까 싶어 문을 노려보며 잠시 더 기다렸다.

그런 다음 란코는 스테인리스 그릇과 라이터 그리고 부적 넉 장을 들고 시어머니의 방문 앞에 쪼그리고 앉았다.

—한 장씩 동서남북을 향해 태워야 해. 부적 태운 연기가 반드시 네 시어머니 방으로 들어가게 해야 하니까 태우면서 부채로 살살 부쳐.

불경스러운 짓을 하고 있다는 걸 가족 누군가에게 들킬까 봐 란코는 머릿속이 하얬다.

갑자기 누군가 문이라도 열고 나오는 기척이 느껴지면 나오기 전에 치워야 했다. 심장 박동이 귀밑에서 툭툭 불거지고 있었다.

태워야 할 부적은 모두 넉 장. 한 손에는 불붙인 부적 한 장을 들고 다른 한 손에 든 부채로 불붙은 부적에 부채질을 했다. 부적을 잡은 손끝으로 불길이 가까워지면 반쯤 탄 부적을 스테인리스 그릇에 떨어뜨리고 새 부적에 불을 붙여 집어 들기를 반복했다.

묘하게도 오늘따라 집 안은 부스럭거리는 소리조차 나지 않았다. 몇 분 간격으로 잠에서 깨어나 울어 대던 히카루도 오늘 밤은 조용했고, 남편의 가래침 뱉는 소리도, 시아버지의 코 고는 소리도 들리지 않았다. 정말 이상한 밤이었다.

평소의 집 안 분위기와는 너무도 다른 기이한 정적이 다다미방 바닥에 낮게 포복해 있었다. 이 모든 것이 부적 때문이 아닐까? 비싼 돈을 들인 만큼 분명 보통 부적은 아닌 것 같았다.

무엇인가 뜨거운 느낌에 아래를 내려다보던 란코는 두 눈을 동그랗게 뜨며 제 입을 틀어막았다. 불붙은 부적에 닿았는지, 치맛자락 끝이 활활 타오르고 있었다.

17

같은 시각, 서울 대원아파트

텔레비전을 보다가 거실 바닥에 엎드려 자고 있던 노모가 갑자기 벌떡 일어나 비명을 지르기 시작했다.

"부, 불이야!"

노모는 미친 듯이 비명을 지르며 현관문을 열고 맨발로 뛰어나갔다. 퍼붓는 빗속을 "불이야"를 외치며 달렸다.

"할머니!"

뒤쫓아간 주미가 가까스로 노모를 붙잡았다.

"불이야! 불났어! 으으, 내 치마에 불! 불붙었어!"

노모는 망상에 빠진 것인지 정말 자신의 몸에 불이 붙었다고 믿는 사람처럼 발광했다. 주미는 노모의 앙상한 어깨를 꽉 쥐고는 고함을 질렀다.

"할머니, 비 와요! 비가 와서 불 다 꺼졌어요!"

"어? 다 꺼졌어?"

노모는 자신의 치마를 들어 올려 봤다.

"다 꺼졌어요. 꿈꿨어요?"

"아냐, 꿈은 무슨 꿈. 내 치마에 불이 붙었다니까. 아닌가? 니 치마였니?"

"괜찮아요, 이젠. 불 꺼졌으니까."

"응……."

노모는 멍하니 서서 고개를 들고 비 내리는 밤하늘을 올려다봤다. 은색 바늘 같은 빗줄기가 노모의 얼굴 위에서 툭툭 부러져 수십 개의 자잘한 방울로 변해 흩어졌다. 어딘지 유령 같은 분위기의 노모는 꼭, 빗속으로 사라질 것처럼 힘이 없었다.

노모와 주미가 비에 흠뻑 젖어 들어오자, 나영이 유리병을 들고 흔들어 보였다.

"뭐니? 술?"

영어가 잔뜩 쓰인 유리병 안에서 황금색 액체가 출렁였다. 양주였다.

꼼꼼하게 현관문을 잠그고 체인까지 건 주미는 거실로 올라와 병뚜껑을 열고 냄새를 맡았다. 싸하면서도 달콤한 향에 그녀는 눈을 감았다. 향을 맡는 것만으로도 취할 것 같았다.

"우와, 이거 어디 있었어?"

"아해 방 벽장 안에."

나영이 양희주의 방으로 들어가 벽장문을 열어 보였다. 벽장 안에는 미니바가 만들어져 있고 선반 위엔 각종 양주들이 가득했다.

집이라는 공간 속에 숨겨진 양희주만의 공간. 치매 노모를 보살피는 일은 마음을 비우지 않고서는 쉬운 일이 아닐 것이다. 그래서 양희주는 이 안에 들어앉아 술을 마시며 잠시나마 현실을 잊으려 애썼던 걸까. 노모에 비하면 고모할머니는 그나마 얌전한 편에 속했다. 치매로 인해 기억을 잃고 나자, 나중엔 말도 잊고 먹는 것도 잊었는지 밥 달라는 소리도 하지 않았다. 그렇게 유령처럼 시간을 견디다가 어느 날 "다녀올게"라고 말하곤 떠났다. 다녀온다고 했으니 돌아온 걸까? 돌아와도 이미 고모할머니의 모습은 아닐 테니 복잡한 거리 어디에서 어깨를 스친다고 해도 알아보지 못할 것이다.

노모는 때로는 우울했고, 때로는 아이처럼 유쾌했다. 주미는 노모가 좋았다. 세 여자는 머리를 맞대고 앉아 황금색 액체를 나눠 마셨다.

술에 취한 세 여자는 뭐가 우스운지 울고 웃다가 새벽 3시를 넘기고서야 거실 마룻바닥에 쓰러져 잠들었다. 그때까지 그들을 지켜보고 있던 동욱은 허리를 숙이고 앉아, 잠든 주미를 내려다봤다.

'어디서 봤을까?'

가슴 아래로 단정하게 포개어진 손등에 검은 새 모양의 문신이 있었다. 문신을 보던 동욱의 눈이 가늘어졌다.

2010년 12월 초, 그날 밤은 안개와 함께 진눈깨비가 쏟아졌다. 한 치 앞이 보이지 않을 정도로 짙은 안개와 미끄러운 도로로 인해 교통사고가 동시다발로 일어났고, 도시 곳곳에선 사이렌 소리가 끊이지 않았다.

야간 근무조의 아주머니들에겐 식당에 출근하지 말라는 문자를 보내고 상원과 동욱이 식당을 지켰다. 동욱은 식당에 귀기가 들어오지 못하도록 동서남북의 허공에 부적을 써 결계를 쳐 두느라 분주했다.

그 여자가 찾아온 것은 그날 새벽이었다. 손등에 검은 새 문신을

새기고 있던 어둡고 창백한 분위기의 30대 초반의 여자. 그녀는 수심에 가득 찬 얼굴로 이렇게 말했다.

"혹시 김상원 씨라고 있나요?"

"네, 접니다만."

"조이라는 사람 기억하세요?

"……."

"그 사람이 당신을 찾아가면 답을 얻을 수 있을 거라고 했어요."

"무슨 문제라도……?"

동욱이 과거를 떠올리고 있던 그 순간, 무엇인가가 스윽 노모의 아파트 거실로 들어온 기분이 들었다.

바깥은 비바람이 몰아치고 있었다. 그 비에 힘을 얻은 음습한 기운들이 모조리 집 안으로 젖어 드는 가운데, 그 기운들 중의 하나에서 짙은 피 냄새와 강한 분노가 느껴졌다.

동욱은 흠칫하며 뒤돌아봤다. 무엇인가 줄곧 그의 주변을 맴돌고 있었는데, 전해지는 느낌만 있을 뿐 아무것도 보이지 않았다.

—볼 수 없다면…….

잡아야지.

동욱은 재빨리 주문을 외우고, 영안을 떴다. 스스로 자신의 이미지를 드러내지 않는 귀신을 보기 위함이었다. 시선을 내리깔고 방 안을 가득 채운 검은 기운의 움직임을 쫓기 위해 집중할 때였다. 몇 초 전까지만 해도 강력하게 느껴지던 귀기가 사라져 버렸다.

부적술을 기반으로 행하는 복합 형태의 주술인 부주술의 능력자인데도 그의 힘은 가 닿지 않았다. 방금 그 귀는 왜 이곳으로 왔던 걸까. 음습한 이 새벽에 마실을 나온, 그저 지나가는 귀객에 불과한 것일까. 아니면, 이 집에서 자고 있는 세 여자 중 누군가와 관계가 있는 것일까. 정체가 무엇이었건 간에 인간으로 살 때의 모습을 감춘 건 뭔가 석연치 않았다.

그는 한동안 이 세상 것이 아닌 것의 기척을 기다리다가 스윽, 벽을 통과해 빗속으로 걸어 나왔다.

식당으로 돌아오자 야간 근무조 아줌마 한 사람과 아르바이트생 현석이 하품을 하며 텔레비전을 보고 있었고, 손님은 트럭 운전기사 한 사람뿐이었다. 동욱은 기사 식당에 딸린 방으로 갔다.

시간과 물리적 법칙에 영향을 받지 않는 동욱의 영체는 얼굴에 이어 손과 발 그리고 몸통 전체가 차례로 문을 투과해 한선과 상원이 잠든 방 안으로 들어왔다. 방 안으로 들어온 동욱이 상원의 위에 눕는 순간 마치 자석이 끌어당기듯, 동욱의 영체는 상원의 몸속으로 흡수됐다. 상원은 몸을 뒤척였다. 눈을 떴다 감으며 하품을 했다.

―왔어?

―어.

―별문제 없고?

―여자들이 이 시간까지 안 자고 있더니 술에 취해 뻗었어.

―그래? 별일 없으면 다행. 자자.

상원은 곧 코를 골며 잠들었다.

동욱은 굳은 땅을 후벼 팔 듯한 기세로 쏟아지는 빗소리를 들으며 천장을 올려다봤다. 그가 결계를 쳐 둔 기사 식당 안엔 아무런 귀기도 느껴지지 않았다. 그는 안심하며 눈을 감았다. 눈꺼풀 아래로 그 여자의 얼굴이 떠올랐다. 강주미의 손등에 새겨져 있던 문신과 꼭 같은 문신을 하고 있던 여자.

2010년 12월 초, 이수인이라는 여자가 동욱을 찾아와 시한부인 딸과 함께 새 삶을 살고 싶다고 말했다. 어지간해서는 그 방법을 권하고 싶지 않았던 동욱은 여자의 마음을 돌려놓고 싶어 물었다.

─그렇게 하려는 이유가 뭔가요? 사는 게 힘들지 않은 사람이 어디 있나요? 아이가 암이라 힘드시겠지만, 극복해 내라고 말씀드리고 싶습니다. 겉으로 보기에 남들은 행복해 보이겠지만, 아닙니다. 그 사람들 역시 하루하루 힘든 일들을 극복하면서 살아가고 있답니다.

─아이의 문제만은 아니에요. 전 의처증인 제 남편이 너무 무서워요. 밤마다 절 때립니다. 얼마나 맞았는지 제 치아는 모조리 금이 간 상태라 음식을 씹지도 못해요. 게다가 간헐적으로 음부에 망치 손잡이를 쑤셔 넣으면서 절 위협합니다. 한 번만 더 도망치면 이렇게 쑤셔서 죽여 버리겠다고. 전 너, 너무 무서워서…….

여자는 푹 꺼질 듯한 한숨을 쉬다가 울음을 터트렸다. 온몸이 사시나무처럼 떨리고 있었다. 동욱은 그것만으로도 그녀의 공포가 극에 달했음을 깨달았다.

─죄송합니다. 제가 알지도 못하면서 입을 나불거렸군요. 도와

드릴게요. 도와 드리겠습니다. 지금부터 제가 하는 말을 잘 들어주세요.

여자는 두 눈에 눈물을 가득 담은 채, 재빨리 고개를 끄덕였다.

—과거, 그러니까 이수인 씨의 기억을 모조리 지워야 합니다.

—기억을 어떻게 지우죠?

—기억을 하고 못하고는 죽기 직전의 당사자의 의지가 결정하죠. 자살을 하든 살해를 당하든 병사를 하든, 죽기 직전의 '의지'가 다음 생에 관련된 모든 것을 결정합니다. 영계에서 가장 강력한 법칙은 '스스로의 의지'니까요.

—의지. 네.

—본인의 과거를 완전하게 지우는 것. 그 편이 새 몸에 적응해 살기가 편할 겁니다. 남편으로부터 완벽하게 도망치려면 과거의 기억을 모조리 버리는 것이 가장 좋습니다. 그리고 그렇게 해야 빙의가 아닌 유착이 가능하니까요.

—빙의와 유착은 다른 것인가요?

—네, 다릅니다. 빙의는 본령과 빙의령이 서로 의지하려고 들러붙은 것입니다. 빙의가 되었을 땐 눈빛에서부터 말투, 행동 등 모든 것이 본령과는 달라 우리 같은 능력자들뿐만 아니라, 예민한 사람들의 눈에도 쉽게 뜨이죠. 만약에라도 퇴마사들에게 걸려 퇴마 의식을 당하게 된다면 이수인 씨의 혼은 영원히 소멸될 수 있습니다. 하지만 본령과 교감해 결합한 상태는 정상인이나 다름이 없죠. 게다가 과거까지 완전히 지웠다면 우리 같은 능력자들도 쉽게 알아

보지 못합니다. 만약 유착됐는데 과거를 지우지 못한 상태라면 우리 같은 사람들은 강한 귀기를 감지하죠. 빙의가 두 개의 령이 하나의 몸에 함께 거주하는 것이라면, 유착은 본령이 떠나고 다른 령이 그 자리를 완전하게 차지해 자신이 진짜 몸의 주인이 되는 겁니다. 하지만 유착되더라도 나이나 자라 온 환경, 성격이 너무 다르거나, 혹은 자신의 의지로 유착된 것이 아닐 경우엔 문제가 생기기도 합니다.

—어떤 문제가 생기나요?

—예를 들면, 타인의 감정에 공감하지 못한다든가, 일반인들이 주고받는 신호 체계를 이해하지 못한다든가, 혹은 자해를 한다거나, 심한 정신적인 문제를 겪다가 종국엔 정신병원으로 가게 되거나, 살인을 저지르거나, 자살로 이어지기도 합니다.

이수인은 무슨 생각을 하는 것인지 어두운 얼굴로 고개를 끄덕였다.

—그런데 조이는 어떻게 만난 겁니까?

동욱이 물었다.

—남편이 절 정신병원에 감금시켜서 한동안 그곳에 있었는데, 그때 만났습니다.

—정신병원이라. 자의로 들어간 건 아닐 테고 험한 일을 당했나 보군요. 그 녀석은 우리 같은 능력자 중 한 사람입니다. 저는 부적술의 능력을 가지고 있지만, 조이는 생년월일만으로 영적 파동이 같은 사람을 알아내고 미래까지 꿰뚫어 보죠. 조이가 누군가의 몸

이 비는 순간도 알려 줬을 것 같은데…….

—……!

여자의 얼굴이 딱딱하게 굳었다.

—그 녀석이 수인 씨를 좋아했나 봐요.

—…….

—조이는 수인 씨에게 알려 줘서는 안 될 것에 속하는 것을 알려 줬으니, 위험한 일을 겪게 될 겁니다. 인과율은 우리 같은 능력자들에게도 예외는 아니라서.

'설마 그때 그 여자가?'

—일어나 봐.

동욱이 잠든 상원을 깨웠다.

—싫어.

—인마, 중요한 일이란 말이야.

—어우, 진짜.

마지못해 일어난 상원은 구부정한 자세로 컴퓨터 책상 앞에 앉았다. 게슴츠레한 눈을 깜빡이며 자명종을 봤다. 일요일 새벽 4시 40분이었다.

상원은 2010년 12월쯤 발생한 사건 중에 이씨 성을 가진 30대 중반의 여자가 자살한 사건이 있는지 검색하기 시작했다.

18

"엄마."

어디선가 목소리가 들려왔다. 희주의 목소리란 걸 자각한 순간 노모는 있는 힘껏 눈을 떴다. 창밖은 어두웠고, 머리맡엔 희주가 앉아 있었다.

"어디 갔다가 이제 왔어? 엄마 걱정했잖아!"

노모는 일어나 앉았다.

"나랑 같이 가자. 가 볼 곳이 있어."

"얘가 잠은 안 자고 이 새벽에 어딜 가자고?"

"밤마실."

노모는 팔을 들었다. 희주의 손을 잡고 무거운 자신의 몸에서 스 윽 일어났다. 몸이 공기처럼 가벼워 절로 위로 떴다. 아래를 내려 다보니 주미와 나영 사이에 끼여 잠든 자신의 모습이 보였다. 매번 겪어 온 일이라 어지럼증은 없었다.

"뭣하러 저런 무겁고 늙은 몸에 갇혀 사는지 모르겠어."

노모는 자신이 한심하다는 듯 투덜거렸다. 몸을 벗으면 기억력 도 또렷해지고 침침하던 눈도 밝아지고 생각도 질서 정연해진다.

"살아 있는 한은 어쩔 수 없지. 죽어야 벗어날 수 있는 게 몸이니 까. 그런데 엄마 몸에 달린 저 기다랗고 가는 빛은 뭐지? 엄마한텐 있는데 내겐 없는걸? 왜 내겐 없지?"

"희주야."

노모는 말끝을 흐리며 희주의 부연 손을 잡았다.

"어유, 이 가련한 것."

노모의 육체가 흔들렸다. 가슴이 찢어지는 것만 같았다.

거실에 누워 잠든 노모는 눈을 감은 채 어헝어헝어허허헝, 하고 울었다.

자다가 깬 주미가 졸린 눈을 비비며 일어나 노모를 물끄러미 내려다봤다. 얼마나 서럽게 우는지, 가만히 지켜보던 주미의 코끝까지 발개졌다. 주미는 노모를 깨우려다가 그만두고 노모를 쳐다보며 모로 누웠다.

'무슨 꿈을 꾸기에 저리 서럽게 울까?'

혼잣말로 중얼거리며 서럽게 우는 노모의 주름진 얼굴을 가만히 바라보던 주미의 눈에도 눈물이 고였다.

"어쩌다가 이렇게 됐니?"

노모는 희주가 죽었다는 사실을 인정할 수밖에 없었다.

"나, 죽은 거야?"

"그래, 누가 널 죽였는지 기억나? 희주야, 그놈 잡자. 잡아서 죗값을 치르게 해야지. 안 그러면 엄마가 원통해서 못 살아. 이렇게 허망하게 죽으려고 그토록 힘겹게 산 건 아니잖아."

"그놈이랑 미친 듯이 싸웠던 기억밖에 안 나. 정신이 들었을 땐 내 몸이 어디 있는지 보이지 않았어. 그놈이 날 죽였을까?"

"그놈이 누군지 어여 가 보자."

어여 가 보자고 했지만 두 사람 중 어느 한쪽도 서두르지는 않았다.

모녀는 희부연 유체들이 떠다니는 밤길을 마실 나가듯 천천히 걸었다. 거리를 오가는 유체들 속에는 개와 고양이 같은 동물들도 있었다. 획획 날아가는 유체는 아마도 새일 테고, 반딧불이처럼 사방에서 반짝이다가 유성처럼 사라지는 것들은 무엇인지 알 수 없었다.

그들을 에워싼 공기가 마치 한여름의 아스팔트 위에 피는 아지랑이처럼 나른하게 일렁였다. 마치 물살을 헤치며 걸어가는 듯 그들의 발목으로 아지랑이 같은 공기가 휘감겨 왔다가 풀어지길 반복했다.

"저 녀석들은 하루 종일 잠만 자는 줄 알았는데 자는 동안 저렇게 싸돌아다니는 거구나."

희주가 개와 고양이의 유체를 보면서 말했다.

"그런데 엄마, 말짱해 보이네?"

"나더러 치매니 뭐니 해도 이렇게 육체에서 빠져나오면 멀쩡해. 혼은 늙지도 않아. 육체에 붙는 순간 닳고 닳은 뇌가 버벅대고, 온갖 약에 찌든 몸은 삐거덕거리고, 그러니까 내 머릿속도 오락가락하는 거지. 네가 잠든 걸 내려다볼 때마다 내가 널 고생시키고 있는 것 같아서 내내 미안했어. 네가 날 돌본다고 하고픈 것 못하고 산 거 알아."

"엄마도 참."

"내가 없었으면 너도 좋은 남자 만나서 사랑하고 결혼하고 애 낳고 그렇게 살았을 텐데 말이야. 늙으면 죽어야 하는데 내 의식이 육체랑 붙기만 하면 머릿속이 이상해져서 내가 죽어야 한다는 것도 까먹어."

"엄마가 자고 일어나서 후쿠시마에 다녀왔다고 말할 때마다 난 엄마가 또 헛소리한다고만 생각했는데……."

"후쿠시마에 남은 네 아버지, 동물들 돌보면서 떠도는 유기견들이랑 같이 잠자고 음식도 나눠 먹고 의지하면서 사는 걸 봤어. 어쩐지 우리랑 같이 지낼 때보다 훨씬 행복해 보이더라. 내가 하치랑 눈 맞아서 네 아버지한테 못되게 군 게 후회스러웠어. 왜 사람은 육체만 입으면 사악한 생각들을 하게 되는지 몰라."

"하치를 기억하는구나? 엄만 늘 하치가 누군지 물었어."

"이렇게 기억하다가도 육체만 입으면 그 기억들이 가물가물해져 버려. 하치가 나를 작가로 키워 준 거나 마찬가지야. 그 사람이 아니었으면 난 작가로 살지도 못했을 거야."

"그럼 왜 더 이상 글을 쓰지 않았던 거야?"

"알츠하이머병 초기 때부터 단어가 기억나지 않았어. 겨우 쓰려는 단어를 생각해 내도 집중력이 떨어지고……. 몸이 거부했지, 내 정신이 글쓰기를 그만둔 건 아니야. 그러니 마음은 초조한데 몸도 머리도 따라 주지 않아서 술이랑 약에 의존했던 거고. 그땐 그래도 정신이 좀 있어서 내가 중증 치매가 될 날이 곧 오겠구나 생각했지. 그래서 조력 자살이 뭔지, 나도 신청할 수 있는지 알아보고 다녔지. 이젠 너조차 내 곁에 없을 테니 정신이 오락가락하는 내가 혼자 어떻게 사니? 빨리 죽고 싶은데 죽어야 한다는 것조차 잊으니, 쯧쯧."

"안락사를 해 주는 곳도 있는 걸 보면, 자살하면 지옥 가느니 하는 말들도 별 의미 없이 느껴져."

"대부분의 사람들은 이 세상의 단면밖엔 못 봐. 집단 무의식에 빠지면 그게 옳은지 그른지 생각해 보기도 전에 그냥 그 통념에 갇혀 살아가는 거지. 그래야 안전하니까."

"우와, 우리 엄마 똑똑한데?"

"이년아, 난 처음부터 똑똑했어."

노모는 콧등에 주름을 만들며 킬킬 웃었다.

"그런데 난 한 번도 자는 동안 엄마처럼 유체 상태로 돌아다녀 본 적이 없어."

"없는 게 아니라, 잠에서 깨서 육체와 엉기는 순간 잊는 거지."

"난 엄마가 잘 때마다 유체 상태로 돌아다녔다는 걸 몰랐어. 깨고 나면 엉뚱한 소릴 하니까 제대로 들으려고도 하지 않았던 것 같아."

"이 약사도 만났어."

"정말? 이렇게 유체로?"

"응. 그 녀석은 유체 상태일 땐 다리를 안 절어. 멀쩡한 두 다리로 다니더라."

"둘이 무슨 이야기를 했는데?"

"대체 조력 자살을 해 주는 의사들이 자살하려는 환자에게 무슨 약을 주는지 물어봤지."

"그래서?"

"아주 자세하게 알려 주더라. 자기가 누군지도 모르고 아파서 움직이지도 못하는 사람의 생명을 연장시키는 건 병원 좋은 일만 시키는 거야. 아픈 사람의 가족도, 본인도 생명 연장이 뭐가 그리 좋겠어? 의사들만 좋지."

"그렇게 해서라도 나으면 되잖아. 나을지도 모른다는 희망 때문에 쉽게 포기할 수 없는 거 아니겠어?"

"그런 면도 있겠지만, 가족에게 피해만 주고 더 이상 살고 싶지 않다고 애원하는 환자가 있다면 그 소원은 들어줘야 해. 그런데 난 이제 어째? 하나밖에 없는 딸년이 죽었으니?"

"이렇게 엄마랑 같이 이야기도 하고 밤마실도 다니고 하니, 어쩐지 내가 죽었다는 실감이 안 나."

"나도 그러긴 하네."

"하지만 그놈을 떠올리면……."

거뭇하던 양희주의 유체가 순식간에 검게 타올랐다.

"다 왔다. 바로 저기야."

희주가 어떤 건물을 가리킬 때였다.

쨍그랑! 날카로운 소리가 들려왔다.

잠든 노모의 청각이 그 소리를 인지하는 순간, 영사(혼줄)는 노모의 유체를 육체 쪽으로 빠르게 끌어당겼다.

물건 깨지는 소리를 들은 주미는 눈을 번쩍 떴다. 노모도 그 소리를 들은 것인지 눈을 떴다. 혹시 도둑이라도 든 게 아닌가 싶어 두 사람은 한동안 숨을 죽인 채 소리에 귀를 기울였다. 주미와 노모의 눈이 침묵 속에서 서로에게 얽혀 들었다.

집 안의 공기는 조금의 흐트러짐도 없이 고요했고, 현관문은 언제 열린 적이 있느냐는 듯 굳게 닫혀 있었다. 방 안이라고 생각했는데 거실 바닥에서 자고 있었던 것 같았다. 소리에 집중하던 노모는 어느새 다시 잠들었는데 나영이 보이지 않았다.

주미는 발소리를 죽이고 안방 문을 살며시 열어 봤다. 안방 경대 서랍을 뒤지고 있는 나영의 뒷모습이 보였다.

"뭐 해?"

"현금 찾아."

"그런 짓 하지 말라고 했지?"

"쳇!"

"우리가 그러고 다녔어 봐. 벌써 소문 다 나서 입주 도우미고 뭐고 경찰에 쫓기는 신세가 됐을 거야."

"알았어! 잔소리 좀 그만해. 언니가 엄마야?"

나영은 부루퉁한 얼굴로 안방에서 나갔다.

"아줌마, 나 좀 일으켜 줘. 무릎이 안 구부러지네."

노모가 그녀를 불렀다. 거실로 나가 보니 노모는 멍한 표정으로 한쪽 다리를 뻣뻣하게 편 채 앉아 있었다.

그들의 일요일

1

2015년 8월 23일 일요일, 일본 신주쿠

"어머니, 잘 주무셨어요?"

란코는 입이 찢어져라 하품을 하며 히카루의 방에서 나왔다. 슬쩍 시어머니의 눈치를 보려다가 란코는 흠칫 놀라 재빨리 시선을 돌렸다. 시어머니가 먼저 철테 안경알 너머로 두 눈을 가늘게 뜨고 란코를 째려보고 있었던 것이다. 란코는 애써 무심한 표정을 짓고 싱크대에 걸어 놓은 앞치마를 내려 허리에 둘렀다.

"잘 못 주무셨다!"

"네? 왜요?"

"꿈자리가 사나웠으니까."

정말? 부적을 태우면 시어머니의 센 기가 약해질 것이라던데 부적이 효과를 발휘한 것일까.

"무슨 꿈 꾸셨는데요?"

"집에 불이 났는데……."

다음에 무슨 말이 나올지 궁금해서 란코는 속으로 마른침을 꿀꺽 삼켰다.

"꿈에 불이 나면 재수 좋다던데? 길몽 아냐?"

부엌으로 들어온 시아버지가 냉장고 문을 열면서 말했다.

"그러게. 불이 났는데 불길은 없고 시커먼 연기만 나잖아. 연기가 이매망량(갖가지 도깨비)으로 변해 내 목을 죄는 바람에 자다가 심장마비 걸려 황천 갈 뻔했어."

'어머, 부적이 효과가 있네!'

속으로 기뻐할 때였다.

"너, 어제 새벽에 뭐 태워 먹었니?"

"네?"

"아침에 일어나니까 집 안에서 탄내가 나던데? 창문이란 창문은 모조리 열려 있고."

"전 탄내 같은 건 안 나는데요? 그런 꿈을 꿔서 착각하시는 게 아닐까요? 문은 제가 어제 깜빡하고 잠그지 않았고요."

"그래?"

시어머니는 취조하는 형사처럼 무섭게 눈알을 굴리더니 갑자기 주먹을 치켜들어 란코의 얼굴을 때렸다.

"악!"

란코는 얻어맞은 충격으로 비틀거리며 뒤로 밀려났다.

"뻔뻔한 년!"

"여보, 왜 그래?"

시아버지가 놀라서 두 눈을 휘둥그렇게 떴다.

"이년이 나한테 불만이 아주 많은가 봐. 이거 부적이지?"

시어머니는 다 타고 끄트머리만 남은 부적 조각을 란코의 얼굴에 갖다 붙이더니 세게 문질렀다. 저게 어떻게 남아 있었지? 쟤는 분명 깨끗하게 치우고 잤는데. 연기를 시어머니 방문 틈으로 몰아넣느라 부채질을 하는 동안, 타다 만 부적 조각이 어디론가 날아갔던 모양이었다.

시어머니의 눈에서 적개심이 뿜어져 나왔다. 기가 약해지기는커녕, 더 드세진 것 같았다.

"난 모르는 일이에요!"

"그래? 그럼 맞아 보면 알겠구나."

시어머니가 손을 치켜들었다.

더 이상 안 맞아! 란코는 그 팔을 딱 잡았다. 두 여자 사이로 서슬 퍼런 적개심이 오갔다. 시어머니를 노려보던 란코는 시어머니의 팔을 확 뿌리치고 히카루와 함께 사용하는 작은방으로 들어가 문을 꽝 닫았다.

"못 배워 처먹은 년이 어디서 눈깔을 부라리고 시어머니를 쳐?"

"치긴 누가 쳐. 당신도 참. 친 건 당신이잖아."

옆에서 보고 있던 시아버지가 혀를 찼다.

"시끄러. 당신은 찌그러져 있어! 야! 나와! 너 오늘 버릇을 가르쳐 줘야겠어."

시어머니는 작은방 문 앞에 서서 고함을 지르며 손잡이를 마구 흔들었다.

"나와! 당장 안 나와?"

"엄마! 고만 좀 해!"

큰방의 문이 열리고 란코의 남편 다이키가 기어 나왔다.

"어, 어, 다이키! 그러면 안 돼. 누워 있어야지."

시어머니가 새파랗게 질려 아들에게 달려갔다. 란코는 방문을 박차고 나왔다.

히카루를 포대기에 안고 양손엔 짐 가방을 들었다.

"이혼할게요!"

시어머니의 강한 성격이라면 하루에도 수십 번씩 란코에게 이혼하라는 말을 했을 테지만, 단 한 번도 그 단어를 내뱉지 않았다. 란코는 그 점이 항상 의아했다. 짐 가방을 스스로 싸고 보니, 알 것 같았다. 메구미는 란코를 아들의 아내도, 그들의 며느리도 아닌, 공짜로 부려 먹을 수 있고 용돈까지 대 주는 하녀로 여겼던 것이다. 란코가 나가 버리면 허리 아픈 아들과 무능력한 남편은 모두 시어머니의 차지였다. 어디 한번 당해 보라지.

"너, 그렇게 나가면 히카루 뺏길 줄 알아!"

"흥! 어림없어!"

란코는 표독하게 소리치는 시어머니의 말을 반말로 받아치고는 현관문을 발로 뻥 차서 열었다.

앞으로 닥칠 일들이 두려웠다. 하지만 란코는 이제 무엇을 위해 어떻게 살고 싶은지 알았다. 험난한 인생의 두려움을 이기는 데 필요한 것은, '자신이 무엇을 절실하게 원하는가'를 아는 것, 그것 한 가지뿐이었다.

왜 좀 더 일찍 깨닫지 못했을까. 지금껏 시어머니에게 주눅 들어 비굴하게 살아온 세월이 아까워 죽을 것 같았다.

오늘 밤은 캡슐 호텔에서 자고, 내일은 월요일이니 식당에 월차를 내고 히카루와 단둘이 살 단칸방을 찾아볼 생각이었다.

'이제 시집에 돈을 갖다 바치지 않아도 되니 돈은 모일 테고, 집 안에선 시간을 마음대로 사용할 수 있을 테니 시간을 몽땅 소설 쓰기에 전력투구해야지. 내가 누구 딸인데! 믿긴 하지만 내 핏줄 속엔 전문가들조차 신작을 읽어 보고 싶어 하고, 그녀의 미스터리는 최고였다고 인정하는 미야베 라이카의 피가 흐른다고! 나한테 그 여자의 피가 흐르니까 내가 이토록 소설이 쓰고 싶은 거잖아! 출판사에서도 내 소설이 재미가 있고 가독성이 좋다고 했어. 그거 믿을래. 나오키 상은 아쉽게 탈락했지만, 출판사에서 한 말이 다 헛소리는 아닐 거야. 난 재능이 있어.'

강렬한 희망에 사로잡혀 횡단보도를 건널 때였다. 레이가 했던 말이 갑자기 뇌리를 스쳤다.

"란코, 너 오늘 조심해."

"뭘 조심해?"

"불."

2

2015년 8월 23일 일요일, 한국 서울

일요일 아침 5시 30분. 인터넷 검색을 하던 상원은 마침내 기사를 찾아낼 수 있었다. 기사는 2010년의 것이었다.

2010년 12월 24일 크리스마스이브, 일을 마치고 귀가한 곽 모 씨는 아내 이 모 씨와 딸이 숨겨 있는 것을 발견하고 경찰에 신고했습니다. 이 모 씨는 소아암 말기 판정을 받은 딸을 목 졸라 죽인 다음 스스로 목을 매 자살한 것으로 추정된다고 합니다. 이웃 주민들은 죽은 새들이 이 모 씨가 우울증 치료를 목적으로 집에서 키우던 카나리아이며, 이 모 씨가 남편 곽 모 씨의 상습적인 구타로 정신과 치료를 받고 있었다고 증언했습니다.

—이수인이라면 몇 년 전 겨울에 우릴 찾아왔던 아기 엄마잖아?

—그렇지.

—결국은 자살했구나. 그런데 왜 갑자기 이 기사를 찾는 거야?

—넌 못 봤니? 강주미 손등에 있던 새 문신.

—아니, 못 봤어. 손등에 새 문신이 있었어? 설마 이수인의 손등에 있던 새 문신이랑 같진 않겠지?

—같았어. 그때 이수인에게 조이가 찾아 준 몸이 강주미였어.

—이수인은 과거의 기억을 모조리 지우고 새 삶을 살고 싶다고

했는데, 강주미 손등에 새 문신을 했다는 건 과거의 기억을 모두 지우지 않았다는 뜻이잖아. 그때 이수인이 남편한테서 도망치려고 했던 것 같은데, 왜 과거를 지우지 않은 걸까? 형이 그렇게 강조했는데도? 들어 보니 둘 중 하나가 죽어야 끝날 것 같던 악연이었는데 말이야.

—그러게, 나도 그게 의문이야.

—이수인 기사를 찾다가 이걸 봤는데 한번 봐 봐.

상원은 또 다른 기사를 꺼냈다.

K 정신병원에서 환자 조 모 씨가 온몸이 구타를 당한 뒤, 목이 그인 상태로 발견되었습니다. 경찰은 평소에 조 모 씨가 가깝게 지내던 여성 환자 이 모 씨의 남편 곽 모 씨를 유력한 용의자로 보고 수배 중입니다. 이 모 씨의 남편 곽 모 씨는 2010년 12월 24일 논현동에서 7세 어린 딸과 함께 자살한 이 모 씨의 남편으로 밝혀져 충격을 주고 있습니다.

—조 모 씨는 조이 맞겠지? 이 모 씨, 곽 모 씨까지 나왔으니까.

—조이가 죽었구나.

—이수인의 남편은 조이를 왜 죽였을까? 단지 조이가 자기 아내와 친하게 지내서? 아닐 거야. 온몸이 구타를 당한 뒤라고 했으니, 조이를 그냥 죽인 게 아니라 뭔가를 알아내기 위해 고문을 한 거야. 분명 원하는 대답은 얻어 내지 못했겠지. 이수인의 남편이 알

아내려 했던 게 뭐였을까?

―그게 뭔지는 모르겠지만 이수인의 남편은 부인의 자살에 대해 뭔가 의문을 품고 있어. 알아서는 안 될 걸 안 거 같아.

―전단지 들고 찾아왔던 남자 둘.

―이제야 기억나는데, 전단지 내용 중에 손등에 새 문신을 하고 있다는 게 적혀 있었어.

―둘 중에 나이가 많아 보였던 그 남자가, 그럼 이수인의 남편이라는 말이야? 만에 하나라도 그렇다면 이수인의 남편은 어떻게 안 거지?

―우연히 강주미 손등에 있는 새를 본 게 아닐까? 그래서 자기 아내 생각이 나서 스토킹하는 것일 수도 있잖아?

―아니, 강주미와 이수인의 남편이 우연이라도 마주칠 확률이 얼마나 되겠어? 전단지까지 만들어서 찾아다니는 걸 보면, 이수인이 강주미라고 확신하는 것 같아. 곽새기가 뭔가를 알고 있어! 곽새기와 강주미가 우연히 알게 된 게 아니라, 곽새기가 뭔가를 알고는 강주미를 찾아낸 거야.

곽새기가 알고 있을지도 모르는 그 '뭔가'를 생각하자 상원은 소름이 돋았다.

남의 몸을 빼앗아 새로운 삶을 이어 갈 수 있다는 사실이 어떤 증거를 가지고 만천하에 드러나게 된다면, 혼돈이 찾아올 것이다. 현재의 생에 불만을 품은 사람들은 누구나 할 것 없이 자살하려 들 테니 말이다.

"원아, 잠 안 자고 뭐 해?"

컴퓨터 화면의 강한 빛에 눈이 부신지, 자다가 깬 아버지가 돌아누우며 말했다.

—나, 생각 좀 하고 올게.

동욱이 상원의 몸에서 빠져나갔다.

"죄송해요. 깨셨어요?"

"참 이상한 꿈도 다 있지."

"꿈꾸셨어요?"

"희주 씨 꿈을 다 꿨네."

"무슨 꿈인데요?"

"나더러 놀이공원을 가재. 자긴 그 나이 되도록 못 가 봤다면서."

"그래서 가셨어요?"

"막 들떠서는 준비해서 나가 보니까 할머니랑 저만치 가는 거야. 희주 씨, 하고 부르면서 쫓아가려는데 목소리도 안 나오고 몸도 안 움직이는 거야. 그러다가 깼어. 할머니한테 무슨 일 있는 건가? 희주 씨는 왔는지 몰라. 꿈에, 희주 씨가 한쪽 구두만 신고 있었어. 다른 한쪽은 스타킹 신은 맨발이었는데 스타킹 올이 나가고 시퍼렇게 멍이 들어 있더라. 아무래도 기분이 이상해. 네가 한번 가 봐라."

"불길한 꿈이네요."

"그렇지?"

"예, 지금은 너무 이른 시간이니까 좀 있다 가 볼게요. 안 그래도 그러려고 했어요."

"어. 난 좀 더 잘게."

한선은 등을 돌린 채 베개를 끌어안고 다시 잠을 청했다.

'홀아비 신세를 면하게 해 줘야 할 텐데.'

상원은 아버지가 좋아하는 양희주를 생각했다. 죽은 모친과는 여러모로 다른 여자였다.

'대체 그 누나 어디가 좋다고.'

상원은 한숨을 내쉬고 방을 나갔다.

3

주미는 노모의 양쪽 무릎을 차례로 주물렀다.

"요꼬인지 꼰대인지, 할머니 딸은 대체 어디 갔어? 우리 이렇게 있다가 돈도 못 받게 되는 거 아냐?"

나영이 투덜거렸다.

"피곤하네. 어젯밤에 희주랑 같이 멀리 다녀왔더니."

노모가 중얼거렸다.

"꿈꾸셨어요?"

"꿈은 무슨. 희주랑 같이 마실 다녀왔다니까."

"무슨 소리야. 할머닌 오늘 새벽부터 지금 이 시간까지 저기 누워서 코까지 골면서 잤다고."

"야, 나영아."

주미가 나영을 나무라듯 쳐다봤다.

"나 여기 싫어. 갑갑해. 집 안 곳곳에서 똥 냄새가 나는 것 같고, 먹는 것도 다 더럽게 느껴져! 할머니 딸도 그래서 저 할머니 버리고 이 집에서 도망친 거라고."

"고작 하루 지났어. 하루 가지고 뭘 그래. 오늘은 오겠지. 그리고 너 고모할머니 생각 안 나?"

"고모할머닌 죽었고. 이 집 주인은 전화도 한 통 없잖아!"

그건 나영의 말이 맞았다.

"모기 좀 잡아."

노모는 축 늘어진 눈꺼풀로 자신의 다리를 내려다보면서 중얼거렸다.

"네?"

"앵앵대는 쟤, 딱 모기 같잖아."

노모는 얼굴을 찡그리며 새끼손가락으로 귓구멍을 후벼 팠다.

주미는 피식 웃었다.

화난 표정으로 뭐라고 대꾸하려던 나영의 휴대폰에서 문자 알림이 연달아 세 번 떴다. 나영은 휴대폰을 꺼내 들고 화면을 확인하더니 양희주의 작업실 문을 열고 들어가 쾅 소리가 나도록 문을 세게 닫았다.

"나 오줌 마려운데."

노모는 자리에서 일어나려 애썼지만 일어나질 못했다.

주미가 부축했지만 마찬가지였다.

노모의 엉덩이 밑에서 싯누런 소변이 번져 나왔다. 마룻바닥이 금세 흥건해졌다.

배뇨를 했는데도 노모의 얼굴 표정엔 변화가 없었다. 게다가 일어나지도 못하는 걸 보니, 노모의 상태가 급속도로 악화된 것 같은 기분이 들었다.

"나영아, 이리 나와서 나 좀 도와줘."

주미가 양희주의 작업실을 향해 소리쳤다.

나영이 화난 얼굴로 양희주의 방에서 걸어 나와 곧장 현관으로 내려섰다.

"어디가? 도와 달라니까."

"우리 짐 갖고 와야 할 것 아냐?"

"나중에 같이 가."

"싫어! 전기 충격기 충전기도 거기 있잖아. 언니 가방에서 전기 충격기 갖고 간다!"

"야! 강나영!"

나영은 신발을 신자마자 문을 열고 나가 버렸다.

꽝, 하고 문이 닫힌 직후, 노모가 갑자기 양손으로 주미의 머리채를 잡고 흔들었다.

"아악! 아파요!"

"이년아, 나한테 독 먹였냐?"

"네?"

"내 다리가 굳었어. 다리가 안 펴져. 네가 약을 먹여서 그렇잖아!"

"머리 다 빠지겠어. 이거 놓고 말해요!"

노모는 주미의 머리카락을 한 움큼 뜯어 쥔 채 주미에게서 떨어져 나갔다. 뜯긴 머리 밑이 욱신거렸다. 그런데 이상하게 화보다는 눈물이 났다. 지난 일들이 주마등처럼 떠올라 주미는 찔끔찔끔 눈물을 흘리며 걸레를 가지고 와 바닥을 닦았다.

4

"주미는 자살 시도를 열 번 이상 했을걸요? 제가 아는 것만 해도 열 번이니까요."

"이유가 뭐였나요?"

"동생과 사이가 몹시 좋지 않았어요. 부모님이 각자 아이를 한 명씩 데리고 재혼한 사이라서."

"아, 그렇군요. 저는 전혀 몰랐습니다."

"나영이를 데리고 들어온 여자는 전형적인 새엄마 스타일이었어요. 아버지가 있을 땐 주미에게 잘해 주고, 없을 땐 나영이랑 합세해서 주미를 괴롭혔죠. 속을 털어놓을 상대가 없으니 얼마나 갑갑했겠어요? 저한테도 그날 처음으로 털어놨어요. 주미가 1학년 겨울방학 때, 당일치기 여행으로 번지점프하러 갔거든요? 그 전날 저희 집에서 같이 잤는데 팔목을 그은 흔적이 좀 심각했어요. 그게, 손목을 그었다가 꿰매면 살이 차서 울퉁불퉁 흔적이 남잖아요? 주미 팔목이 그랬어요. 그래서 꼬치꼬치 캐물었더니 울면서 이야기 해 주는 거예요. 새엄마가 육체적으로 정신적으로 너무 심하게 학대를 하는데, 아버지에게 말을 하면 부부 사이를 이간질한다면서 들으려고도 하지 않았대요. 그래서 집에 들어가고 싶지 않다고, 그만 살고 싶다고 하더라고요. 그날 밤에 주미는 번지점프하다가 떨어져 죽었으면 좋겠다고 말했어요. 그런데 번지점프 다녀온 후로 애가 굉장히 달라졌어요. 동생과도 사이가 엄청 좋아졌고요. 그래서인지 부모님과도 사이가 좋아졌고. 나영이가 주미랑 사이가 좋아지니까, 새엄마도 자연스럽게 주미에게 잘해 주시나 보더라고요. 갑자기 모든 게 180도 달라져 버렸어요. 친구들은 모두 시현 선배 때문에 애가 좋아진 거라고 수군거렸어요. 번지점프에서 돌아온 후에, 늘 어두운 표정으로 그만 살고 싶다고 하던 주미가 자신의 생을 몹시 사랑하는 애로 변해 버렸어요. 주미를 피하던 아이들조차도 주미의 생명력에 반해서 그 앨 다시 보곤 했으니까요. 그랬는데 그 일이 벌어진 거예요. 선배님도 들으셨죠? 대낮에 주미 집에 침입한 괴한이요."

채린은 주미의 단짝이었다.

"이거 받아 줘. 그리고 시간 내줘서 정말 고마워."

시현은 1년 치 무료 식사권을 끊어서 채린에게 내밀었다.

"선배님!"

번번이 취업에서 밀려나 고시원 쪽방에서 하루하루 라면 한 끼로 식사를 때우면서 살고 있다는 채린의 눈이 휘둥그레졌다. 혹시라도 채린의 눈물을 보게 될까 봐 시현은 서둘러 일어났다.

시현은 고시촌의 좁고 가파른 골목을 절룩이며 걸었다. 빽빽하게 들어선 건물 위로 떠오른 태양은 도시 구석구석에 깃든 간밤의 어둠을 몰아내며 위세를 떨쳤다. 눈이 부셨다.

—번지점프에서 돌아온 후에, 늘 어두운 표정으로 그만 살고 싶다고 하던 주미가 자신의 생을 몹시 사랑하는 애로 변해 버렸어요.

그러고 보니 논현동의 이수인이 시신으로 발견된 날과 가평에서 주미와 그가 커플 번지를 한 날이 공교롭게도 같은 날이었다. 2010년 12월 24일. 이수인이 죽은 날, 강주미는 자신의 생을 몹시 사랑하는 사람으로 변했다는 말이 된다. 강주미에 대해 그가 추적해 온 것들은 모두 곽새기가 했던 말처럼 '빙의'를 지목하고 있었다. 불현듯, 빙의인지 아닌지를 증명하는 일이 뭐가 그리 중요한가라는 생각이 들었다. 그가 해야 할 일은 과학적으로 증명할 수도 없는 빙의를 파고드는 것이 아니라, 곽새기가 파괴한 강주미의 일상을 원래 자리로 되돌려 놓는 일이었다. 그는 자신의 생각과 목표를 단순화시키기로 했다.

택시를 타고 약국으로 돌아오는 내내 이수인의 블로그에서 봤던 이수인의 창백한 얼굴과 슬픔에 짓눌린 듯한 검은 눈망울이 떠올랐다.

약국으로 돌아온 그는 에스프레소 한 잔을 뽑아 우유와 설탕을 탄 후, 컴퓨터 앞에 앉았다. 그는 양희주의 아이디와 비밀번호를 입력한 뒤 이수인의 블로그를 찾아 들어갔다. 이수인의 사진을 화면에 띄워 놓고 멍하니 바라봤다. 생면부지의 일러스트 작가에게 자기 자신을 모조리 드러내 보이면서 작가의 그림 속에 영원히 살고 싶다는 편지를 보내는 것은 아무나 할 수 있는 일이 아니었다. 이수인이 생을 자살로 마감한 것은 오히려 생에 대한 강한 애착을 보여 주는 것이 아닌가 하는 묘한 기분이 들었다. 번지점프 이후로 그가 사랑했고 미안해 했던 사람은 강주미가 아니라 '한 번 죽어본' 이수인이라는 신비한 여자였을지도 몰랐다.

휴대폰이 울렸다. 조사원으로부터 온 전화였다.

　—고객님과의 전화 통화는 추후의 불미스러운 일을 방지하고자 저희 회사 컴퓨터 시스템에 의해 녹음되고 있습니다. 추가 의뢰, 혹은 의뢰 취소, 의뢰 연장 등의 조항은 전화 통화로도 접수가 가능합니다.

자동 메시지가 흘러나왔다.

"여보세요? 이시현 고객님?"

"네, 이시현입니다."

"어젯밤에 한국대학 앞에서 곽새기를 잡았다가 놓쳤는데, 몇 분 전에 친절여인숙에서 잡았습니다."

"친절여인숙에서요? 강주미와 나영이는요? 무사한가요?"

"그 두 사람은 어젯밤부터 대원아파트 가동 1403호에서 지내는 것 같습니다."

"……!"

그는 오싹 소름이 끼쳤다. 드디어 셋이 모였다. 밑도 끝도 없이 그런 말이 그의 뇌리를 스쳤다. 강주미는 대체 양희주의 집에서 뭘 하는 것일까. 양희주는 돌아온 것일까.

"곽새기는 감금해 뒀습니다. 언제 오시겠습니까?"

"오늘 밤 출발할 때 연락하겠습니다."

"네, 오늘 밤을 넘기진 마십시오."

그때였다. 다른 라인에서 전화가 들어왔다. 알 수 없는 번호였다. 그는 양미간을 좁혔다. 그의 휴대폰 번호를 알고 있는 사람은 조사원뿐이었다. 미국으로 떠나기 전, 그는 그의 전화번호를 살려 뒀다. 혹시라도 주미에게서 전화가 올지도 몰라서였다. 그러고 보니 그의 전화번호를 알고 있는 사람은 조사원 외에도 주미와 타투이스트가 있었다. 그는 조사원의 전화를 서둘러 끊고 혹시나 하는 마음에 전화를 받았다.

"약국입니다."

전화를 건 상대방은 말이 없었다. 무엇인가 망설이고 있는 것 같은 조심스러운 숨소리가 들려왔다. 죽은 이수인이 강주미의 몸에 들어가 새 삶을 사는 것과 같은 일이 누구에게나 가능한 것이라면 그 방법을 찾아 그도 지금의 몸에서 빠져나와 새 몸을 갖고 싶다. 전화를 건 사람은 혹시,

"주미구나."

그가 넘겨짚었다.

5

누군가 벨을 눌렀다.

시현이 이렇게 빨리 도착했나 싶어 주미는 얼른 인터컴으로 갔다.

"누구세요?"

인터컴 화면에 뜬 얼굴은 기사 식당 주인의 아들이었다.

"무슨 일이시죠?"

자기도 모르게 목소리가 날카로워졌다.

"할머니 괜찮으세요?"

기사 식당 남자들은 이상하게도 가까워지고 싶지 않았다.

하지만 할머니를 병원으로 데리고 가려면 건장한 남자의 힘이 필요했다. 시현이 한쪽 다리를 절룩이며 할머니를 부축하는 장면은 어딘가 마음이 놓이질 않는다. 하지만 이 남자를 멀리하고 싶다는 마음이 더 강했다. 주미는 상원이 알아서 돌아가 주길 바랐다.

"희주 누나는 돌아왔어요?"

"아, 그게. 아침 일찍 할머니랑 목욕하러 갔어요."

"문 좀 열어 보세요."

"지금 자다가 일어나서 문 열기가 그런데요?"

"그럼 나중에 다시 올게요."

잠시 기다리자 돌아가는 발소리가 들렸다. 주미는 천천히 뒷걸음질 쳐 거실로 올라서다가 자기도 모르게 "아악" 하고 비명을 질렀다.

어떤 남자가 노모 곁에 앉아 노모의 다리를 주물러 주고 있는 것이 아닌가. 하지만 정신을 차리고 다시 보자, 노모 혼자였다. 헛것을 본 것일까.

"아이고, 배고파라. 요코야, 밥 먹자."

노모는 언제 아팠냐는 듯 자리를 털고 일어났다.

"할머니, 아깐 다리를 못 쓰신다고 그랬잖아요?"

"무슨 소리야. 내가 언제?"

노모가 일어선 모습을 보면서 주미가 안심할 때였다. 다시 현관 벨이 울렸다. 그녀는 재빨리 인터컴 화면을 켰다. 작은 화면 안에 시현의 얼굴이 보였다. 주미는 현관으로 내려서 문을 열어 줬다.

"어머, 약사님!"

시현이 안으로 들어서자 노모가 반색을 하고 반겼다.

"할머니 댁이었네요? 그렇잖아도 주소 보고는 이상하다 생각하던 참이었어요. 네가 말한 할머니가 이분이셔?"

주미가 고개를 끄덕였다.

"할머님 괜찮아 보이는데?"

"……!"

허위 신고를 했다면서 경찰이 그녀를 거짓말쟁이로 몰던 그날의 일이 떠오르는 순간, 주미는 숨이 꽉 막혀 왔다. 또다시 그런 오해를 받게 될까 봐 그녀는 기겁하며 손을 흔들었다.

"나 거짓말한 거 아냐. 좀 전까진 일어서질 못하셨어."

"나이가 들면 근육이 갑자기 마비되고 그럴 때가 있어."

"마, 맞아. 정말 좀 전까진 그러셨어."

"그런데 넌 여기서 뭐 하니?"

"아, 그게."

주미는 자신이 입주 도우미라는 말은 하고 싶지 않았다. 그녀가 망설이고 있는 사이, 노모가 두 사람 사이로 끼어들었다.

"약사님, 들어오세요. 희주야, 약사님 오셨다. 차 준비해라."

노모는 어딘지 불편한 자세로 부엌으로 걸어가더니 우두커니 서서 선반을 두리번거렸다. 마치 뭔가를 하러 부엌으로 왔지만 왜 왔는지를 기억하지 못하는 사람 같았다.

"할머니 따님, 돌아왔어?"

주미는 난처한 표정을 지었다.

"너, 나랑 이야기 좀 해."

두 사람은 아파트 난간에 기대섰다. 하늘엔 먹구름이 잔뜩 끼어 있었다. 점점 어두워지는 걸 보니 곧 비가 퍼부을 것 같았다.

시현은 주미의 마음에 상처를 주지 않을 말을 골라 봤지만 피해 갈 수 없다는 것을 깨달았다. 시현은 이윽고 입을 열었다.

"할머니는 어떻게 알게 됐어?"

"나, 며칠 전부터 이 집에서 입주 도우미 해."

시현은 멍하니 아, 입주 도우미, 하고 중얼거렸다.

"부모님은 아직 소식 없지?"

"……."

양희주와 어떤 관계인지가 알고 싶은데도 불구하고 시현은 다른 소리만 늘어놓고 있었다.

"동생은?"

"이 집에 같이 있어."

"내가 왜 미국에서 돌아왔는지 알아?"

"……."

"너 때문이야. 수술에 실패하고 한국으로 돌아와 내가 할 수 있는 방법은 다 동원해 너를 찾았어. 하지만 내가 얻을 수 있었던 건 모호한 소문들뿐이었어. 그땐 내가 할 수 있는 일이 제한적이었어. 경제적으로 자립하지 못했을 때니까. 하지만 지금은 달라. 지금의 난 예전의 그 비겁했던 놈과는 달라. 이젠 부모님으로부터 독립했고, 돈도 있고, 내 마음대로 쓸 시간도 있어. 그래서 너 하나쯤은 지켜낼 수 있단 말이야."

"그런 말 하기엔 좀 늦은 것 같지 않아?"

"강주미."

"나 자신은 내가 지켜."

"……."

"내가 그날 널 만나러 갔을 때 넌 날 외면했어. 그런데 뭣 때문에 날 찾았어?"

"맞아. 널 외면했지. 사랑한다고 해 놓고 정작 힘든 일이 생기니까 피해 가려고 했어. 내가 그런 놈이었다는 사실이 날 괴롭혔어. 마음의 부채는 시간이 지날수록 커져만 갔어. 널 찾아서 그날 내가 외면했던 문제와 대면하지 않고서는 내가 편해질 수 없다는 걸 깨달았거든."

"그때 내가 네게 터놓고 도와 달라고 하지 못했던 건 네가 어찌 할 수 있는 일이 아니었기 때문이야."

"……!"

"그건 지금도 마찬가지야. 내게 일어난 일은 네가 아무리 많은 돈과 시간이 있다고 해도 어찌해 줄 수 있는 것이 아니야. 그러니 까……."

"곽새기가 왜 너를 쫓는지 말해 줘."

"이미 말해 줬……."

"이수인 씨, 그게 아니잖아. 진실을 말해 줘."

시현은 단도직입적으로 정곡을 찔렀다.

자신을 이수인이라고 부르자 주미의 두 눈이 휘둥그레졌다.

"번지점프에서 내려왔을 때 그때부터 넌 강주미가 아니라 이수 인이었지. 나를 좋아한 것도 강주미가 아니라 이수인이었을 테고. 내가 좋아한 것도 강주미가 아닌 이수인이었겠지."

"……곽새기가 했던 그 말을 여태 믿었던 거야?"

주미는 정말 황당하다는 표정으로 웃었다.

시현은 주미의 미소가 평정을 가장하기 위한 노력임을 깨달았다.

"이수인 얼굴을 온라인 블로그에서 봤어."

"……!"

"민영이 얼굴도. 카나리아도."

주미가 눈물을 글썽였다. 가슴 깊은 곳에서 솟구치는 감정은 이성으로 누를 수 있는 것이 아니었다. 바로 저 눈물이 강주미가 이수인이라는 증거라고 시현은 확신했다.

"네가 어떤 말을 하든, 네가 누구든, 나는 네 편이고 반드시 네 곁에서 곽새기라는 그 남자를 치워 줄 거야. 너희 부모님도 찾아낼 거고. 널 원래 그 자리로 돌려놓을 거야."

"착각하지 마. 곽새기라는 남자는 정신병자고, 평범한 일상을 살던 나와 내 가족을 파괴했어. 부모님은 사라졌고, 경찰은 아무런 도움도 되지 못했어. 아무도 우리 말을 믿지 않았어. 내 동생과 날 보호해 줄 사람은 우리 자신뿐이었어. 곽새기는 우리가 어디에 숨어도 결국엔 찾아내. 그래서 우린……."

"네가 이수인이라는 건 곽새기의 그 집요함이 증명하고 있어. 곽새기는 정신병원에서 일한 적은 있지만 정신질환자였던 적은 없었어. 곽새기는 너한테서 뭔가를 얻어 내려는 거야. 그 뭔가를 손에 쥐기 전까진 널 계속 쫓아다닐 거야."

"그리고 그 뭔가는 약사님도 손에 쥐고 싶은 거고. 그렇지 않습니까?"

난데없이 나타난 상원이 두 사람과 눈을 맞추며 휘파람을 불었다.

"엿들으려고 했던 것은 아닌데, 그렇게 되어 버렸습니다."

"내가 뭘 손에 쥐고 싶어 한다는 거죠?"

시현은 양미간을 좁히며 물었다.

"글쎄요. 그건 본인이 더 잘 알겠죠."

상원은 씩 웃으면서 주미의 곁으로 바싹 다가섰다. 주미는 움찔하며 상체를 피했다. 상원은 주미의 얼굴 옆으로 얼굴을 바싹 들이대고 귓속말을 했다.

"이수인."

주미는 긴장했다.

"네가 누군지는 죽을 때까지 비밀로 하는 게 좋을 거야. 입 잘못 놀리면 피해를 입는 건 너 하나만으로 끝나지 않을 거야. 곽새기가 조이도 죽였어. 저 약사는 우리와는 달라. 약사가 우리의 비밀을 알게 되면 서로 힘들어져."

상원은 강주미의 옆에서 얼굴을 떼고 휘파람을 불었다.

"그럼 하시던 대화 계속 나누세요. 전 바빠서 이만."

상원은 씩 웃으면서 돌아서 계단을 내려왔다.

―약사가 머리가 좋아. 주미가 이수인이라는 걸 알고 있었어. 어떻게 안 거지?

동욱이 말했다.

―이젠 입막음해야 할 사람이 둘로 늘어났어. 분명 저 약사도 곽새기가 찾아다니는 그 뭔가를 쫓고 있는 것 같아.

―마음에 안 들어.

―어?

―요즘 저쪽에서 넘어오고 싶어 하는 존재들이 너무 많아. 형도 늘 마음이 약해서 그런 사람들 도와주기만 하고.

—어쩌겠어? 저쪽에서 넘어오는 사람들은 기를 쓰고 살고 싶어 하고, 이쪽엔 살고 싶은 사람보다 죽고 싶어 하는 사람들이 더 많은걸. 하루에 평균 30명, 한 시간에 한 명씩 자살을 시도한단다. 죽고 싶은 사람들이 육체에 주어진 시간을 허투루 보내며 낭비하는 것보단 저쪽 사람들이 그 육체를 가지고 남은 시간을 의미 있게 쓰는 것이 현명하다고 생각하니까. 봐, 아저씨도, 야간에 나오시는 아주머니 두 분도, 남의 몸에 유착해 그 사람으로 살아가지만 열심히 사시잖아.

—그건 그렇지만, 이러다가 나중엔 어떻게 될지 몰라.

—기다려 봐. 포화 상태가 되어서 제재해야 할 정도가 되면 무슨 일인가 벌어질 테니까.

동욱은 영적 세계 자체가 가지고 있는 균형을 잡으려는 힘에 대해 말하고 있었다. 이 거대한 우주는 어떤 식으로든 균형을 잡기 위해 자발적으로 움직인다. 지구 어디선가 자연재해가 일어나 인명 피해를 일으키고, 원인과 결과에 의한 살인 사건과 인과응보에 의한 죄와 벌이 기다린다.

—그런데 할머니는 어떻게 된 거야?

—밤마실을 많이 다녔는지 갑자기 다리에 마비 증세가 와 있더라. 내가 풀어 놓고 왔어.

—희주 누난?

—그러게. 소식이 없네.

—강주미는 희주 누나가 돌아와서 대중탕에 갔대. 그 예쁘장한

얼굴로 거짓말이나 나불대다니. 강주미, 실망인걸.

　—널 본능적으로 싫어하던데?

　동욱이 낄낄대고 웃었다.

　—내가 아니라 형이겠지. 본능적으로 정체가 들킬까 봐.

　—희주 누나, 아직 집에 들어오지 않은 걸 보면 뭔가 이상해. 한
번 알아봐.

　동욱이 상원의 몸에서 빠져나갔다. 상원은 하품을 길게 했다.

6

나영이 들어서자 카운터 안쪽 방에서 텔레비전을 보고 있던 박하가 얼굴을 내밀었다.

"오늘은 왜 혼자야? 언니는?"

"아줌마, 오늘부로 우리 방 뺄 거야. 남은 돈 계산해서 돌려줘."

"왜? 왜? 무슨 일 있어?"

"일자리 구했어."

"그래? 무슨 일인데? 지금 당장은 돈 못 줘. 돈 없어."

박하는 작은 카운터 창문 밖으로 목을 쑥 빼고 계단을 올라가는 나영에게 소리쳤다.

3층으로 올라오자 20대로 보이는 어떤 남자가 3층 복도 난간에 등을 기대서서 담배를 피우고 있었다.

통로를 지나 302호로 온 나영은 문을 열려다 말고 얼굴을 찡그렸다.

비밀번호를 입력하도록 되어 있는 잠금장치가 문에서 뜯겨 있었다. 손잡이를 잡아당겨 보자, 문은 어떤 저항도 없이 열렸다. 도둑이라도 들었던 걸까. 아니면 그놈들이 이미 여길 다녀간 것일까. 어차피 짐을 챙겨 나갈 것이라 상관없었다. 나가면서 여인숙 주인에게 잠금장치가 부서져 있다고 말해 줄 생각이었다.

노랗게 염색한 머리에 웃통을 벗어 던진 남자는, 휴대폰에 시선을 꽂은 채 복도를 걸어와 302호로 들어가는 나영을 눈여겨봤다.

문이 닫히고 나자, 남자는 복도 끝에 설치되어 있는 CCTV를 흘끗 쳐다봤다. 난간 위로 빗물이 튕겨 올랐다.

나영은 방으로 들어와 문을 닫고 충전기에 전기 충격기를 꽂아 놨다. 벽에 붙어 있는 책 표지 그림들을 조심스럽게 떼어내 모으고 욕실에 흩어져 있던 세면도구를 챙겨 나와 옷가지들과 함께 큰 가방에 집어넣었다. 혹시 잊어버린 물건이 있나 싶어 방을 한 바퀴 훑었다. 모든 게 정리된 것 같았다. 전기 충격기가 충전이 다 될 때를 기다리며 그녀는 침대에 벌렁 드러누워 휴대폰을 켰다. 어제 찍은 사진들을 불러와 한 장씩 손가락으로 넘겼다.

식당 남자의 뒷모습을 찍은 사진을 보고 다음 화면으로 넘기던 그녀는 놀란 표정으로 재빨리 앞의 화면으로 되돌아왔다. 식당 남자의 옆에 사진을 찍을 당시엔 보지 못했던 것이 찍혀 있었다. 나영은 눈을 반짝이며 다음 화면으로 넘겼다. 아파트 경비원 옆에 노모가 서 있었는데, 노모의 옆에도 식당 남자의 옆에 찍혀 있던 동그란 빛이 찍혀 있었다. 동그란 빛은 속이 비고 납작한 원 안에 거미줄을 쳐 놓은 것 같은 묘한 모양이었다.

머릿속으로 '뭐지?' 라는 말이 뱅뱅 돌았다. 아무리 생각해도 그게 뭔지 알 수 없자, 나영은 사진을 SNS에 올리고 사진을 찍을 당시엔 없었던 것인데 뭔지 아는 사람은 댓글을 달아 달라고 글을 남겨 뒀다. 몇 초 지나지 않아 포토샵으로 장난을 친 게 분명하다는 댓글들이 달렸다. 거미줄이 쳐져 있었던 것은 아닌지 묻는 사람도 있었다. SNS에서는 헛소리들만 올라왔다.

나영은 24시간 채팅 '나우 온'이라는 포털 사이트에 접속한 뒤, 수많은 섹션 중 영혼 섹션으로 들어가 사진을 다시 올리고는 기다렸다. 1초에 한 번씩 새로 고침을 하면서 눈알이 빠지도록 댓글이 달리길 기다릴 때였다. 장문의 댓글이 하나 붙었다. 긴 댓글은 언제나 환영. 나영은 휴대폰을 고쳐 잡고 댓글에 집중했다.

그건 유체라고 해. 혼이라고도 하고, 영체라고도 하지. 왜 이렇게 부르는 이름이 많으냐면 그게 뭔지는 알지만, 사람 세상이 아닌, 영적 세상에선 어떻게 부르는지 모르기 때문이지. 우린 귀신 영화를 하도 많이 봐 와서 죽은 사람의 혼이 살아생전의 모습과 꼭 같다고 알고 있지만 그건 모두 개뻥이고, 실제로는 육체가 없고 혼만 남은 그들의 모습은 네 사진 속 그 구체와 같아. 인디언의 드림캐처를 본 적 있는지 모르겠지만, 드림캐처 중앙의 원과 같은 모양이지. 네 사진에 찍힌 그것은 스피릿, 혼이야. 아마 네가 사진을 찍을 그 당시, 그곳에 어떤 혼이 있었나 보네. 뒷모습의 남자 곁에 떠 있는 혼은 선하고 강한 쪽 같고, 다른 사진 속 혼은 선명하지 않고 색이 밝지 않은 걸 보니 살해당했거나 억울하게 죽은 쪽 같아.　　　　—떠도는 소년

우와, 이런 걸 어떻게 알아? 신기하다. 너랑 진짜 만나서 이야기하고 싶다.　　　　　　　　　　　　　　　　—런어웨이 걸

너 운이 좋은 줄 알아. 저런 사진을 찍다니. 난 2년 전에 미국 워싱턴 오하이오파일 주립 공원 인디언 천막에서 캠핑을 한 적이 있는데 그때 그걸 찍었지. 사진을 현상해 보니 인디언 천막에선 보지 못했던, 네 사진 속 그것이랑 꼭 같은 게 찍혀 있었어. 그게 뭔지 어디에서도 답을 찾을 수 없어서 난 그 사진을 들고 다시 그곳으로 갔고, 그곳에서 만난 인디언 아저씨로부터 그게 우리가 생각하는 영혼(spirit)의 실제 모습이란 말을 듣게 됐어. 영혼에 대해 믿지 않았는데 그 일 이후로 믿게 됐지. 그 뒤로 그런 사진을 찍기 위해 산이나 동굴 같은 곳을 돌아다녔지만, 두 번 다시 그런 사진을 찍을 수가 없었어.　　　　　　　　　　　　　　　　　　　　　　　—떠도는 소년

헐, 난 여태 영혼이란, 일본 공포 영화에 나오는 사다코처럼 생겼다고만 생각하고 살았네.　　　　　　　　　　　　　　　　—런어웨이 걸

그 사진을 내게 팔아.　　　　　　　　　　　　　　—떠도는 소년

마음대로 가지고 가. 나한테는 별 의미가 없는 사진이야. 대신 앞으로 또 질문이 있으면 네가 답해 줘야 해.　　　　　　　—런어웨이 걸

오케이. 영혼과 관련된 질문이라면 언제든.　　　　　—떠도는 소년

나영은 떠도는 소년과 주고받은 문자와 사진을 캡처해 주미의

카톡으로 보냈다. 전송을 누르던 순간 누군가 방 안으로 들어섰다. 소리 없이 들어섰으니 여관 주인이 아니라는 것은 본능적으로 알 수 있었다. 머리카락이 쭈뼛해지고 오금이 저렸다. 호흡 곤란을 느끼며 천천히 현관 쪽으로 고개를 돌렸다. 문 안쪽에 누군가 서 있었다. 아까 방으로 들어올 때 복도에 서서 담배를 피우던 남자였다. 팔을 뻗어 전기 충격기를 움켜잡으려면 몸을 일으켜야 하는데 몸이 뻣뻣해져서 도무지 손끝 하나 움직일 수가 없었다.

"혼자지?"

머리가 노래서일까, 병든 닭같이 생겨 먹은 남자가 담배를 피워 누렇게 색이 변한 이빨을 드러내며 웃었다.

'전기 충격기 잡아. 넌 저놈보단 가까운 거리에 있어. 넌 할 수 있어. 천천히. 놈이 눈치 못 채게, 천천히.'

서쪽 하늘에서부터 들끓던 천둥 번개가 우르르 꽝, 하고 터졌다.

7

상원은 주미에게 경고를 한 뒤 아파트 복도를 떠났다. 시현의 설득에 마음이 약해지려던 주미는 정신을 바싹 차렸다.

"이제 그만 가. 헛소리 집어치우고. 난 네가 무슨 소릴 하는지 모르겠으니까."

"그 자식이 뭐라고 속살거린 거야?"

"아무 말도 안 했어."

"그 자식이랑은 어떻게 알아?"

"기사 식당 사람들이 모두 할머니를 알고, 할머니 딸이랑 친하게 지내. 그러니까 자연스럽게 알게 된 거지, 다른 일은 없어. 그리고 난 너한테 이런 걸 일일이 변명해야 할 이유 없어. 곽새기는 정신병자에 살인자고, 난 이수인인지 뭔지 하는 여잔 몰라."

말이 길어 봐야 좋을 것이 없다. 주미는 냉정하게 돌아섰다.

그녀는 노모의 아파트로 들어가 문을 꽝 소리가 나도록 닫았다. 하지만 행동과는 달리 마음이 아팠다. 주미는 문에 기대서 문밖의 소리에 귀 기울였다. 시현이 복도를 지나가고 있었다. 툭, 툭, 지팡이의 끝이 콘크리트 복도를 짚는 소리가 그녀의 마음을 아프게 했다. 주미는 무너지듯 현관에 풀썩 주저앉았다. 참담한 기분이 들어 움직이고 싶지도 않았다. 휴대폰이 울렸다. 나영이 사진과 문자를 동시에 보내왔다.

─이게 뭘까, 공중에 떠 있는 거? 언니는 뭘로 보여?

사진 속엔 노모와 경비원이 찍혀 있고 두 사람 사이에 투명한 실타래 같은 구체가 공중에 떠 있었다.

─누가 그러는데 영혼이래.

사진 속의 뿌연 구체를 곰곰이 보던 주미의 머릿속으로 혹시 양희주가 죽어서 노모의 곁에 있는 것은 아닌가 하는 생각이 잠시 들었지만, 그 생각은 곧 잊혀졌다.

─돈은 받았어?

나영에게 문자를 보내고 답을 기다렸지만 나영은 주미가 보낸 문자를 확인하지 않았다.

─짐 다 챙겼으면 이리로 와. 거기 혼자 있지 말고.

전송을 누르고 일어나 거실로 올라선 주미는 그제야 부엌의 상황을 보고 입을 쩍 벌렸다. 언제부터 저렇게 냉장고 문을 활짝 열어 둔 것일까. 냉장고에 넣어 두었던 반찬 그릇은 모조리 싱크대에 처박혀 있고, 냉장고 안에는 걸레통과 구두, 핸드백이 들어 있었다.

노모는 화장실 변기 위에 앉아 있다가 주미를 보자 발딱 일어났다.

"네년이 밥 안 주면 저기 밑에 식당 가서 먹을 거야."

노모가 두 눈을 가늘게 뜨고 심술궂게 말했다. 또 머리채를 잡히게 될까 봐 주미는 얼른 큰 소리로 외쳤다.

"뭐 드시고 싶으세요!"

"곤약 잔뜩 넣은 오뎅탕!"

텅 빈 냉장고 안에 그런 재료가 있을 리가 없었다.

"네, 장 봐 와서 해 드릴게요."

"착하네. 착한 아인 선물을 받아야지. 선물 줄게."

노모는 냉장고 안에 들어 있던 핸드백을 꺼내 내용물을 와르르 쏟아 버린 다음 빈 핸드백을 주미 앞에서 흔들었다.

"이 가방 가질래? 우리 희주는 가방 많아."

"할머니, 저 청소해야 하잖아요? 어지르지 마시고……."

바닥에 쏟아진 자질구레한 것들을 가방 속에 주섬주섬 챙겨 넣던 주미의 눈이 한순간 사납게 변했다. 계피 사탕 봉지 밑에 사진 한 장이 깔려 있었다. 사탕 봉지에 반쯤 가려진 사진엔 낯익은 남자의 얼굴이 있었다. 그녀는 사진을 빼 들었다. 곽새기가 어떤 여자와 서로 끌어안고 찍은 스냅사진이었다. 여자는 노모의 아파트 거실 벽에 걸린 사진 액자 속의 여자였다. 그러니까 노모의 딸이자 그녀가 좋아하는 '아해'였다. 사진 속 두 사람 뒤엔 '이슬농장 건강식품 대리점'이라고 적힌 큼직한 나무 간판이 있었다. '축 개업' 리본이 달린 화환도 보였다.

두 사람은 어떻게 알게 된 걸까. 애인 관계일까. 이런 놈을 만나다니 그녀의 '아해'에겐 일어나선 안 될 불행이었다. 이 세상의 많고 많은 남자들 중 하필이면 여자와 아이에게 함부로 주먹을 휘두르는 인간 말종 곽새기와 이러고 있다니.

스냅사진 속의 양희주는 곽새기와 껴안고 활짝 웃고 있었다. 세상 정말 좁다는 생각을 할 때였다. 갑자기 머릿속으로 어떤 불길한 생각이 스쳤다.

'노모의 딸이 돌아오지 않는 이유가 혹시?'

명치에서부터 시작된 싸늘한 감각이 목구멍을 향해 달려왔다.

"할머니, 희주 씨 혹시 이 사람 만나러 갔어요?"

주미는 사진을 보여 주며 곽새기를 손가락으로 눌렀다.

"그 남자 누구야? 총각이야? 몰라, 나는. 돈 가지러 간다고 했는데."

"혹시 희주 씨 지금 여기 있어요?"

"그래, 지금 내 옆에 있지."

그냥 해 본 소리였지만 노모의 반응이 즉각적이라 주미는 순간적으로 오싹했다. 양희주가 만약 정말로 죽어서 노모 곁에 있는 거라면 왜 자신의 시신이 어디에 있는지 말해 주지 않는 걸까.

"할머니, 희주 씨한테 물어보세요. 지금 어디 있는지."

"몰라. 지도 모른대……."

노모는 주미가 들고 있는 스냅사진을 쳐다보다가, 고개를 들어 주미를 쳐다볼 뿐이었다.

마음속으로 뭔가 짚이는 것이 있었다. 경찰에 신고할까 생각했지만 마음을 바꿨다. 진실을 말했는데도 경찰은 믿어 주지 않았다. 누군가 죽거나 시신이 발견될 경우에만 경찰들은 움직인다. 경찰 대신 상원이 떠올랐다.

"할머니, 오뎅탕 취소예요. 기사 식당에 가서 외식해요. 하지만 전 돈이 없어요. 돈은 할머니가 내실 거죠?"

입주 도우미가 되었다고 좋아했더니, 만약 양희주가 죽었다면 도우미 임금을 받을 방법도 없겠지만, 돈보다는 다시는 '아해'의 새 그림을 볼 수 없을 거라는 사실이 무엇보다 싫었다.

이제 앞으로 이 할머니는 어떻게 되는 걸까. 피붙이라고는 딸뿐인 것 같았는데.

우선 여인숙에 가서 나영이를 데리고 나와 식당에 들를 생각이었다. 주미는 크로스백을 메고 사진을 백에 집어넣었다.

8

나영이 전기 충격기로 손을 뻗으려는 순간, 천둥 번개가 방 안으로 연달아 들이쳤다.

"꺅! 언니!"

머리 위에서 터지는 꽝! 소리에 나영은 비명을 지르며 몸을 움츠렸다. 바로 눈앞에서 카메라의 플래시가 터진 듯 시야가 하얗게 변했다가 정상으로 돌아왔다. 지금 이 순간, 언니가 옆에 없다는 사실이 두려웠다. 다시 꽝, 하고 번개가 쳤다. 나영은 무릎에 머리를 묻고 사시나무 떨듯 떨었다.

"어이, 괜찮냐?"

고개를 들자, 문간에 서 있던 노랑머리가 어느새 나영의 앞까지 와서 쪼그리고 앉아 있었다. 노랑머리의 검은 눈이 나영의 눈을 들여다봤다. 순간, 다시 꽝! 하고 천둥 번개가 쳤다. 나영의 시야 속에 담겼던 모든 것이 하얗게 탈색되고 노랑머리의 검은 눈동자만 잔상으로 남았다. 괜찮은지 물어봐 준 것 때문에 노랑머리가 더 이상 나쁜 남자로 생각되지 않았다. 혼자라는 두려움이 상쇄되면서 노랑머리에게 의지하고 싶다는 생각까지 들었다.

그녀 스스로도 이해가 되지 않는 감정의 반전이었다.

"나, 혼자야. 너는?"

나영은 생각지도 못했던 말을 나긋나긋한 목소리로 내뱉고 있었다.

마치 나영 따로, 이렇게 말하는 이상한 아이 따로, 두 개의 영혼이 하나의 몸속에서 제각각 다른 생각을 하고 있는 것 같다고 할까.

"보시다시피 혼자지. 뭐, 난 늘 혼자였으니까 상관없어."

남자가 대답했다.

남자의 대답이 어쩐지 마음을 울렸다. 그녀는 속으로 '나도 늘 혼자였어'라고 대답했다. 전기 충격기를 잡아야 한다는 생각은 나영의 머릿속에서 이미 사라지고 없었다.

"옆에 앉아도 돼?"

남자가 물었다. 나영은 고개를 끄덕였다. 온라인이 아닌 오프라인 최초로 남자 친구가 생긴 것 같았다. 가벼운 흥분이 나영의 심장을 묘한 방향으로 흔들어 대고 있었다.

"여기서 혼자 뭐 해?"

남자는 나영의 곁에 앉아 다시 물었다.

"그냥."

나영이 말이 없자, 남자도 입을 닫은 채 나영의 곁에 앉아 있었다.

"나, 이상한 사진 찍었는데 볼래?"

"이상한 사진?"

"이거 봐 봐."

나영은 휴대폰을 열고 SNS에 올렸던 사진을 보여 줬다.

"엥?"

"왜 그래?"

"이 사진, 나도 본 건데?"

"너, 나우 온 회원이야?"

"어."

"아우, 반갑다. 나도야. 그런데 언제 봤니?"

"한 시간 전이랄까?"

"댓글 달린 것도 읽어 봤니?"

"그, 그게……."

"보여 줄게. 댓글이 정말 멋져."

나우 온 카페에 접속하려 했지만, 일시적인 어쩌고 하면서 인터넷에 접속이 되질 않았다.

"이 여인숙은 다시 안 올 거야. 뻑하면 인터넷이 안 돼. 싸구려라서 그런가 봐. 신경질 나! 또 안 되잖아!"

"번개 쳐서 그런가 봐. 인터넷은 관두고 나 좀 봐."

"……?"

"그 글에 나도 답글 남겼어."

"답글? 네 아이디가 뭔데?"

"떠도는 소년."

"푸핫!"

나영은 웃음을 터트렸다. 별로 우습지도 않은데 발작을 일으키듯 바닥에 드러누워 발버둥을 치고 손바닥으로 바닥을 탁탁 치며 웃었다. 한바탕 큰 소리로 웃고 나자 긴장이 풀렸다. 무섭다고 생각했던 남자가 떠도는 소년이었다니. 그녀는 침대 가장자리에 등을 기대고 앉아 있는 남자를 쳐다봤다.

"그런데 내가 여기 있다는 거 알고 온 거야, 아니면 우연히?"

"어딘가의 댓글에서 봤거든. 니가 여기서 장기 투숙하고 있다는 걸. 마침 이 근처에 지나가던 길이어서."

"그랬어? 히히. 그걸 또 눈여겨봐 뒀구나. 아무튼 이게 바로 번개지. 안 그래?"

두 사람은 킬킬거렸다.

"그럼 너 정말 미국도 가 봤니? 인디언도 만나 보고?"

"어, 우리 형이 거기 살았거든."

"거기 살았거든? 그럼 지금은?"

"죽었어. 1년 전에."

나영은 휴대폰을 치켜들고 남자를 겨냥했다.

"뭐 해?"

"너 찍으려고."

"싫은데?"

"그냥 한번 찍어 볼게. 네 곁에 네 형의 영체가 떠 있을지도 모르잖아."

"그만해!"

남자가 버럭 소리를 질렀다.

"……!"

나영은 남자를 빤히 쳐다보다가 칫, 하고 시선을 내렸다.

"미안, 소리 질러서."

"나, 방금 번개만 치지 않았음 전기 충격기로 널 찌르려고 했어."

"알아."

남자는 무릎으로 기어 와 나영의 곁에 벌렁 드러누웠다. 나영은 속으로 기뻤다.

"진짜? 그런데 왜 가만있었어? 난 네가 변태성욕자나 강도 아니면 살인마라고 생각했거든."

"아까 복도에서 너 봤어."

"난 줄 알았어?"

"아니. 처음에는 몰랐는데 좀 있다가 혹시 했지. 너, 니 사진 올린 적 있었잖아."

"눈 사진."

"그래, 눈 주변만 찍은 사진이었지만 눈썹이 없었거든. 눈썹이 없어서 묘하긴 했지만 오히려 굉장히 인상적이었어. 아까 너 보면서 정말 예쁜 아이라고 생각했어."

예쁜 아이라는 말에 나영은 얼굴이 달아오르는 것 같았다.

"넌 여친 없어?"

"나 이래봬도 눈이 높아. 아무나 사귀지 않아."

남자는 모로 누워 한쪽 손으로 얼굴을 괴고 나영을 내려다봤다.

"내 이름은 수호야. 너도 혼자인 것 같은데, 우리 같이 지낼까? 혼자란 게 외로워서 말이야."

"나, 나는……."

수호가 나영의 입술을 바라봤다.

나영은 그 눈빛이 말하는 게 무엇인지 느낄 수 있었다. 수호가 싫지 않았다. 나영은 눈을 감았다.

수호의 혀가 나영의 혀를 휘감았다. 온몸이 뜨겁게 달아올랐다. 나영은 두 눈을 지그시 감고 302호 문을 쳐다보며 생각했다.

'언니가 안 왔으면 좋겠어. 수호랑 하루 종일 이렇게 붙어 있고 싶어. 언니랑 같이 있는 것보다 훨씬 재미있어.'

수호가 나영의 옷을 벗기기 시작했다.

나영은 머릿속이 뜨거워져 아무런 생각도 할 수 없었다. 본능적으로 팔을 들어 옷을 벗기기 쉽게 도왔다.

"해도 돼?"

수호가 나영의 귀에 입을 대고 말했다.

나영은 대답 대신 어깨를 움츠리며 키득키득 웃었다. 온몸이 불타오르는 것처럼 흥분됐다.

수호는 나영의 알몸 위에 올라가 하체를 밀착시키고는 다시 속삭였다.

"나한테 욕해 줘. 아무거나 빨리."

"뭐? 너 변태니?"

"얼른."

"씨, 씨, 씨발놈아."

"어우, 귀여워. 좀 더 센 걸로."

귀엽다는 말에 나영은 황홀했다.

"미친 새끼."

"더 센 걸로."

"야, 이 변태 씹새끼야! 널 산 채로 믹서에 갈아서 쌈장 만들어서 먹어 버릴 거야."

"푸하하하. 야, 안 되겠다. 너, 욕할 줄 모르는구나. 너무 귀여워서 섹스할 맛이 안 나. 그래서 말인데. 내 맘대로 해도 될까? 네가 그만두라면 그만둘 테니까. 어때?"

제멋대로가 아니라 나영의 의견을 묻고 있다. 그런 수호가 너무 좋았다.

"뭐든 해. 난 괜찮아."

나영은 고개를 끄덕였다.

수호는 두 손으로 나영의 가는 목을 잡고 말했다.

"나는 이거 할 때 목을 조르는 게 더 흥분돼. 너한테 해도 돼? 위험한 건 아니야. 네가 머리를 흔들면 그만둘 테니까. 어때? 할까?"

나영은 뜨거워질 대로 뜨거워진 몸 위에서 수호가 움직임을 멈춘 게 싫어서 마구 고개를 끄덕였다.

수호는 두 손으로 나영의 가는 목을 잡고 하체에 힘을 주며 아래위로 몸을 움직이기 시작했다. 몸의 움직임이 격렬해짐과 동시에 악력이 가해졌다.

머리로 피가 몰렸다. 머리가 터져 버릴 것만 같은 압박감에 죽는 건 아닌가 두려움을 느낄 때였다.

"지금이야. 들어가, 어서!"

마치 옆에 누가 있는 것처럼 수호가 소리를 질렀다.

나영은 정신이 혼미했다. 혼미한 그녀의 머릿속으로 갑자기 어떤 끔찍한 이미지가 스쳤다. 검고 긴 생머리의 여자가 피투성이 손으로 새의 목을 분지르고 있다. 여자의 얼굴은 보이지 않고 갈라 터진 주름 사이로 피가 맺힌 입술만 보였다.

"아악!"

나영은 머리를 흔들며 비명을 질렀다. 나영이 너무나도 격렬하게 머리를 흔드는 바람에 놀란 수호가 나영의 몸에서 떨어져 나갔다.

"혀, 형? 형이야?"

컥컥대는 나영을 내려다보면서 수호가 넋 나간 얼굴로 물었다.

"미, 미안. 다시 해."

나영은 수호의 말을 듣지 못한 채 뜨거웠던 몸이 빠르게 식는 느낌만이 싫어 수호를 재촉했다.

"너, 누구야?"

"나지, 누구야. 다시 해."

"너……구나."

나영은 몸을 돌려 수호를 끌어안으려 했다.

"야, 떨어져. 재수 없어."

갑자기 수호의 태도가 돌변했다. 나영을 밀어내고 일어나 앉더니 담배에 불을 붙여 물었다. 담배를 쥔 손이 떨리고 있었다. 나영은 수호의 얼굴에서 느껴지는 낭패감이 이해가 되지 않았다.

"왜 그래?"

수호는 목에 핏대가 서도록 담배를 빨아 연기를 내뱉은 다음, 꽁초를 방바닥에 꾹 눌러 끄고는 욕실로 들어가 문을 탁 닫았다. 변기에 오줌을 갈기는 소리가 나더니 샤워 물줄기가 쏟아졌다.

원래 그런 놈인지, 아니면 섹스를 하다 말아서 그런 것인지 종잡을 수가 없어서 나영은 방바닥에 난 담배 구멍만 멍하니 내려다봤다.

문이 열리고 수호가 나왔다. 그는 젖은 수건을 아무렇게나 던져 버리고 옷을 입었다.

"왜 옷 입어?"

"밥 먹으러 가려고. 배고프니까."

"나도 배고파. 가, 같이……."

"야, 내가 왜 너 같은 히키코모리랑 같이 가? 못생긴 게, 기분 나빠. 잠시라도 널 안았던 건 내 인생에서 가장 구역질나는 짓이었어!"

"뭐? 구, 구역질?"

수호는 인상을 쓰고 나영을 내려다보고는 뒤도 돌아보지 않고 302호를 나가 버렸다.

"이 나쁜 새끼야! 죽여 버릴 거야! 악! 아악!"

꽝, 하고 문이 닫혔다. 당혹감, 자괴감, 배신감, 창피함, 이 세상의 온갖 부정적인 감정들이 신경을 타고 들어가 나영의 심장을 장악했다. 미칠 것만 같았다. 분노가 치밀어 눈앞이 잘 보이지 않았다. 나영은 손에 잡히는 대로 물건을 집어 던지며 괴성을 질렀다.

—못생긴 게, 기분 나빠. 잠시라도 널 안았던 건 내 인생에서 가장 구역질나는 짓이었어!

수호의 말이 비수가 되어 나영의 가슴에 꽂혔다.

늘 이 모양이다. 믿었던 애한테 배신당하길 밥 먹듯 하고, 친해졌다 싶어 모든 걸 다 드러내 보이면 징그럽다며 멀어진다. 살고 싶지 않았다. 모든 것이 엉망인 자신을 죽여 버리고 싶었다. 나영은 후드 점퍼에 달린 줄을 빼내 욕실로 갔다. 죽어서 그 자식에게 복수해야지.

나영이 샤워기에 매달아 놓은 올가미에 목을 집어넣을 때였다.

어떤 여자가 그녀의 목을 조르는 모습이 다시 떠올랐다. 여자의 얼굴은 주미의 얼굴이 되었다가 또 다른 여자의 얼굴로 변했다. 그런데 또 다른 여자의 얼굴이 낯익었다. 그 여자의 손에 목이 졸리는 아이가 누군지 알 수 없었지만 꼭 자기 자신 같았다. 섬뜩한 이미지가 머릿속에 달라붙을까 봐, 나영은 조금의 망설임도 없이 욕실 가장자리를 박차고 허공에 매달렸다.

누군가 방문을 두드렸다. 잠시 정적이 흐른 후, 달그락거리는 소리가 나더니 조용히 문이 열렸다.

수호는 살며시 들어섰다. 방 안에는 아무도 없었고, 욕실 문이 활짝 열려 있었다. 무심코 욕실 쪽으로 고개를 돌리던 수호는 허공에 떠 있는 나영의 시신을 발견했다. 무표정하게 시신을 바라보던 수호는 픽 웃고 나서 나영의 휴대폰을 찾아 방 안을 두리번거렸다. 휴대폰은 아까 놓여 있던 곳에 그대로 있었다. 수호는 나영의 휴대폰에 매달린 천사 인형을 빼서 주머니에 넣고, 나영의 휴대폰을 침대와 벽 사이에 던져 버리고 방을 나갔다.

9

친절여인숙 여주인 박하는 우산을 쓴 채 여인숙 앞을 왔다 갔다 했다. 그녀는 골목으로 사람들이 나타날 때마다 고개를 들고 보다 가 다시 초조한 얼굴로 돌아갔다. 10분쯤 지나자 골목 모퉁이에서 가래침 뱉는 소리가 났다.

"여보!"

박하는 골목 모퉁이를 돌아 나오는 남편에게 조르르 달려갔다.

"어디 갔다 오는 거야! 얼른 들어와! 일 났어! 일!"

"왜? 무슨 일?"

"손님 하나가 목맸어."

"아, 씨발."

남편은 얼굴을 찌푸리며 머리카락 한 올 없는 대머리를 벅벅 긁었다.

"몇 호야?"

박하는 보는 사람이 있을까 봐 여인숙 복도의 양끝을 살핀 다음, 3층 계단으로 남편을 이끌었다.

"야, 이거 왜 뜯겨 있어?"

박하의 남편 중현은 문손잡이 아래 잠금장치를 험상궂은 얼굴로 노려보며 버럭 소리를 질렀다.

"아이고, 몰라. 목소리 좀 낮춰."

두 사람은 302호실의 문을 살며시 밀고 안으로 들어섰다.

"시체는?"

"저기."

박하는 보기도 싫다는 표정으로 욕실 문을 열고 방 벽에 기대섰다. 중현의 시선이 맞은편 욕조 위, 샤워기에 목을 맨 시신을 발견했다. 그는 얼른 눈을 돌렸다.

"이런, 씨발년! 아, 재수 옴 붙었어!"

"어떡해? 경찰에 연락해?"

중현은 양미간을 모으고 생각에 잠겼다. 박하는 남편이 침묵하고 있는 시간이 견딜 수 없이 불안해 답을 재촉했다.

"응?"

"쟤 넣을 큰 비닐봉지하고 청소도구 그리고 낚시 가방, 왜 작년에 온라인에서 산 커다란 그거 있지? 그거 가져와, 빨리! 아! 그리고 가위도 들고 와."

"알았어!"

박하는 계단을 내려와 여인숙 출입문에 '영업 안 함'이라는 푯말을 내걸고 문을 잠갔다.

"아줌마, 왜 문을 잠가요?"

갑작스러운 목소리에 박하는 으악, 하고 비명을 질렀다. 그녀의 등 뒤에 다른 숙박 손님이 서 있었다.

"아, 3층 천장에 빗물이 새서, 오늘은 사람들 더 안 받으려고 그러지."

"나 지금 나갔다가 한 시간쯤 뒤에 들어올 건데?"

"그땐 내가 문 열어 줄게. 걱정 마."

숙박 손님이 나갔다.

다시 문을 잠그려던 박하는 안 되겠다 싶어, 다른 푯말을 들고 와 걸었다.

—빈방 없음.

가방과 청소 도구를 챙긴 박하는 서둘러 3층 계단으로 달려 올라갔다.

중현은 인상을 잔뜩 쓴 채 담배를 피우고 있었다.

"갖고 왔어. 이제 어쩔 거야?"

"어쩌긴. 어떻게든 해 봐야지."

두 사람은 욕실로 들어섰다.

"어떻게 내려?"

샤워기에 목매달린 시신을 끌어 내리려면 몸을 만져야 하는데, 이런 일을 한 번도 겪어 보지 못한 중현은 남자임에도 불구하고 오싹해 미칠 것만 같았다. 운동화 끈 같은 것으로 만든 올가미에 목맨 투숙객은 앳된 얼굴로 아직 성인이 아닌 것 같아 보였다.

"애, 미성년자 아냐?"

"아냐."

"확인했어?"

박하는 고개를 크게 끄덕였다

"몰라. 어쨌든 며칠 방을 비우고 없어서 어떻게 된 일인가 했는데. 애, 언닌가 하는 애랑 같이 있었거든."

"언니는?"

"몰라. 오늘은 혼자 들어왔더라고. 어젯밤엔 웬 남자 둘이 와서는 진을 치고 기다리더니, 오늘은 또 동생 혼자서 찾아와서는 방 빼겠다고 남은 돈 내놓으라고 하고. 그런데 갑자기 이게 웬 날벼락이야?"

"웬 남자 둘?"

"어. 그 애들 아버지라던데, 별로 아버지 같진 않더라고."

"쯧쯧쯧, 하필 왜 여기야. 여기서 시체가 발견됐다는 소문 돌아봐. 가뜩이나 장사 안 되는데."

"쉿, 누구 들을라. 그런데 어떻게 내릴 거야?"

"어떻게 내리긴. 끈을 잘라야지. 에이 씨."

스스로 내팽개친 육신은 이렇게 함부로 취급된다는 것을 보여주기라도 하듯, 중현은 팽팽하게 당겨져 있는 끈 한가운데를 가위로 싹둑 잘랐다. 쿵, 소리를 내며 나영의 시신은 욕조 안으로 곤두박질쳤다. 욕조 가장자리에 부딪친 시신의 안면에서 이빨 몇 개가 부러져 욕실 바닥에 떨어졌다.

윽, 소리와 함께 박하는 어깨를 움츠리며 눈을 질끈 감았다. 몸이 덜덜 떨렸다.

"다리 잡아."

"싫어!"

"빨리 치우고 끝내자. 시간 끌수록 들통나기 쉽단 말이야. 거기 있는 고무장갑 끼고 잡아."

"왜 자살했을까?"

박하는 나영의 양쪽 다리를 잡으며 말했다.

"내가 알아? 이 애 옷 벗겨서 당신이 입고 CCTV 앞으로 지나갔다가 뒤로 들어와. 일단 이 애가 여기서 나갔다는 게 CCTV에 찍혀 있게."

"알았어. 내가 일하는 동안 당신은 차 갖고 와서 뒷문에 대기해."

두 사람은 나영의 옷을 벗겨 내기 시작했다. 원피스를 벗겨 내던 박하가 멍하니 중얼거렸다.

"왜 팬티가 없지?"

"몰라. 빨리 해."

"자살을 하는데 팬티를 벗고 하나? 하긴 얘가 좀 이상하긴 했어. 사람들 다 자는 한밤중에 비명을 지르면서 복도에서 달리기를 하질 않나. 와이파이 끊겼다고 발광을 하질 않나."

박하가 쯧쯧쯧 혀를 찼다.

"집어넣자. 시간이 지나면 몸이 굳는다잖아. 굳기 전에 접어."

"알았어."

두 사람은 커다란 가방에 나영의 시신을 접어 넣었다.

"그런데 우리, 정말 이래도 돼?"

"그럼 경찰에 신고하자고? 신고해 봐라. 인터넷에 대문짝만 하게 우리 여인숙 이름 날 거다. 어차피 죽었는데, 우리라도 살아야지. 우리가 죽인 것도 아니잖아. 망하고 싶으면 신고해."

중현은 낚시 가방의 지퍼를 잠갔다.

"거기, 머리카락."

낚시 가방의 지퍼 사이로 나영의 머리칼이 집혀 있었다. 중현은 말없이 머리카락 끝을 모아 꼭 쥐고 가위로 싹둑 잘랐다.

"잘 버려. 증거 남으면 안 돼."

박하는 손을 바르르 떨며 나영의 머리칼을 받아 들었다.

"그렇게 멍청하게 서 있지 말고 얼른 청소해. 목맸기에 다행이지, 만약에 손목이라도 잘랐어 봐. 피는 스며든다잖아. 생각만 해도 끔찍하다. 요새는 과학이 발달해서 무슨 파란색 형광등 같은 걸로 비추면 피 묻었던 곳은 그대로 다 보인대. 그래도 얘는 몸무게가 적게 나가서 샤워기는 안 부서졌네."

"아이고, 입 좀 다물어. 그런데 어디다 버릴 거야?"

"그러게. 어디다 버리지?"

"뉴스 보면 요즘은 토막 내서 버린다던데. 그게 더 낫지 않아?"

"간도 크다. 손에 피 묻히고 싶냐?"

"미쳤냐, 그냥 그렇다는 얘기지."

"우리 엄마 집 가자. 거기 안 쓰는 우물 있잖아."

"맞네. 그러면 여긴?"

"목욕탕집 미스 고한테 좀 부탁하면 되지."

"어째 죽은 애 옷을 입으려니 꺼림칙해 미치겠어."

박하는 잔뜩 인상을 쓰고 나영의 옷으로 갈아입었다.

비 덕분에 도로 상황은 말이 아니었다. 세 시간이나 걸려 시골에 있는 어머니 집에 도착했다. 홀어머니는 아들 부부가 마련해 준 제주도 여행 중이라 집은 비어 있었다.

빗물이 튕겨 오르는 흙 마당엔 잡초가 무성했고, 마당 한 곁엔 사람 머리만 한 해바라기와 호박 덩굴이 뒤섞여 자라고 있었다. 중현의 차가 마당 안으로 진입하자, 천천히 마당을 가로지르던 길고 양이가 후다닥 해바라기 사이로 숨었다.

중현은 차에서 낚시 가방을 꺼내 등에 멨다. 차갑고 물컹한 것이 등짝에 달라붙는 기분은 좋지 않았지만, 지금은 그런 것을 따질 때가 아니었다. 박하는 혹시라도 마을 사람의 눈에 띌까 봐 낮은 담 너머를 살폈다. 퍼붓는 비 덕분에 사람의 그림자라고는 보이지 않았다. 그럼에도 불구하고 보이지 않는 시선들이 빗줄기 뒤에 숨어 그녀를 지켜보고 있는 것만 같았다.

"부엌에 들어가면 맷돌 있어. 그거 갖고 나와."

박하는 부엌으로 달려가면서 '누군가 보기 전에'라는 말을 끊임없이 중얼거렸다.

중현은 낚시 가방의 지퍼를 열었다. 지퍼가 좌우로 벌어지면서 하얀 것이 드러났다. 그는 자신도 모르게 두 눈을 질끈 감았다. 낚시 가방 안에는 이제 이 세상의 것이 아닌 것이 남기고 간 피골만이 들어 있다는 것을 알면서도 어떤 섬뜩한 것과 눈이 마주칠지 모른다는 공포심은 어쩔 수가 없었다. 등 뒤로 박하가 뛰어오는 소리를 귓전으로 들으면서 그는 눈을 뜨고 가방 속을 내려다봤다.

비에 드러난 나영의 하얀 얼굴이 밀납 인형처럼 번들거렸다. 등줄기로 한기가 스치고 지나갔다. 시신이 무엇인가 섬뜩한 것으로 변하고 있는 것 같았다. 다른 것으로 변하기 전에 얼른 우물 속에 던져야 한다. 멍하니 생각에 빠져 있느라 박하가 옆에 온 것도 모르고 있던 그는 박하의 비명 소리에 퍼뜩 정신을 차렸다.

"아, 씨발 왜 그래!"

그렇잖아도 무서워 죽겠는데. 중현이 박하를 노려봤다.

"우, 움직였어."

"뭐?"

"쟤, 누, 눈동자가."

"지랄 좀 고만 떨어. 죽었어."

중현은 재빨리 가방 속에 맷돌을 집어넣고 지퍼를 올린 다음 깊이를 알 수 없는 우물 속으로 가방을 밀어 넣었다. 나영이 들어 있는 가방은 우물 속으로 떨어지면서 엄청난 소리를 냈다. 박하는 두 손으로 귀를 막은 채, 이미 귓속으로 파고든 그 소리를 떨쳐 내려는 듯 미친 듯이 머리를 흔들었다.

10

주미는 노모와 함께 친절여인숙으로 들어섰다. 카운터에서 낯선 여자가 얼굴을 내밀며 어서 오세요, 라고 했다.

"주인아줌마는 어디 가셨나 봐요?"

"그렇겠져? 그러니까 내가 있져."

여자는 껌을 딱딱 씹으면서 말끝마다 '져'를 붙였다.

주미는 노모를 데리고 3층으로 올라왔다. 잠금장치가 뜯겨 나와 있는 걸 보며 주춤하는 사이, 노모가 먼저 안으로 뛰어 들어갔다.

"야, 요코 집 좋구나!"

방 안이 깔끔하게 정리되어 있었다. 어째서인지 위화감이 느껴졌다. 나영이 이렇게 깨끗하게 청소를 했을 리가 없었다.

욕실 문을 벌컥 열고 들어선 노모는 치마를 올리고 변기에 앉았다. 소변을 누면서 고개를 치켜들고 어딘가를 뚫어져라 바라보던 노모가 주미를 쳐다봤다.

"이리 들어와 봐. 저기 니 동생 있어."

노모가 가느다란 목소리로 주미를 부르며 손짓했다.

"네?"

주미가 욕실로 들어오자, 노모는 벽에 붙은 샤워기 근처를 가리켰다.

"저기, 니 동생이 목매달려 있어."

"할머니!"

주미는 소름이 끼쳤다. 노모의 시선이 가리키는 곳을 다시 쳐다봤지만 목매달린 사람 같은 것이 있을 리가 없었다.

"할머니, 왜 그러세요. 저 무서워요."

"에구, 불쌍해라. 쯧쯧쯧."

"할머니, 왜 그러세요. 저, 너무……."

주미는 울음을 터트렸다. 무서웠고, 설움이 북받쳤다.

"울지 마. 가 버린 건 또 와. 오면 가고, 가면 와. 그게 세상 이치야. 갈 때 올 때 다른 모습이라 그 사람이 내 사람인가 알아보지 못해도 오면 가고, 가면 와. 그렇게 생각하고 살면 울 일도 없어."

노모는 주미의 등을 토닥이며 중얼거렸다. 무슨 뜻인지 지금은 알아들을 수 없었지만, 주미는 머리를 끄덕이며 울음을 그치려 애썼다.

"저 괜찮아요, 이제. 갑자기 눈물이 나서……. 나영이한테 전화 좀 할게요."

주미는 감정을 추스르며 나영에게 전화했다. 신호가 가고 몇 초가 지났을 때였다. 침실 쪽에서 벨소리가 났다. 순간, 온몸의 털이 곤두서는 것 같았다. 귀에 익은 벨소리였다. 어째서 나영의 휴대폰 벨소리가 이 여인숙 방 침실 쪽에서 나는 것일까. 알 수 없는 불길함에 그녀의 심장이 뛰기 시작했다.

침실로 나온 주미는 소리가 나는 곳을 향해 다가갔다. 벨소리는 침대와 벽 사이에서 나는 것 같았다. 그녀는 매트리스를 힘껏 밀었다. 음악 소리와 함께 파란 불빛이 깜빡이던 휴대폰이 바닥으로 툭 떨어졌다. 때 묻은 천사 인형이 달린 낡은 휴대폰. 하지만 천사 인형은 떨어져 나가고 휴대폰만 남아 있었다.

나영이 휴대폰을 잊어버렸을 수도 있다고 생각하면 별것 아닐 텐데, 노모가 화장실에서 목맨 나영이를 봤다고 한 바람에 더 겁이 났다.

나영인 대체 어디 있는 것일까. 302호의 잠금장치가 부서져 있었다는 사실이 말할 수 없이 불길했다.

주미는 1층으로 달려 내려갔다.

"사장님 어디 계세요?"

"그야 저는 모르져."

카운터의 낯선 여자는 새 껌을 입안에 털어 넣고 씹었다.

"302호 여자 손님 못 보셨어요?"

"사장님 오시면 물어보세여."

"사장님 언제 와요?"

"그건 사장님 맘이겠져?"

"사장님 휴대폰 번호 좀 알려 주세요."

여자는 대답 대신 껌을 쩍쩍 소리 나게 씹으면서 주미를 빤히 쳐다보더니 갑자기 소리를 꽥 질렀다.

"아. 짜증 나! 진짜! 사장님 휴대폰 번호를 왜 나한테 물어여?"

11

음침한 유흥가 뒷골목, 두 남자가 담배를 피우며 누군가를 기다리고 있었다.

회색 계통의 세미 정장을 입고 어딘가 핼쑥해 보이는 남자가 지팡이를 짚고 한쪽 다리를 절룩이며 골목의 가로등 불빛 아래로 모습을 드러냈다. 그는 클럽 지하 뒷문에 기대선 남자 둘을 향해 걸어갔다. 이미 고용인으로부터 의뢰인의 인상착의를 통보받은 두 남자는 말없이 지하로 내려가는 철문을 열어 줬다.

파르스름한 형광등이 밝혀진 지하 보일러실 내부가 한눈에 들어왔다. 천장에서 녹물이 뚝뚝 떨어져 콘크리트 바닥에 홈을 만들어 놓고 있었다. 곽새기가 묶여 있는 의자는 시멘트 바닥에 고정되어 있었다. 어쩌면 이곳은 이런 일들을 처리하기 위해 만들어진 장소이고, 그들이 단골처럼 이용하는 곳인지도 모른다는 생각이 들었다.

레슬러 같은 어깨 근육에 닻 문신을 한 남자가 흘끗 시현의 다리를 쳐다봤다.

"알아낼 것만 알아낸 후, 경찰에 인계할 생각입니다."

시현이 말했다.

"그럼 일 보슈."

두 남자에게 지불된 돈은 납치해서 감금하는 데까지였다. 두 남자는 총총히 사라졌다. 그의 등 뒤에서 철문이 닫혔다.

"누구야? 이씨바, 이거 아푸러?"

곽새기의 눈은 안대로 가려져 있고 입엔 재갈이 물려 있었다.

창고 안에는 그와 곽새기 둘뿐이었다. 극악무도한 놈이긴 하지만, 묶여 있는 이상 두려울 것은 없었다. 그는 벽에 기대어 세워져 있는 접이용 의자 하나를 들고 와 곽새기 앞에 앉았다.

"너 누구냐고?"

"지금부터 묻는 말에 제대로 대답하면 경찰에 넘기지 않겠습니다."

"……."

곽새기는 들을 마음이 있어 보였다.

"대답할 마음이 있으면 재갈을 풀어 주겠습니다."

곽새기가 고개를 끄덕였다. 시현은 놈의 입에 채워진 재갈을 벗겼다.

"풀어 주는 김에 안대도 좀 풀어 주지?"

"강주미, 강나영 자매의 집에 침입한 적이 있습니까?"

"경찰이냐?"

"침입한 적이 있습니까?"

"있지."

"강주미 부모님은 너님이 죽였습니까?"

"……."

"강주미 부모님을 살해했습니까?"

"……."

"강주미 집에 침입한 이유가 뭡니까?"

302

"보이는 게 다가 아니야. 걔네는 겉은 강주미지만, 속은 다른 사람이야."

"그렇게 믿는 이유가 있습니까?"

"있지."

"이유를 말해 주면……."

곽새기가 시현의 말을 잘랐다.

"경찰은 아닌 것 같고, 사람을 쓰는 걸 보면 돈도 꽤 있는 것 같고, 걸을 때 이상한 소리가 나는 걸 보면 한쪽 다리가 짧나? 히히히."

곽새기가 시현을 자극하고 있었다. 시현은 한쪽 입꼬리를 들어 올리며 냉소했다.

"흥신소 놈은 아닌 것 같고…… 강주미한테 관심을 가지는 걸 보니 강주미랑 아는 사이 같은데, 내가 이상한 소리를 해도 놀라기는커녕 그렇게 믿는 이유가 있는지 묻는 걸 보니, 너도 강주미의 정체에 관심이 아주 많다는 뜻이군……. 대체 강주미 일에 관심을 가지는 댁은 누구쇼?"

"강주미에게 이수인이 빙의됐다고 믿는 이유가 뭡니까?"

"이유를 말해 줄게. 간단해."

시현은 귀를 기울였다.

"자 보면 알아. 그게 내 마누라인지 아닌지. 크하하하. 너라면 가만뒀겠냐? 강주미는 젊지, 몸까지 탱탱하지."

"그만하십시오, 씹새끼야."

"반항하는 것조차 예쁘던데. 내 조카랑 같이 따먹었어."

"······!"

"욕 나오지? 한 대 패고 싶지? 해 봐. 난 손발이 묶여 있고 너는 아니니까, 비겁한 새끼."

"난 내 손으로 폭력은 쓰지 않습니다. 경찰에도 쫓기고 있던데 너님이 하는 짓을 보니, 마음이 바뀌었습니다."

시현은 준비해 온 주사액과 바늘을 꺼냈다. 주미와 그가 당한 고통을 생각하면 이런 놈은 죽는 것이 나았다.

"그리고 너님은 존댓말도 아까워. 난 주미의 삶을 원래대로 돌려 놓고 싶어. 그러려면 니놈을 경찰에 인계하는 것보단 이 자리에서 죽여 버리는 것이 낫다고 생각해."

"날 죽여? 야, 야, 지나가는 개가 웃겠다. 너는 어떤 새끼냐면 말이야."

"······."

"너한테서 좋은 냄새가 나. 손에 피를 묻혀 본 우리 같은 놈들한테서 나는 냄새랑은 달라. 그런데 또 이상하게 싸늘한 부분도 있어. 그게 뭔지는 파악이 안 되네. 그리고 목소리가 부드럽고 존대어를 사용하는 걸 보면, 좀 배웠지만 기가 약해."

"······."

"아까 니가 들어올 때 한쪽 발을 질질 끄는 소리가 들리고 바닥을 짚는 다른 소리가 들렸어. 너 혹시 한쪽 다리가 짧냐? 지팡이 짚고 다니냐?"

"······!"

"그런고로 넌 사람을 죽일 용기도, 체격적인 조건도 해당 사항 없음이라는 거야. 너, 사람 죽여 봤니? 사람을 죽이는 건 해 본 사람만이 할 수 있어."

천장을 쿵쿵 울리며 들려오던 클럽의 음악 소리가 멈췄다.

"사람을 죽여 본 적은 없지만 어떻게 죽이는지는 알지. 어떻게 처리하는지도."

시현은 주사제 앰플에 주삿바늘을 찔러 넣고 액을 빨아들였다.

"……?"

"억울하게 생각하지 마. 넌 과대망상증에 빠져서 한 가정을 파괴했어. 너 때문에 자매는 부모까지 잃고 도시를 헤매고 다니며 하루하루 불안한 삶을 지탱하고 있어. 너는 이 세상에서 제거되어야 할 독버섯 같은 존재야. 지금부터 네 몸속에 숙시닐콜린을 주사할 거야. 이것을 과다 투여할 경우, 신체의 광범위한 부분의 근육이 마비되지. 하지만 의식은 또렷이 유지되기 때문에 근육이 마비되는 고통을 온전히 체감하게 돼. 호흡 근육과 심장이 마비되면서 넌 죽어. 네가 대답을 제대로 하지 않으면 난 치사량을 주사할 거야."

"야, 이유 말해 줄게. 진짜 이유. 하지만 그 이유는 말로는 안 돼. 니가 그걸 봐야 해."

음악은 하드록으로 바뀌었다. 쿵, 쿵, 쿵, 쿵, 드럼 소리가 지하를 꽝꽝 울렸다.

"니가 그걸 봐야 한다니까!"

"수작 부리지 마. 진실을 알아내는 방법은 여러 가지가 있지."

날카롭고 차가운 바늘 끝이 놈의 목에 닿자 곽새기는 미친 듯이 비명을 지르기 시작했다. 주삿바늘을 찔러 넣으려 할 때였다. 시현은 뒤통수에 불이 붙는 것 같은 기분을 느끼며 그 자리에서 쓰러졌다.

그들의 월요일

1

2015년 8월 24일 월요일, 일본 신주쿠

란코는 시집에서 나와 당장 살 집이 없으니 집을 구할 때까지는 월차를 내겠다고 사장에게 말했다. 사장은 이렇게 바쁜 가게에서 휴가를 달라고 할 바엔 그만두라면서 화를 냈다. 일하고 싶어 하는 젊은이들이 얼마나 많은데 배부른 소리 한다며 핀잔까지 줬다.

하지만 사장은 금방 태도를 바꾸어 란코가 지금까지 그 누구보다 부지런히 일했으니 그만두는 것보다는 일해 주는 것이 좋다면서 자신이 직접 단칸방을 알아봐 주겠다고 했다.

란코가 히카루를 등에 업은 채 일을 할 수가 없어 난감해 하자, 사장은 여자 화장실로 가는 복도 중간에 있는 직원 휴게실의 소파를 붙여 침대를 만들고 히카루를 거기 눕혀 놓으라고 했다. 그리고 휴식을 취하러 들어오는 직원들은 모두 잠재적인 엄마와 아빠가 되어 히카루를 돌보라고 명령했다. 덕분에 란코는 평상시보다 더 힘을 내 일할 수 있었다. 사장이 그녀를 위한 단칸방을 구하느라 휴대폰을 붙잡고 있는 옆모습을 보면서 란코는 허리를 반으로 접어 절했다. 정말로 고마웠기 때문이었다.

'그렇지. 가족이란 이런 것이지.'

진짜 가족들로부터는 벌레처럼 무시당하면서 살았는데 사회에 나와서는 그래도 가족 취급을 받는 걸 보니, 란코는 자신이 사회생활을 꽤 잘 해내고 있는 것 같아 기분이 좋았다. 그녀는 사장의 은혜를 갚는 인간이 되어야겠다고 결심했다.

'그런데 이 인간은 왜 아직 안 나타나는 거야?'

사장은 란코에게 레이가 급한 일이 있어 늦을 테니 레이 일까지 커버해 달라고 부탁했다. 란코는 레이가 나타나면 '불조심' 하라고 했던 일에 대해 꼭 물어볼 생각이었다. 어떻게 어젯밤에 불이 날 뻔했다는 것을 미리 알 수 있었는지 궁금해 견딜 수가 없었다. 레이는 아무래도 뭔가 신기가 있는 것이 틀림없었다.

일요일임에도 불구하고 몰려드는 점심 손님을 치르느라 눈코 뜰 새가 없을 때였다.

어떤 여자가 커다란 천 가방을 가슴에 끌어안고 여자 화장실 복도 쪽에서 나와 멘야무사시 출입문을 향해 황급히 나가는 모습이 란코의 레이더에 걸렸다. 벙거지 모자를 눌러쓰고 커다랗고 짙은 선글라스로 얼굴을 가린 여자를 보던 란코의 머릿속으로 어째서인지 시어머니가 떠올랐다. 뒷모습이며 걸음걸이가 이상하게도 시어머니를 닮은 것 같다는 기분이 드는 순간, 가슴이 철렁했다.

"으악! 히카루!"

란코는 들고 있던 메뉴판을 집어 던지고 여자 화장실 복도로 달려갔다.

"히카루!"

직원 휴게실 문을 벌컥 열었다. 소파는 텅 비어 있고 히카루는 사라지고 없었다.

"으악! 으악! 내 히카루!"

란코는 복도를 달려 나오며 소리를 질렀다.

"왜 그래?"

출근해서 앞치마를 두르던 레이가 두 눈을 동그랗게 뜨고 란코에게로 달려왔다.

"내 아기가 없어졌어!"

란코는 비명을 지르며 몸을 홱 돌려 조금 전에 황급히 이곳을 나간 여자의 뒤를 쫓아갔다.

"거기 서! 거기 벙거지 쓴 년!"

횡단보도 앞에 서서 신호가 바뀌기를 초조하게 기다리던 여자는 란코가 고래고래 고함을 지르며 달려오자 어쩔 줄 몰라 하며 횡단보도를 포기하고 보도를 달렸다.

"아기 납치범이다! 저 여자 잡아!"

란코의 뒤에서 레이가 앞치마를 펄럭이며 쫓아왔다.

도망치던 여자의 벙거지 모자가 벗겨져 바닥 위를 뒹굴었다. 적갈색의 염색 머리, 머리숱이 적어 머리 밑이 숭숭 드러나 보이는 저 뒤통수. 도망치던 여자는 모자가 벗겨지자 뒤를 돌아봤다. 란코의 예상대로 시어머니였다.

"악! 누가 저년 좀 잡아 줘! 내 아기를 훔쳐 갔어!"

시어머니란 걸 알고 나니 더 열불이 났다. 란코는 히카루를 빼앗기게 될까 봐 팔을 뻗어 손가락으로 여자를 가리키면서 필사적으로 달렸다.

시어머니는 신호등이 없는 건널목으로 뛰어들었다. 그것과 동시에 뭔가 하얀 것이 훅, 달려와 시어머니를 쳤다. 시어머니는 저만치 날아가 아스팔트를 굴렀다. 시어머니가 끌어안고 있던 천 가방은 공중으로 붕 떴다가 바닥을 세게 때렸다.

"끄아아악!"

기괴한 비명을 토하며 달려간 란코는 천 가방을 끌어안고 울부짖었다.

천 가방 안에서부터 흘러내린 시뻘건 선혈이 란코의 팔뚝으로 번져났다.

2

2015년 8월 24일 월요일, 한국 서울

주미는 302호에서 뜬눈으로 밤을 지새웠다. 해가 뜨자마자 1층으로 내려와 사장이 출근하기만 기다렸다. 어젯밤에 카운터에 앉아 있던 여자는 보이지 않았다.

노모는 누군가와 함께 있다는 사실이 좋은지, 별문제를 일으키지 않았다. 오히려 평상시보다 정신이 맑아 보였다.

"좀 있다가 또 자장면 시켜 먹자."

노모가 속살거렸다.

"사장 만나고 나서요."

주미의 대답에 노모는 말 잘 듣는 아이처럼 고개를 끄덕였다.

얼마나 기다렸을까. 주미는 누군가 현관문을 열고 들어오는 소리에 벌떡 일어났다. 남자 사장이 걸어 들어오고 있었다. 사우나라도 하고 오는 것인지 대머리가 반질반질 윤이 났다.

"아저씨, 302호."

주미의 입에서 방 번호부터 튀어나왔다.

주미를 알아본 사장은 재빨리 시선을 내리깔았다.

"302호가 왜?"

"302호에 제 동생 휴대폰이 떨어져 있었어요. 휴대폰에 매달려 있던 천사 인형도 없어지고."

"그래서?"

당당하게 되받는 여인숙 주인의 태도에 주미의 확신은 다시 모호해졌고, 혹시 실수하는 것이 아닌지 불안했다.

"어제 내 동생이 여기 왔었죠?"

"어제 아침에 왔다가 갔어. 그런데 저 할머니는 왜 나를 저렇게 빤히 쳐다봐. 진짜 기분 나빠지려고 그러네."

노모는 아까부터 중현의 눈을 빤히 들여다보면서 그가 무슨 말을 할 때마다 진의를 파악할 수 없는 애매한 미소를 지으며 혀를 찼다. 중현이 노모를 흘겨보며 눈을 맞추자 노모는 눈을 피하기는커녕 오히려 더 빤히 쳐다봤다. 그때 중현의 머릿속에는 토요일 밤에 두 남자가 찾아와 주미와 나영을 찾더라는 박하의 말이 떠올랐다.

"어제 아침에 왔다가 방 뺀다면서 돈 받고, 어떤 남자들이랑 같이 나갔어."

"어떤 남자들요? 혹시 이렇게 생긴 남자 보셨어요?"

주미는 크로스백에서 곽새기와 양희주가 함께 찍힌 사진을 꺼내 내밀었다.

사진을 보던 중현은 사진 속의 남자를 한 번도 본 적이 없었지만, 대충 고개를 끄덕였다.

"그래, 얼굴이 확실히는 기억 안 나는데, 그 남자처럼 생겼어. 짐이랑 다 챙겨 들고 돈까지 받아서 나갔어. 그래서 방 정리했고."

주미는 무엇을 생각하는지 초점 없는 눈으로 고개를 주억거렸다.

―어디도 안전하지 않아. 그놈이 죽어야 끝나.

나영이 했던 말이 떠올랐다. 죽어야 할 놈은 그놈이었다. 그리고 그놈을 죽여야 할 사람은 바로 그녀였다. 진즉에 끝냈어야 할 일이었다. 이제 그 오랜 망설임과 두려움 그리고 도주를 끝내야 할 시간이 온 것 같았다. 전봇대에서 뜯어낸 전단지가 그녀의 가방 속에 있었다. 그녀가 전단지에 적힌 전화번호로 전화를 걸면 곽새기가 반가워할 것이었다.

주미는 노모를 데리고 식당으로 왔다. 수저통을 정리하던 상원이 고개를 들고 주미를 쳐다봤다. 상원의 눈빛이 친절하지 않았지만, 그 눈빛에 담긴 의미를 헤아릴 여유 따윈 없었다.

"오셨어요?"

노모는 아직 치우지 않은 테이블에 앉더니 다른 손님이 먹다 남겨 둔 꽁치를 집어 먹기 시작했다.

"할머니, 잠시만요. 새 상 차려 드릴게요."

놀란 상원이 상을 치우기 시작했다.

"아무래도 할머니 따님, 실종 신고 하셔야겠어요. 토요일 밤부터 지금까지 전화 한 통 없고, 연락을 해 봤지만 전화도 안 됐어요. 그리고 할머님이 자꾸 눈에도 보이지 않는 따님이 곁에 있다고 하세요."

주미는 상원에게 했던 거짓말을 떠올렸다.

"어제 아침에 할머니랑 따님이 공중목욕탕에 갔다고 한 건 거짓말이에요. 하지만 뭔가 잘못된 게 틀림없어요. 할머니는 따님이 집으로 찾아와서 밤마실을 다녀왔다고 하질 않나. 이제 전 도우미 안 해요. 그럼 안녕히 계세요."

주미는 제 할 말만 마치고 돌아섰다.

"어이, 거기. 철분 부족한 동생은 어디 있어요? 그리고 혼자 어디 가요?"

상원이 주미의 곁으로 다가와 물었다.

주미는 누가 빼앗아 갈까 봐 김치 그릇을 팔로 가리고 김치를 우물우물 씹고 있는 노모를 슬픈 눈으로 돌아봤다.

"할머니 불쌍해요. 잘 돌봐 주세요."

3

마치 뭔가를 조립하는 듯한 미세한 금속성의 소리가 일정한 간격으로 반복되어 들려왔다. 그 소리는 사방으로 울렸고, 비강으로 흘러들어 오는 눅눅한 습기엔 알싸하고도 불쾌한 냄새가 묻어 있었다. 대체 여기는 어딘가. 심한 두통이 몰려와 그는 얼굴을 찌푸렸다.

마지막 기억이 떠올랐다. 곽새기에게 주사를 놓으려는데 등 뒤에서 기척이 났고, 그 기척을 느끼는 순간 누군가가 그의 뒤통수를 후려쳤다. 뒤를 돌아보기도 전에 그는 의식을 잃었다. 곽새기는 어떻게 됐을까. 대체 누구의 공격을 받았던 것일까.

시현은 눈을 떴다. 좁은 창 너머로 푸른 하늘이 보였다.

이곳은 클럽 보일러실이 아닌 또 다른 지하였고, 그는 손발이 묶여 있었다. 밤 동안 오롯이 정신을 잃었던 것일까. 이곳까지 끌려온 기억이 없었다.

"깼냐?"

낮게 가라앉은 음습한 공기를 가로지르며 남자의 목소리가 들려왔다. 시현은 고개를 치켜들었다. 맞은편 벽 앞에 두 남자가 서 있었다.

왜소한 체격에 살집이라고는 없이 바싹 마른 남자와 약간 통통한 체격의 남자였다.

바싹 마른 남자 쪽이 곽새기였다. 윤기 없는 새치 머리에 앞머리가 이마를 덮은 갑갑한 인상, 움푹 들어간 양쪽 뺨. 놈의 두 눈이 시현을 보고 있었다. 묘하게 광기 어린 눈빛이었다.

곽새기의 곁에는 시현과 비슷한 나이로 보이는 통통한 남자가 삼각대 위에 비디오카메라를 설치하고 있었다. 아마도 그 남자가 시현의 뒤통수를 후려친 놈이자 조사원이 말했던 곽새기의 감방 동료 같았다.

삼각대의 왼쪽엔 가정용 빔 프로젝터가, 출입구 왼쪽 벽엔 벽걸이형 화이트 스크린이 부착되어 있었다. 못이 거꾸로 박힌 나무 몽둥이 몇 개가 지하실 한가운데에 놓여 있었다.

시현이 깬 것을 본 곽새기가 성큼성큼 걸어왔다.

그는 재빨리 주변을 살폈다. 손발이 다 묶인 상태라 도주로가 있다고 해도 탈출은 불가능해 보였다.

"약사라면서?"

"……."

곽새기가 주머니에서 뭔가를 꺼내 들고 시현에게 보였다. 시현이 곽새기에게 놓으려던 주사기였다.

"약사가 어떻게 사람을 죽일 생각을 해?"

"……."

"이거 처음 아니지? 너, 전에도 이런 걸로 사람 죽여 본 적 있지? 몇 명이나 보냈냐?"

"……."

"동네에선 평판도 좋다던데. 얘가 전에 흥신소 했었거든. 그래서 그 바닥은 좀 빡삭해. 다리는 절어도 생긴 게 잘생겼으니 여자들 보호 본능깨나 자극하겠다. 골방에 처박혀서 소주나 마시면서 세상이나 탓할 놈처럼 생겨먹었는데 의외로 겁도 없고, 냉정하고, 게다가 이런 약물로 사람을 죽인단 말이지? 소시오패스인가 뭔가 그런 거지? 나, 너 맘에 들어. 네 몸에 들어가고 싶어. 그런데 한쪽 다리를 절룩이면서 살면 좀 손해겠지? 멀쩡한 다리에 능력 있는 놈도 많을 텐데 말이야."

시현은 곽새기가 혼자 떠들도록 내버려 뒀다.

"나는 혼자 떠드는 거 별로 안 좋아해. 무시당하는 기분이 들거든."

곽새기는 묶인 채 바닥에 눕혀져 있는 시현의 허리를 발로 걷어차기 시작했다. 한 번, 두 번 걷어차다가 그의 발길질은 시동 걸린 오토바이처럼 폭주하기 시작했다.

광기에 사로잡혀 시현을 걷어차던 곽새기는 어느 순간 발길질을 멈추고 뒤로 물러났다.

시현은 충격을 완화하기 위해 참고 있던 숨을 몰아쉬었다.

"하마터면 널 죽일 뻔했네. 죽이기 전에 내가 옳다는 걸 증명해야 하니까, 여기쯤 해서 폭력은 그만 쓸게. 대신 이걸 돌려주지. 여기에 든 게 치사량인지 아닌지는 니가 알고 있겠지."

곽새기는 주사기를 움켜쥐고 시현의 허벅지에 찔러 넣었다.

시현은 살갗을 뚫고 들어오는 쇠붙이의 따끔함에 움찔했지만 침착한 표정엔 여전히 변화가 없었다.

"네 말대로라면 근육은 마비되어서 움직일 수는 없지만 의식은 그대로라서 고통을 느낀다고 했던가? 치사량을 맞으면 죽기까지 하고? 금방 죽으면 안 되니까 조금만 넣어 줄게. 저걸 봐야 하니까. 네가 그토록 궁금해 하던 게 저기 다 들어 있어."

곽새기는 빔 프로젝트를 턱짓했다.

"……!"

"그럼 형님 다녀올게요."

"실수하지 마."

두 남자는 의미 있는 시선을 주고받았다. 함께 있던 젊은 남자가 지하실을 나갔다.

"어때, 약발이 좀 오르고 있냐? 근육이 어디서부터 마비가 되는 건지 궁금하네."

곽새기는 주머니에서 단도를 꺼내 들더니 시현의 팔을 그었다. 시현은 이를 악다물었다.

"재가 강주미를 데리고 오면 그때 보여 줄게. 강주미가 누군지. 아니, 뭔지."

그때였다. 지하실 책상 위에 놓인 구식 전화기가 울렸다. 곽새기는 뚱한 표정을 짓더니 전화를 받았다.

"……강주미?"

곽새기는 수화기를 귀에 댄 채 시현을 돌아보며 씩 웃었다.

"맞아. 네가 여길 어떻게 알아? 뭐? 양희주? 그래, 그년이랑 사진을 찍은 적은 있지. 나는 몰라. 그년이 어디 있는지. 나영이? 나영인 여기 있어."

"나영이 여기 없어!"

곽새기가 나영일 미끼로 주미를 끌어들이는 것이라 판단한 시현은 전화기 너머로 주미가 들을 수 있도록 있는 힘껏 고함을 질렀다.

곽새기는 구식 전화기의 수화기로 고함을 치는 시현의 얼굴을 두 번 세게 후려쳤다.

"그래, 내가 잘 데리고 있으니까 빨리 와라."

곽새기는 전화를 끊고 나서 입술이 찢어지고 눈두덩이 부어오른 시현을 고소하다는 듯이 내려다보며 웃었다.

"뭐야, 데리러 갈 필요 없었잖아. 지 발로 온대."

"······!"

"자, 하던 이야길 계속해야지. 빙의하는 방법을 알아내고 나면, 난 우선 네 몸을 차지할 거야. 네가 가진 돈을 다 빼돌린 후에 네 몸에서 빠져나와 좀 더 완벽한 남자에게 들어갈 거야. 아, 그리고 저기 비디오 장치 해 놓은 거 보이지? 그게 여기서 일어날 믿을 수 없는 일들을 모조리 다 찍을 거야."

곽새기가 주머니에서 메모리칩을 꺼내 흔들었다.

"이게 뭔지 알아?"

"······?"

"네가 물었잖아. 강주미가 수인이라고 확신하는 이유, 그게 여기 다 들어 있어."

"······!"

시현은 곽새기가 들고 있는 메모리칩에 시선을 고정시켰다. 그 눈이 명멸했다.

"내가 이걸 방송국에 비싼 가격에 팔아넘기려다가 관뒀어. 가만히 생각해 보니, 이건 나만 알아야 하는 비밀 같아서 말이야. 너도 보면 그렇게 생각하게 될 거야. 이건 강주미, 아니 이수인이랑 함께 봐야 해."

시현은 곽새기가 손가락 크기만 한 메모리칩을 주머니 속에 넣는 것을 똑똑히 지켜봤다.

"주미한테 무슨 짓을 하려는 거지?"

"궁금해? 잘 들어 봐. 설명해 줄게. 강주미가 오면 붙잡아 두고 나영에게 전화를 걸면 나영이도 제 발로 오게 돼 있어. 그럼 우린 두 년을 묶어 놓고 메모리칩을 꽂은 저 빔 프로젝터를 틀 거야. 저기엔 네가 미치도록 궁금해 하는 답이 들어 있어. 저걸 보는 순간, 강주미는 실토하지 않고는 못 견딜 거야."

"……!"

"그런 다음에 나영이한테 몽둥이찜질을 할 거야. 귀신이 빙의된 몸은 죽도록 패야 하거든. 몸을 괴롭히면 그 안에 숨은 것들이 못 견디고 몸에서 빠져나오지. 집이 부서지는 거랑 마찬가지야. 나영이 몸에서 내 딸 민영이 혼이 빠져나오는 순간을 저 비디오로 찍을 거야."

"미친놈."

"어, 이제야 좀 인간미가 느껴지네. 그래, 화가 나면 욕을 해야지.

폭력도 써야 하고."

시현의 입에서 욕설이 나오자, 곽새기가 좋아했다.

"끝까지 모른다고 잡아떼고 맞아 죽는다고 해도 난 본전은 뽑아. 난 내 생각이 맞는다는 걸 증명할 수 있어서 좋고, 사람 몸에서 혼이 빠져나오는 장면이 찍힌 비디오라면 누구라도 사고 싶어 할 테니까, 복사본을 팔아도 돼."

남들이 들으면 망상이라고 할 생각에 대한 확고한 믿음. 놈은 중증 과대망상증 환자가 분명했다.

"사실 내가 궁금한 건, 어떻게 산 사람의 몸에 빙의를 할 수 있는가 하는 거야. 조이란 놈을 족쳤지만 그놈은 끝내 대답해 주지 않았지."

이놈은 대체 몇 사람이나 죽인 것일까.

"내가 그놈을 죽인 이유도 이 메모리칩 안에 다 들어 있어. 궁금해 뒈지겠지? 크하하하."

그때였다. 누군가 지하실 문손잡이를 잡고 거칠게 돌리는 소리가 났다. 웃던 곽새기는 얼굴을 굳히고 걸어가 문을 열어 줬다. 들어선 사람은 강주미였다.

"내 동생 어딨어?"

주미는 들어서자마자 곽새기의 가슴을 밀치고 지하실을 훑었다. 뜻밖의 장소에서 시현을 발견한 주미는 휘둥그레진 눈으로 시현과 곽새기를 번갈아 쳐다봤다.

"내 동생 어디 있어?"

"주미야! 돌아가! 도망쳐! 여기 나영이 없어!"

시현이 소리쳤다. 곽새기의 주먹이 날아왔다. 곽새기가 시현을 구타하는 동안 주미의 시선은 곽새기의 사무용 책상 위를 초조하게 훑었다. 책상 위는 박스 테이프를 비롯해 펀치, 연필, 가위, 커터 칼 등 잡다한 것들로 어질러져 있었다. 그 물건들 속에서 원하는 것을 손에 넣은 주미는 곽새기에게 맞고 있는 시현 쪽으로 시선을 돌렸다. 두 팔이 등 뒤로 묶인 시현은 방어도 공격도 불가능한 상태에서 이미 정신을 잃고 있었다.

곽새기는 무엇인가 단단한 쇠붙이가 옆구리로 파고드는 것을 느꼈다. 아래를 내려다보자, 그의 책상 위에 놓여 있던 가위가 옆구리에 깊숙이 박혀 있었다.

"나영이 어디 있어? 이 악마 같은 새끼야."

곽새기의 부릅뜬 두 눈이 주미를 노려보는 순간 주미는 소리쳤다.

"빼, 빼지 마."

가위를 빼지 말라는 곽새기의 말이 튀어나오는 순간, 주미는 곽새기의 옆구리에 깊숙이 묻혀 있던 가위를 뽑았다. 피가 뿜어져 나왔다.

곽새기는 있는 힘을 다해 강주미의 목을 움켜잡았다.

"이수인."

"그래, 죽기 전에 많이 불러, 내 이름."

주미의 두 손이 곽새기의 목을 움켜잡았다. 곽새기의 두 눈이 커다랗게 벌어졌다.

"……!"

"민영이 이름도 한 번쯤은 불러도 좋다고 허락할게. 그래도 한때는 아버지였으니."

"……!"

"너한테 맞아 죽느니 내 손에 죽는 게 나았어. 봐, 난 이렇게 살아났고, 넌 이제 죽을 거야. 그래야 공평하지 않아? 빙의? 너도 빙의할 몸을 찾고 있었니? 너 같은 악마는 영원히 죽는 게 나아. 퉤!"

주미는 곽새기의 얼굴에 침을 뱉고 가슴을 확 밀어냈다.

곽새기는 한 손으로 옆구리를 누르고 비틀거렸다. 그의 손가락 사이로 붉은 피가 흘러내리고 있었다. 곽새기는 비틀거리며 걸어가 곡괭이를 집어 들었다.

바로 그때였다. 누군가 계단을 뛰어 내려오는 소리가 들리더니 철문이 벌컥 열렸다. 기만이 돌아온 것이라고 생각한 곽새기는 얼굴을 실룩이며 웃었지만, 다음 순간 낯빛이 창백해졌다. 뛰어 들어온 것은 기만이 아니라 기사 식당에서 본 적 있는 놈이었다.

상원이 주미의 이름을 부르며 달려 들어왔다. 곽새기는 곡괭이를 던져 버리고 피가 흐르는 옆구리를 움켜쥔 채 뒷문을 박차고 도망쳤다.

4

노모는 거실 바닥에 엎드려 뭔가를 열심히 쓰고 있었다. 하얀 종이 위에 연필을 꾹꾹 눌러 한 자, 한 자 정성스럽게 쓰고 있었는데 게슴츠레한 눈은 반쯤 감긴 채였다. 가끔 숨을 크게 들이마시며 눈꺼풀을 들어 올렸지만 그때마다 흰자위가 보였다. 노모는 날짜를 쓰고, 마지막에 신재경이라고 쓰고는 연필을 놓았다. 수면 상태인 채로 일어나 텔레비전 아래 서랍을 열고 도장과 인주를 꺼내와 신재경이라는 이름 위에 도장을 꾹 눌러 찍었다.

노모는 입맛을 다시며 편지를 접어 봉투에 넣고 치마 주머니 속에 집어넣었다. 그러곤 쓰러지듯 드러누워 다시 잠이 들었다.

창밖은 강풍으로 인해 나무들이 춤을 추고 있었고, 어디선가 살림살이가 떨어져 구르는 소리도 났다. 멀리서 사이렌 소리가 들려왔다 사라지곤 했다.

"태풍의 간접 영향으로…… 강한 바람이 불어 경기도 지역에 강풍주의보가 내려졌……."

"에그, 시끄러워!"

노모는 입을 반쯤 벌린 채 눈을 떴다.

"여가 어디야?"

그녀는 손가락으로 귓구멍을 후비며 일어나 혼자 떠들어 대던 TV를 껐다. 그러자 모든 소리들이 수챗구멍 속으로 빨려 들어가듯 일시에 사라졌다. 갑자기 귀가 먹먹했다. 마치 물 밑에 가라앉은 것처럼 무겁고 괴이한 정적이 그녀를 휘감았다.

노모는 자신의 귀가 먹은 건 아닐까 싶어 아, 아 하고 일부러 목소리를 냈다. 갑작스러운 정적이 이상하게도 낯설어진 그녀는 거실 한가운데에 멍하니 앉아 두 눈만 새처럼 껌뻑였다. 집 안에 소리가 없으니 어쩐지 무서웠다.

노모는 다시 리모컨 버튼을 눌러 TV를 켰다. 펏, 하는 소리를 내며 TV가 켜지자 시꺼멓게 죽어 있던 화면이 총천연색으로 살아났다.

펏, 하며 화면이 죽고 사는 것이 재미있어진 노모는 다시 리모컨을 눌러 TV를 껐다. 다시 펏, 하고 켰다. 펏, 펏, 펏, 켜고 끄고를 반복하던 노모는 문득 잊고 있던 뭔가가 떠오른 표정이었다.

"희주 이년은 어디로 간 거야? 배고픈데."

희주야, 하고 딸의 이름을 부르며 노모는 바닥에 떨어져 있는 생라면을 집어 들었다. 작업실 문을 열어 봤지만 희주는 없었다. 분명 안방에 숨어 있을 거란 생각이 든 노모는 숨바꼭질이라도 하는 듯 살금살금 걸어가 안방 문을 세게 밀었다. 텅 하고 맞은편 벽에 문손잡이가 부딪히며 날카로운 소리를 냈다.

희주를 찾아다녔다는 것을 금세 잊은 노모는 생라면을 우물우물 씹으며 안방으로 들어섰다. 전화기에서 파란 불빛이 반짝이고 있었다. 고개를 갸우뚱거리며 불빛을 보던 노모는 손가락을 쑥 뻗어 버튼을 눌렀다.

―요양사 님, 양희주예요. 왜 전화를 안 받으세요? 엄마는요? 아

무 일 없죠? 엄만 자요?

제가 지금 진짜 무지 바빠서 그러는데요. 안방 장롱 안에 흰색 천 가방 있어요. 그것 좀 밑에까지 내려다 주세요. 제가 한 30분이면 도착할 거거든요. 가동 앞에 서 계세요. 제가 바로 가지고 갈 수 있게요.

"아이고, 우리 희주 기다리겠다."

화들짝 놀란 노모는 먹다 만 생라면을 내던지곤 장롱 문을 활짝 열었다. 희주가 가지고 나오라고 한 흰색 천 가방을 찾아 끌어안았다.

가동 입구를 나서자 무슨 바람이 그렇게 심하게 부는지, 노모의 치맛자락이 깃발처럼 펄럭였다.

경비원이 경비실 문을 열고 나왔다.

"어디 가세요?"

"우리 희주랑 만나기로 했어."

"잘 다녀오세요."

경비가 뭐라고 투덜거리며 걸어가는 노모의 뒷모습을 잠시 쳐다보다가 시선을 거두고 돌아서려 할 때였다. 노모가 서 있던 자리에 뭔가가 떨어져 있었다. 구겨진 편지 봉투였다. 경비가 노모를 돌아봤지만 노모는 이미 모퉁이를 돌아 그의 시야에서 사라진 후였다.

봉투 속에 편지가 보였다. 경비는 약간 망설이다가 편지를 꺼내 읽었다. 편지는 신재경이란 사람이 삐뚤삐뚤한 글씨체로 써 내려간 유언장이었다. 아파트를 포함, 노모의 모든 재산을 강주미에게 준다는 내용이었다.

노모는 연신 혼잣말로 중얼거리고 히죽히죽 웃으며 길을 걸었다. 얇은 시폰 소재로 만든 여름 머플러 한 장이 뭉치에서 빠져나가 훨훨 날아갔다.

찢어진 신문 조각들이 거리를 뒹굴었다. 누군가 버린 검은 봉지들이 바람을 타고 하늘로 높이 솟았다가 어디론가 날려갔다. 노모를 비롯한 행인들의 옷과 머리카락이 펄럭였다.

치마를 입은 여자들은 비명을 지르며 다리를 모았다. 모든 것들이 살아서 움직이며 소리를 냈다. 노모의 눈에 보이는 지금의 거리 풍경은 그야말로 축제 분위기였다.

260번 버스가 노모를 지나쳐 저 앞의 버스 정류장으로 서행했다. 버스 정류장에는 260번 버스를 기다리는 사람들이 줄을 서 있었다. 노모를 발견한 여인숙 사장 중현은 놀라서 두 눈을 동그랗게 떴다가 슬그머니 고개를 돌렸다. 노모와 마주치기 싫었다. 중현은 버스가 정차하자마자 앞사람을 밀치고 버스에 먼저 올라섰다.

노모는 출발하려는 버스에 가까스로 올라탔다. 차 안은 만원이었다. 노모는 버스 통로에 우두커니 서서 눈만 깜빡였다. 어딜 가려고 타긴 탔는데, 어딜 가려던 것이었는지 도무지 기억이 나지 않았다.

"아이고, 또 그 할머니시네."

버스 기사가 혼잣말로 중얼거렸다.

노모의 눈에 승객들이 하나씩 들고 들여다보고 있는 팸플릿이 보였다.

"그게 뭐야? 나는 왜 안 줘?"

"아, 이거요."

앉아 있던 청년이 일어나 버스 손잡이를 잡고 섰다.

"여기 앉으세요. 오늘 흑도동에서 새 아파트 분양 신청 시작하잖아요? 대부분 거기 가는 사람들이에요."

"나도 가야 돼?"

"네?"

"우리 희주도 새 아파트로 이사 갈 거라고 했는데."

청년은, 노모가 어딘가 정상적이지 않다는 걸 금방 간파하곤 다른 자리로 옮겨 갔다. 노모는 자리에 앉아 버스 안의 사람들을 돌아보며 그들의 무심한 표정들을 구경하기에 여념이 없었다.

버스 뒷자리에 앉은 중현은 누군가와 카톡 중이었다.

—여인숙은 팔려고 내놨어. 아냐. 그냥 박하가 여인숙이 지겹대. 아파트 분양 신청하러 가. 흑도동. 몰랐어? 욕심내지 마. 그거? 들었어? 참 소문 빠르네. 응. 자기 동생 휴대폰이 거기 있다고, 지 동생이 그 방에서 죽은 거 아니냐고 막 생사람을 잡는데, 나 원 참, 기가 막혀서. 아니지, 그럼. 아냐. 그 앤 어떤 남자 둘이랑 체크아웃했다니까.

중현은 분노한 이모티콘을 문자와 함께 보내고, 목을 쑥 빼 버스 앞쪽에 앉아 있는 노모를 쳐다봤다. 죽은 여자의 언니와 함께 있던 노파였다. 사람을 빤히 쳐다보던 눈빛이 여태 그의 마음속에 꺼림칙하게 남아 있었다. 노파와 같은 공간에 있다는 사실이 어쩐지 불길했다.

노모를 피해 시선을 돌리던 중현은 속으로 억, 하고 비명을 질렀다.

언제부터 타고 있었는지 머리를 노랗게 염색한 청년이 껌을 짝짝 씹으면서 중현 앞에 서 있었다.

여인숙에서 나오기 전에 카운터 안쪽 방에 설치해 둔 CCTV를 확인하다가 본 청년과 생김새가 비슷했다. 그는 청바지를 엉덩이까지 내려서 입고 위에는 아무것도 입지 않은 채, 3층 복도에 서서 담배를 피우다가 302호 여자가 지나가자 고개를 돌려 끝까지 그녀를 쳐다봤다.

302호는 복도가 꺾이는 곳에 위치한 방이라 CCTV가 거기까지는 잡지 못했다. 그래서 그 방은 다른 방에 비해 2만 원 정도 가격이 낮았다.

CCTV엔 노랑머리가 담배꽁초를 던져 버리고 복도 모퉁이를 돌아 들어가는 것까지만 찍혀 있어서 노랑머리가 복도 모퉁이를 돌아 쭉 복도로 걸어갔는지, 302호로 들어갔는지는 알 수 없었다.

버스는 내리막길을 내려와 정류장에 섰다. 사람들이 우르르 내렸다. 바깥을 두리번거리던 노모도 사람들이 우르르 내리자 "뭐야 뭐야" 하면서 덩달아 따라 내렸다.

바람이 사방에서 몰아쳤다. 공중에 매달린 신호등이 허공을 저으며 들썩이고, 가로수가 허리를 굽히고 아우성을 쳤다. 여자들의 긴 머리가 사방팔방으로 흩어졌다.

"바람 진짜 세다."

중현은 빠르게 움직이는 하늘을 향해 목을 길게 빼고 중얼거렸다.

버스에서 우르르 내린 사람들은 신호를 기다리며 횡단보도에 섰다. 어쩌다 보니 중현은 노랑머리의 옆에 섰다. 노랑머리는 휴대폰에 시선을 고정시킨 채 씩씩 웃으면서 문자를 보내고 있었다. 노랑머리가 들고 있는 휴대폰엔 온갖 종류의 인형들이 매달린 채 춤을 췄다.

중현의 앞에 선 노모가 건널목 저편을 바라보면서 혼잣말로 중얼거렸다.

"여서? 그랴, 그랴. 던진다."

'어쩌다가 저렇게 된 거야?'

쯧쯧쯧, 중현은 다시 혀를 찼다.

노모는 천 가방 속에 손을 집어넣어 카나리아가 그려진 여름 머플러를 꺼내 공중으로 던졌다. 하늘하늘한 그 머플러는 활짝 펼쳐지며 공중으로 솟구쳤다. 그 광경을 올려다보며 신이 난 노모는 가방 안에 들어 있던 머플러들을 꺼내 한 장씩, 두 장씩 바람 속으로 던졌다. 깔깔깔, 웃으며 천 가방을 비웠다. 머플러들이 춤을 춰대며 바람 속으로 날아다녔다. 순간, 공중에서 너울대던 머플러가 쫙 펼쳐지며 내리막길을 질주해 내려오던 파란색 소형 트럭의 유리창을 덮쳤다.

허리에서 흐르는 피를 손바닥으로 막으며 정신없이 트럭을 운전하던 곽새기는 갑자기 시야가 막히자 아찔해서 자기도 모르게 브

레이크를 밟았다. 끼이이익, 타이어 긁히는 소리와 함께 차는 방향 감각을 잃고 내리막길을 미끄러져 내렸고, 그 와중에도 바람에 휘날리던 머플러들이 브레이크가 밀리는 트럭의 차창을 덮쳐 왔다.

노랑머리의 휴대폰에서 흔들리는 인형 고리들을 내려다보면서 중현은 고개를 갸우뚱했다.

—302호에 제 동생 휴대폰이 떨어져 있었어요. 휴대폰에 매달려 있던 천사 인형도 없어지고.

죽은 애의 언니가 했던 말이 떠올랐다.

중현은 인형 고리들 속에서 흔들리고 있는 천사 날개를 단 납작한 천 인형을 뚫어져라 쳐다봤다.

'저 새끼가 죽이고 목매단 걸까? 죽은 애의 팬티는 침대 시트 속에서 발견되긴 했지만, 박하 말처럼 자살하는 애가 팬티를 벗고 목을 맸을 리 없잖아. 나중에 시신이 발견될 것을 생각하면, 자살하기 전이라도 창피하긴 했을 텐데. 아냐. 저렇게 빈약한 놈이 어떻게 죽은 애를 목매달겠어.'

갑자기 사람들이 비명을 질렀다. 중현은 놀라서 고개를 치켜들었다.

횡단보도에서 신호를 기다리던 사람들 속으로 뛰어든 트럭은 180도 회전해 보도 위까지 올라와 공중전화 박스를 들이받고서야 멈췄다.

박살 난 트럭 창밖으로 곽새기의 상체가 튀어나와 있었다. 온몸에 날카로운 유리 조각이 꽂혀 있고 목에선 피가 쏟아지고 있었다. 노랑머리는 트럭 후드와 공중전화 부스 사이에 끼여 두 눈을 부릅뜨고 있었고, 도로 저만치 튕겨 나간 중현은 하늘을 보는 자세로 누워 움직이지 않았다.

노모는 피투성이가 되어 공중전화 부스의 안쪽에 고개를 숙인 채 앉아 있었다. 흩어졌던 사람들이 달려와 비명을 질렀다.

5

시현은 흉부 골절로 2주간 입원해야 한다는 진단을 받고 입원했다. 가슴 통증을 제외하고는 다행히 다른 문제는 없었다. 시현의 머릿속에는 곽새기가 손에 쥐고 흔들던 메모리칩 생각뿐이었다. 그 안에 분명 이 모든 일에 대해 그가 가지고 있던 의문의 답이 들어 있을 터였다.

시현은 조사원에게 전화를 걸어 곽새기 관련 사건에 대해 이야기하고 메모리칩을 찾아 줄 수 있는지 물었다. 돌아온 대답은 거절이었다.

"전 경찰 수사와 얽히는 일엔 발 담그지 않습니다. 공조 수사도 아니고 협조도 아닌, 증거물을 빼돌리는 일이라면 더욱 아니죠. 이 일은 의뢰비의 액수와는 상관이 없습니다. 제 규칙이라서."

돈을 아무리 많이 줘도 하지 않겠다는 뜻이었다. 소신이 있어 좋았다. 시현은 다음을 기약하고 전화를 끊었다.

곽새기는 죽었지만 그가 오랫동안 추적했던 '의문'은 풀리지 않았다. 의문이 풀리지 않은 이상 이 일은 끝난 것이 아니었다. 이 일을 끝내기 위해서는 꼭 그 메모리칩 안의 내용을 봐야 했다. 그러려면 하 형사에게 메모리칩에 대해 이야기할 수밖에 없는데 설명을 잘못했다가는 강주미에게 피해가 갈 수도 있었다. 거짓말을 하려니 골치가 아팠다. 그는 앓는 소리를 내며 침대에 드러누웠다.

대체 그 안에 어떤 내용이 들어 있을까? 내용을 모르니 결정을 할 수도 없었다.

곽새기는 그 칩 안에 강주미가 이수인이라고 확신하는 이유와 조이란 사람을 죽인 이유가 다 들어 있다고 했다. 곽새기는 죽었고, 강주미는 이제 자유로워졌다. 나영이만 찾으면 주미는 집으로 돌아가 정상적인 삶을 시작할 수 있을 터였다. 그는 그것으로 마음의 부채를 내려놓을 수 있었다. 여기서 끝내는 것이 좋을까? 보지 말아야 할 것을 보게 되는 것은 아닐까? 그런데 강주미는 메모리 칩에 대해 알고 있는 것일까?

"치매 할머니가 던진 머플러 때문에 행인 네 명이 즉사한 참극이 벌어졌습니다."

치매 할머니라는 앵커의 목소리에 시현은 뉴스 화면으로 시선을 돌렸다. 옆 침대의 환자가 리모컨을 찾아 볼륨을 높였다.

"일요일 오후 7시경, 흑도동 사거리에서 벌어진 이 어이없는 교통사고의 원인을 제공한 64세 신 모 씨는 경증 노인성 치매 판정자였습니다. 신 모 씨는 흑도동 사거리 내리막길에서 여름 머플러들을 공중으로 던졌고, 강풍에 날려 간 머플러가 내리막을 질주하던 소형 트럭 앞창을 가리는 바람에 돌발 사고로 이어졌습니다. 그 자리에서 즉사한 사람은 신 모 씨를 비롯한 신원 불명의 20대 청년과 묘화동에서 여인숙을 운영하는 이 모 씨 그리고 트럭을 몰던 곽 모 씨였습니다."

"세상에, 무슨 저런 일이 다 있어?"

같은 병실에 있던 환자와 가족들이 뉴스를 보면서 한마디씩 했다.

"사망할 당시 소형 트럭을 몰고 내리막길을 내려왔던 곽 모 씨는 이슬농장이라는 건강식품 대리점을 운영했던 것으로 알려졌습니다. 경찰은 곽 모 씨의 대리점 지하 화장실 벽 안에서 대형 짐가방 두 개와 슈트 케이스 하나를 발견했습니다. 슈트 케이스 속에서 사망한 치매 할머니의 딸 양 모 씨의 시신이 나왔습니다."

'양희주가 죽었다?'

"⋯⋯!"

시현은 흠칫했다.

"뭐래? 그러면 치매 할머니가 자기 딸을 살해하고 암매장한 남자에게 복수한 셈이 되는 거잖아?"

"복수라기보다는 인과응보겠지."

옆 침대의 젊은 남자가 아내인 듯 보이는 여자에게 말했다.

"저 할망구는 화끈하게 잘 죽었네."

60대 노인 환자가 말했다.

"잘 죽었다니요? 무슨 말을 그렇게 끔찍하게 하세요?"

"치매 걸려서 저런 정신으로 살았다면 그 남은 삶이 더 끔찍했을 거 아냐? 오히려 죽을 기회를 잘 잡은 거지. 딸내미 복수도 하고."

"치매 할머니와 평소에 알고 지냈다는 이웃의 말에 의하면, 양 모 씨는 토요일 오전에 외출한 이후로 귀가하지 않았다고 합니다. 나머지 두 개의 짐 가방 안에서도 각각 두 구의 시신이 발견되었습니다."

곽새기의 지하실에서 나왔다는 두 구의 시신은 곽새기가 강주미의 집에 침입했던 날 실종됐던 강주미의 부모님일지도 몰랐다. 곽새기가 살해한 조 모 씨라는 남자의 시신은 정신병원에서 발견 됐으니 곽새기가 또 다른 살인을 하지 않았다면 짐 가방에서 나온 남녀의 시신은 주미의 부모님이 확실했다. 사실을 알게 될 주미를 생각하니 마음이 아팠다.

치매 노모와 양희주의 기이한 죽음의 충격이 어느 정도 가시고 나자, 불현듯 삶이 허망하다는 생각이 들었다. 한때 유명 작가로 살았던 미야베 라이카는 치매 노모 혹은 신 모 씨로 죽었다. 작가 로 살기 위해 노모는 얼마나 치열하게 살았을까. 하지만 그것도 이 젠 다 헛것이 되어 버렸다. 양희주도 죽고 노모도 죽었다. 무명의 치매 노파로 초라하고 끔찍하게 죽은 노모가 수많은 독자를 거느 린 소설가 미야베 라이카라는 사실을 누가 알까. 미야베 라이카는 자신의 삶이 이렇게 허무하게 끝나리란 사실을 꿈엔들 생각해 본 적이 있었을까. 우리는 무엇을 위해 하루하루 살아가는 것일까? 아니, 소모해 가는 것일까. 시현은 허탈한 심정에 사로잡혀 깊은 한숨을 내쉬었다.

6

경찰서에서 사건 경위를 밝힌 후, 나영의 실종 신고까지 하고 나온 주미는 그녀를 기다리고 있던 상원의 차에 탔다.

"곽새기, 죽었답니다."

그토록 바랐던 놈의 죽음이었는데 어째서인지 어떤 감정도 느껴지지 않았다.

"어디로 갈까요?"

상원이 물었다.

"일단 할머니 댁으로 갑니다."

그녀의 처지를 눈치챈 상원이 휘파람을 불고는 차에 시동을 걸었다.

"마음의 준비가 된 거라면, 이야기 좀 할까요?"

"……"

"이수인 씨, 왜 기억을 모두 버리지 않았습니까?"

"언제부터 알고 있었어요? 내가 이수인이라는 걸?"

"식당 앞에서 마주쳤을 때부터."

"날 어떻게 알아본 거죠?"

"기억 못합니까? 내가 그렇게 설명했는데도? 과거를 깨끗하게 지우지 않으면, 우리 같은 능력자들은 알아차린다고."

주미는 고개를 끄덕였다.

"그럼 그날 새벽 내게 그 모든 것을 가르쳐 준 사람이 그쪽 형인 거죠?"

"그게 무슨 상관입니까? 어차피 형이랑 난 한 몸인데. 형도 나도 그게 궁금합니다. 왜 기억을 다 버리지 않고 강주미 몸에 유착한 건지."

"새 삶을 살고 싶은데, 내가 내 과거를 기억하지 못한다면 새 출발이 아닐 테니까요. 뭐든 비교하고 되돌아볼 것이 있어야 현재의 내가 잘하고 있는지 알 수 있는 거니까."

"그런 겉핥기 식 대답 말고……."

"남편에게 쫓기지 않으려면 과거를 지우는 편이 안전하다고 상원 씨가 알려 줬지만, 난 그럴 수가 없었어요. 민영이 때문이었어요. 내 과거 기억의 전부가 민영이와 관련된 건데, 내 기억을 지우면 민영이도 지워지니까요. 어린 딸과 함께 행복해지려고 저지른 짓인데, 민영이를 기억 못하면 새 삶 역시 의미가 없었기 때문이었죠."

"그랬군요. 그런데 일곱 살 어린아이가 새 삶이 뭔지 알아듣던가요?"

"아뇨. 민영이에게 지금까지의 모든 기억을 다 잊어야 한다고 말하자, 그게 무슨 뜻인지도 모르면서도 고개를 끄덕였어요. 민영이에겐 엄마와 함께 있을 수 있다는 것만 중요했죠. 그때 상원 씨가 이런 말도 했어요. 자신의 의지로 유착된 것이 아닐 경우엔 문제가 생긴다고. 결국 상원 씨 말대로 나영이로 살게 된 민영인 나영이의 몸에 적응하지 못했어요. 난 그때 상원 씨 말을 믿지 않았어요. 전혀 다른 모습에, 전혀 다른 곳에서, 전혀 다른 삶을 살고 있는데 곽새기가 날 알아볼 리가 없다고 과신했죠. 아무리 생각해 봐도 아직도 이해가 안 가요. 나를 어떻게 찾아냈고 어떻게 알아본 것인지. 손등에 있는 문신 때문이라지만 강주미를 찾아낸 것부터가 이해가 안 가요."

"혹시 집에 강주미와 관련된 뭔가가 있었던 건 아니에요?"

주미는 잠시 생각하다가 놀란 얼굴로 천천히 고개를 끄덕였다.

"사진요. 하지만 집에 낯모르는 여자의 사진이 있다고 해서, 죽은 이수인이 그 사진 속 여자의 몸으로 들어가 새 삶을 살고 있다고 생각할 수는 없는 거 아닌가요? 아무리 생각해 봐도 이해가 안 간다니까요."

"그런데 왜 하필 강주미였나요?"

"조이가 저와 영적 파동이 맞는 사람들의 명단을 뽑아서 적어놓고 한 사람씩 설명을 해줬어요. 제가 갈 수 있는 곳은 전 세계였죠. 하지만 제가 선택할 수 있는 사람들은 대부분이 불행한 사람들이었어요. 불행했기 때문에 몸의 소중함을 깨닫지 못한 채 자살 충동에 사로잡혀 사는 사람들이었죠. 민영이와 함께 들어가야 했기 때문에 선택의 폭이 좀 더 좁아졌고, 결국 선택할 수 있는 몸은 강주미뿐이었어요. 강주미의 부모는 양쪽이 모두 아이를 데리고 재혼한 상태였는데 그 상황이 저의 어린 시절을 떠올리게 하더군요. 저의 부모님도 그랬거든요. 그때 저는 어리석게도 집안에 분란을 일으키고 가출했다가 곽새기를 만나게 되어 인생을 망쳤죠. 비슷한 환경으로 돌아가, 과거의 실수를 만회해 보고 싶다는 생각이 들었어요. 그리고 제가 미술을 좋아했는데 공교롭게도 강주미가 미술을 전공하고 있었고, 강주미의 아버지는 화가, 의붓어머니는 큐레이터였어요. 그런 환경이라면 내 꿈을 펼칠 수도 있으리라 생각했던 거죠. 그래서 강주미를 선택했어요. 강주미를 선택하자 조이는 강주미의 몸이 비는 순간들을 뽑아 줬고, 번지점프 때 제가 먼저 들어간 다음, 강주미로 살다가⋯⋯."

강주미는 갑자기 입을 닫더니 재빨리 시선을 내렸다. 마치 해서는 안 되는 말을 하려다가 스스로 놀란 듯한 표정이었다. 상원의 촉이 곤두섰다. 분명 민영과 관련된 일인 듯했다.

"민영이는 어떻게 들어간 겁니까?"

강주미는 대답하지 않았다.

"민영이를 위해 나영이를 어떻게 한 거군요. 그런가요?"

상원이 다그쳐 묻자 그녀는 포기한 듯 천천히 입을 열었다.

"내가 먼저 강주미의 몸을 입고 나자, 옆에 있던 민영이가 제 눈에 보이지 않는 겁니다."

"육안으로 보면 혼이 보이지 않죠."

"애 혼자 그 어둠 속에 있을 거란 생각에 미칠 것만 같았어요. 서로 같은 공간에 있는 것은 확실한데, 제 눈에 보이지 않으니 민영이가 절 보고 있을 거라고 믿는 것 외엔 다른 도리가 없었어요. 빨리 민영일 제 곁에 두고 싶었어요. 그래서 자고 있는 나영의 방에 몰래 들어가서 목을 졸랐습니다. 만약 민영이가 들어오지 않으면, 저는 살인자가 되었겠죠."

상원은 옅은 미소를 지었다.

"제가 말해 준 대로 기억을 모두 지워 버렸으면 그런 일은 겪지 않아도 됐을 텐데. 어차피 현생에서 서로 어떤 관계로 살았든, 육체를 벗는 순간 그 관계는 무로 돌아가죠. 죽음 이후에도 엄마와 딸로 서로를 의식했다니, 이수인 씨와 민영이 사이가 특별했나 봅니다."

주미는 눈물을 훔쳤다.

상원의 식당 차는 대원아파트 안으로 진입했다. 상원이 차를 세웠다. 주미가 차에서 내리자 상원은 운전석 창문을 조금 내리고 말했다.

"저기……, 할머님도 돌아가셨습니다."

"네?"

"뉴스 보시면 아실 겁니다. 그리고 나영이 찾을 때까진 당분간 여기서 지내세요."

상원은 후진해 아파트 단지를 빠져나갔다.

멀어져 가는 상원의 차를 멍하니 바라보며 넋이 나가 있는데, 아파트 경비원이 그녀를 불렀다. 그녀에게 다가온 경비원이 하얀 봉투를 내밀었다.

"이거 어제 오전에 할머니가 떨어뜨렸어. 딸 만나러 간다고 하고 나갔는데 아직 돌아오지 않으셨거든. 걱정되네."

주미는 경비원으로부터 받은 봉투를 들고 1403호로 들어갔다.

그녀는 봉투를 식탁 위에 내려놓고 냉장고 문을 열었다. 허기 대신 심한 갈증이 났다. 주미는 사이다를 꺼내 병뚜껑을 땄다.

치이익, 똑!

경쾌한 소리와 함께 병뚜껑이 열렸다. 사이다 병에서 하얀 기포가 솟구쳤다. 주미는 꿀꺽꿀꺽 소리를 내며 사이다 한 병을 단숨에 비웠다.

사이다 병을 내려놓고 자신의 손톱을 물끄러미 내려다봤다. 손톱 아래에 곽새기의 피가 끼어 있었다. 곽새기를 찌를 때의 그 짜릿한 손맛이 아직 손끝에 남아 있었다.

곽새기가 죽었다는 사실을 되새길 때였다. 주미는 갑자기 오싹해져 집 안을 둘러봤다. 공기조차 움직이지 않는 듯한 적막한 공간이 숨이 막혔다. 부엌에 불이 켜져 있었다. 죽음이 끝이 아니라는 것을 이미 한 차례 죽어 본 그녀는 너무나도 잘 알고 있었다. 죽은 놈의 영혼이 이곳 어딘가의 어둠 속에 숨어 있을 것 같아, 그녀는 떨리는 다리에 힘을 주고 일어나 거실과 방에 불을 켰다. 이젠 산 놈도 죽은 놈도 공포의 대상이었다.

그녀는 벽에 기대앉아 무릎을 끌어 올려 가슴 앞에서 안았다. 노모가 죽었다고? 어떻게? 상원은 뉴스를 보면 알게 될 거라고 했다.

노모가 죽었다면 양희주는? 나영이는? 대체 나영인 어디 있는 것일까? 나영이 곁에 없다는 사실이 믿어지지 않았다. 늘 함께 있었다. 함께 웃고 함께 울었다. 나영이 그녀의 곁에 없다는 사실이 두려웠다. 생각을 제대로 할 수 없을 만큼 피로했다. 무거운 눈꺼풀이 스르르 내려갔다. 막 눈을 감았는데 누군가 귓속말을 했다.

"나영이 찾았어. 텔레비전 켜 봐."

그녀는 화들짝 놀라 두 눈을 동그랗게 뜨고는 거실을 두리번거렸다. 어깨에 소름이 내려앉았다. 귓속말을 들었다 싶은데, 방 안엔 그녀뿐이었다. 그럼에도 불구하고 방금 들은 귓속말은 생생했다.

'텔레비전을 켜 보라고?'

언제나 리모컨이 놓여 있던 그 자리에 시커먼 플라스틱 리모컨이 놓여 있었다. 주미는 리모컨을 들어 텔레비전을 켰다.

텔레비전 앞에 앉은 주미의 곁으로 양희주의 혼이 스르르 와서 앉았다.

화면이 켜지자마자 뉴스가 나왔다. 채널은 늘 노모가 보던 뉴스 채널에 고정되어 있었다.

"신고를 한 사람은 집주인 이 모 씨로 서울에 사는 아들 내외가 보내 준 제주도 여행을 다녀온 후, 우물 안에 이상한 것이 보인다며 신고했습니다. 출동한 경찰은 우물 안에서 낚시 가방을 찾아냈습니다. 가방 안에는 10대로 추정되는 여자의 시신이 구겨 넣어져 있었습니다. 시신의 오른쪽 손등에 사진과 같은 문신이 새겨져 있었습니다."

화면 상단에 사진이 나왔다. 멍하니 화면을 보고 있던 주미의 손에서 리모컨이 툭 떨어졌다.

'이제 끝났구나.'

그녀는 모로 누웠다. 기이하게도 마음이 편해졌다. 나영과 보냈던 시간들이 주마등처럼 스쳐 지나갔다. 주미는 주먹을 말아 쥐고 제 가슴을 툭툭 치며 오열했다.

곁에 앉아 보고 있던 양희주는 주미를 살포시 끌어안았다. 양희
주의 혼이 주미의 몸속으로 스며들었다.

무서운 아해들

1

2015년 9월, 일본 신주쿠

불행이 폭풍처럼 휘몰아쳤던 여름이 지나가고 있었다. 그동안 란코는 남편과 깨끗이 이혼했고, 시아버지는 뇌출혈로 쓰러진 후 사망했다. 남편은 재활 시설에 수용되었고, 시어머니는 퇴원하자마자 교도소에 갇혔다.

며느리를 스트레스 해소용 혹은 하녀로 생각했던 시어머니는 결국 집안을 풍비박산 내고 말았다. 시어머니의 고약한 심보가 이 모든 불행을 불러온 씨앗이라고 란코는 믿었다.

아들을 잃은 란코는 세상을 살아가야 할 이유가 없었다. 그렇다고 해서 모진 생명을 끊을 용기도 없었다. 히카루와 함께 살았던 신주쿠에서 그녀만 살아남아 숨을 쉰다는 사실이 비참했지만, 히카루의 영혼이 신주쿠를 떠돌고 있을까 봐 신주쿠를 떠날 수도 없었다.

멘야무사시에서 함께 일했던 레이도 일을 그만두고 고향 홋카이도로 떠났다.

"왜? 왜? 왜 히카루가 죽게 될 거란 건 말해 주지 않았어? 불조심하라는 따위의 쓸데없는 건 알아맞혔으면서. 그렇게 점쟁이처럼 모든 걸 다 알고 있으면서 왜 히카루 이야긴 안 해 줬냐고!"

히카루의 죽음을 앞에 두고 란코는 누군가 원망하고 책임을 전가하고 울분을 퍼부을 사람이 필요했다. 어처구니없게도 그 대상이 그녀를 옆에서 도와주고 사랑해 줬던 레이가 되어 버렸다.

한참 욕을 퍼붓고, 울다 지쳐 쓰러진 뒤 깨어났을 때 한 통의 편지가 그녀의 머리맡에 놓여 있었다.

불조심하라고 한 날 말해 주고 싶었는데, 일을 마치고 보니 넌 가고 없더라. 그래서 말을 못해 줬어. 그 말이라는 것, 별것 아닌 거였지만 어쩌면 네가 그 말을 들었더라면 그런 일이 벌어지지 않았을지도 몰라. 아니, 꼭 그렇다고는 할 수 없지만. 어차피 일어나야 할 일은 일어나는 법이니까. 그렇지만 일어나야 할 일을 일어나지 않게 만드는 법을 알려 주고 싶었다.

네가 그날, 그 일을 꽃피운 장본인이야. 이렇게 말하면 내가 싸가지 없는 놈이 되어 버릴지도 모르겠지만, 아무튼 불행의 씨를 뿌린 것도 너고, 불행을 불러온 것도 너야. 불조심하라고 한 날, 나 역시

도 네게 일어날 불행이 히카루의 죽음인지는 몰랐어. 그건 일어나지 않을 수도 있는 불행이었다는 뜻이야. 인과의 법칙이니 뭐니 하는 것이 거창해 보일진 몰라도 우리 곁에서 일어나는 일은 모두 인과의 법칙을 벗어나지 않아.

이런 것에 푹 빠져 버리면, 사람이 자유로워지지 못하고 행동이나 말이 가지고 올 파장을 두려워해 소극적인 사람이 되어 버린다거나 하는 부작용이 있기 때문에 쉽게 말해 줄 수 없었어.

란코는 영리한 여자니 내 말 뜻을 알아들어 주길 바란다.

일어나는 모든 일에는 단면만 있는 것은 아냐. 히카루의 죽음이 불행으로만 보이겠지만, 사실 그렇지도 않아. 넌 이제 더 잃을 것도 없는 절망적인 상태야. 가장 잃고 싶지 않은 것을 잃었으니까. 이 지점에서 난 네가 무엇을 선택하게 될지 기대된다. 난 널 믿어.

시어머니의 고약한 심보가 이 모든 불행을 불러온 씨앗이라고 믿으면서도 정작 이 모든 불행을 불러온 것이 자기 자신일지도 모른다는 생각은 하지 못했던 란코는 레이의 편지를 곱씹어 읽고 난 후에야 비로소 히카루의 죽음엔 어쩌면 자신의 잘못도 있다는 생각이 들었다.

손님들과 문제가 생길 때면 항상 레이가 란코를 감싸 주는 역할을 해 주곤 해서인지 레이가 없는 일터는 쓸쓸하기 그지없었다. 그렇다고 그만둘 순 없었다. 다른 곳에 비해 임금도 세고, 직원들끼리 사이도 좋고, 직원을 끔찍하게 위해 주는 사장이 있는 가족 같은 분위기의 직장을 다시 구할 순 없을 것 같았다.

히카루의 상을 치르고 자질구레한 일을 마친 후 출근을 하니, 레이로부터 소포가 와 있었다. 그녀는 직원 휴게실로 들어가 레이의 소포를 풀었다.

란코, 난 여기서 부모님의 일을 돕기도 하고 체력을 기르기 위해 낮엔 인력거도 끌고 있어. 네가 오면 부모님 집의 다락방을 내줄 수 있어. 다락방은 들어가고 나가는 문이 따로 있어서 아래층에 사시는 부모님의 방해를 받지 않을 수 있는 단독주택 같은 곳이랄까. 물론 욕실과 화장실은 공용이지만. 그곳에서 지내면서 제2의 삶을 시작하길 바란다. 다락방 창 너머로는 눈에 쌓인 오타루 시가 보여. 오타루에 밤이 찾아오면 가스등이 빛을 밝히지. 난 네게 그 빛이 되어 주고 싶어.

코끝이 찡했다. 눈물이 고여 올라 편지의 글씨가 흐릿하게 보였다. 오타루의 밤은 바로 란코 자신의 처지와 같았다. 란코의 세계는 히카루가 죽은 뒤로 계속 밤이었다. 그 혹독한 밤에 가스등 같은 빛이 필요했다.

란코는 편지와 함께 동봉된 선물 상자를 열어 봤다. 오타루의 운하를 미니어처로 만든 유리구슬 오르골이었다.

마음에 병이 들어서일까, 움직이고 싶지 않았다. 뭔가를 먹는 것도, 레이의 편지에 기뻐하는 일도 먼저 간 히카루에게 죄를 짓는 것만 같았다.

소설을 쓰는 것이 삶에 대한 의욕을 불러일으켜 줄까 해서 한 줄이라도 써 보려고 연필을 잡으면, 결국 쓰고 있는 것은 히카루의 이름뿐이었다.

아침부터 비가 내리기 시작하더니 저녁 무렵인 지금은 한 치 앞이 보이지 않을 정도로 심해지고 있었다. 뜨거운 국물을 먹으려고 멘야무사시 앞에 줄을 서 있던 사람들도 하나둘 떠났다. 사장은 남은 손님들을 안으로 들이고 문을 닫았다.

"비가 장난이 아닌걸요? 쓰나미라도 몰려올까 봐 무서워 죽겠어요."

"새벽엔 도쿄에 지진이 왔대요. 진도 5도였대요."

후쿠시마 원전 사고에 대한 기억을 가지고 사는 사람들은 점점 굵어지는 비를 보며 침울해 했다.

"란코, 얼굴이 왜 그래? 요즘 잘 챙겨 먹고 있는 거야? 힘들수록 사람은 먹어야 해."

눈코 뜰 사이 없이 바쁘게 손을 놀리고 있는 란코를 보던 사장이 옆으로 와서 거들며 말했다.

"그러게요. 걱정 마세요. 누를 끼치진 않겠습니다."

"그렇게 말하다니 섭섭한걸."

"에이, 사장님도."

"그래, 힘내자. 마칠 시간까지 얼마 남지 않았으니까."

사장은 란코의 어깨를 톡톡 두드려 주고는 비바람에 식당 앞으로 날아온 플라스틱 의자를 치우러 나갔다. 란코는 자꾸 눈앞이 가물가물했지만 끝까지 버텨 내고, 다른 직원들보다 5분 일찍 식당을 나왔다.

시어머니의 집을 나온 후 사장이 구해 준 셋방은 넨야무사시에서 걸어서 10분이면 도착하는 가까운 거리에 있었다.

길은 물이 차올라 무릎까지 푹푹 빠졌다. 안간힘을 다해 비를 헤쳐 나가던 란코는 몸에서 기력이 자꾸 빠져나가는 것을 느꼈다. 눈앞에 누군가 서 있는 것 같았는데 그 모습이 희뿌옇게만 보여, 헛것을 보는 것인지 정말 누군가 서 있는 것인지 도무지 알 수 없었다.

'조금만 쉬었으면…….'

집을 코앞에 두고 란코는 잠시 눈을 감았다.

란코는 선 채로 졸다가 앞으로 쓰러졌다. 얼굴이 싯누런 흙탕물 속에 빠졌지만 이상하게도 감각이 없었다. 히카루가 란코를 부르며 손짓했다. 란코는 자신은 분명 얼굴을 물속에 파묻고 엎어져 있는데 공중에서 그녀를 향해 손짓하는 히카루가 보이다니 참 이상하다고 생각하면서, 히카루를 향해 손을 뻗었다. 다음 순간, 그녀의 몸이 공중으로 떠오르는 느낌이 들었다. 그녀는 공중에 뜬 채 아래를 내려다봤다. 누런 흙탕물 속에 엎드려 있는 자신의 모습이 보였다.

2

2015년 8월 25일 화요일, 한국 서울

아침 일찍 일어난 주미는 거울 속 자신의 얼굴을 수십 번 뜯어보며 웃었다. 잘록한 허리, 적당한 가슴, 가느다란 팔다리, 게다가 아무것도 바르지 않아도 청순해 보이는 달걀형 두상. 예쁘게 생겼어.

—넌 돈 빼면 돼지 수육감도 안 되는 년이야.

곽새기가 했던 악담이 고스란히 기억났다.

아무래도 입술 정도는 발라 줘야 할 것 같았다. 크로스백을 뒤적여 보니 립스틱이 있긴 했다. 립스틱은 살구색이었다.

"촌스러워."

주미는 양희주의 가방을 뒤져 빨간색 립스틱을 꺼내 발랐다

"어멋! 이거 좀 봐. 내 이럴 줄 알았지. 입술을 바르니 그냥 활짝 피네, 펴."

눈처럼 하얀 피부에 새빨간 장미 잎이 내려앉은 것 같다.

그녀가 립스틱을 바를 때마다 옆에 달라붙어 입술을 뾰족하게 내밀며 자기도 발라 달라고 하던 노모가 떠올랐다. 어쩐지 노모가 그리워져서 울컥했다.

이 세상에서 딸과 엄마로 만나 반평생을 함께했지만, 육체를 벗고 나서는 서로 갈 길이 달랐다.

"무엇이 그리 숨겨야 할 일이었는지……. 남들 눈을 피해 란코를 낳은 것만 해도 란코에겐 죄스러운 일인데, 낳자마자 이 험한 세상

에 란코 혼자 던져두고 나 몰라라 했어. 이젠 빚을 갚아야지. 아니, 혼이나마 그 아이 곁에 있으면서 엄마 노릇을 해 주고 싶어."

노모는 양희주의 동복동생 '란코'를 찾아가겠다고 했다.

양희주는 영적 파동도 일치하고 서로 간의 교감도 이미 완벽하게 이루어진 주미의 몸으로 들어왔다. 이수인은 민영이 없는 세상에서 살고 싶지 않다고 했다.

다들 그리움을 쫓아 떠났지만, 그녀는 그리움을 쫓아 이곳에 남았다. 언젠가 노모가 했던 말이 떠올랐다.

─엄마는 그 약사가 좋아?

─네 신랑감이야.

'엄만 이렇게 될 줄 알았던 걸까? 잘들 갔겠지?'

주미의 몸에 안착한 희주는 혼잣말로 중얼거렸다.

3

시현은 침대에 누워 곽새기가 남긴 메모리칩을 찾을 방법을 궁리하고 있었다. 휴대폰이 울렸다. 그는 손을 뻗어 베개 아래에 둔 휴대폰을 꺼냈다. 전화를 건 사람은 주미였다.

"어디니? 걱정했잖아?"

시현은 걱정했다는 말에 진심을 담았다. 지금의 주미가 의지할 사람은 오직 시현뿐이라고 생각해 주길 바랐다. 시현은 주미와 예전과 같은 관계로 돌아가고 싶었다.

"뉴스에 나영이 나온 거 봤어?"

"나영이가 왜?"라고 말하려다가 그는 입을 다물고 양미간을 좁혔다. 뭔가가 그의 신경을 묘하게 건드렸던 것이다.

"나영이 죽었다고 뉴스에 나왔어."

"⋯⋯!"

정체불명의 한기가 시현의 어깨를 치고 갔다. 마치 남의 집 애가 죽었다는 이야기를 전하는 것 같은 담담한 어투였다. 들려오는 목소리만으로 주미의 표정이나 기분을 짐작할 수밖에 없는데, 지금 그의 머릿속에 떠오른 주미는 슬픔으로 목이 메고 눈물을 글썽이는 대신 무표정한 얼굴에 바싹 마른 눈동자로 어디론가 열심히 걸어가면서 전화를 하고 있는⋯⋯. 생각은 거기에서 끊겼다. 주미가 아닌 다른 누군가의 얼굴이 떠오르려다가 말았다. 그는 고개를 갸우뚱했다가, 이제야 이 기이한 기분의 정체를 알겠다는 듯 머리를 앞뒤로 끄덕였다.

주미가 충격으로 넋을 잃어서 다르게 느껴지는 것이다. 그뿐이다. 곽새기가 영혼이니 빙의니 떠들어 대서 알게 모르게 그런 비정상적인 생각에 전염되었던 것이다.

"나영이 시신 확인하러 안치소로 가는 중이야."

주변의 소리가 주미의 목소리에 묻혀 들려왔다. 정류장에 멈추는 버스가 내는 소리와 자동차의 경적 소리 그리고 말 속에 묻어 나는 가쁜 숨결. 둘이 팔짱을 낀 채 어깨를 바싹 붙이고 약국 앞 길목을 열심히 걸어가는 노모와 양희주의 뒷모습.

"⋯⋯!"

그는 돌연히 떠오른 죽은 모녀의 모습에 오싹한 한기를 느끼며 그것을 떨쳐 버리려는 듯 머리를 흔들었다.

"뭐해?"

"아, 어. 가, 같이 가 주지 못해 미안해."

그는 마음의 동요를 감추며 가까스로 말을 밀어냈다.

"괜찮아. 혹시 기다릴까 봐 전화했어."

"너, 정말 괜찮니?"

"울 만큼 울고 나니 속이 시원해졌어. 이젠 괜찮아."

시현이 이어 갈 말을 찾고 있는 동안 주미는 다녀올게, 라고 말하고 전화를 끊었다.

울 만큼 울었다는데 그 목소리의 결 어디에도 눈물의 흔적은 느껴지지 않았다.

나영이 죽었다. 그녀가 그토록 아끼고 사랑하던 동생 나영이 죽었는데, 주미의 목소리는 기이할 정도로 아무렇지도 않았다.

4

오타루는 짙은 안개가 자욱했다.

레이의 집에 온 지 만 하루가 지났다. 란코는 숄을 어깨에 걸치고 다락방의 베란다로 나왔다.

레이가 아래층 베란다에서 올려다보더니, 잠시 후 차와 양갱을 들고 올라왔다.

"홍차랑 이 양갱은 어머니가 직접 만드신 거야."

레이는 베란다 테이블에 쟁반을 내려놨다. 두 사람은 마주 보고 앉았다.

"홍차를 직접 만드시다니 대단한걸."

란코는 빈 찻잔에 뜨거운 홍차를 부었다. 홍차 향이 그윽하게 퍼졌다.

"어제 잠을 안 자는 것 같더라. 밤새 불이 켜져 있는 걸 봤어. 일자리 걱정이라면 내가 알아봐 줄게."

"아니야, 뭘 좀 했어. 그리고 당분간 일은 하지 않을래. 한 6개월 정도는 이 멋진 다락방 안에서 꼼짝도 하지 않고 싶어."

"오호."

레이는 란코의 속마음을 간파했다는 듯 웃었다.

"절대적인 고독 속에서 뭐가 탄생할지 기대할게."

"나, 여기 오기 전에 말이야, 이상한 경험을 했어."

"어?"

"멘야무사시에서 나와서 집으로 돌아가는 길에 정신을 잃고 쓰러졌는데, 그 동네의 어떤 분이 날 발견하고 집에까지 데려다주셨어. 그런데 쓰러져 있는 동안 아마도 저승까지 갔다 왔나 봐. 한국에 있다는 미야베 라이카랑 히카루를 만났거든?"

"어쩐지 듣고 싶은걸, 계속해 봐."

"쓰러진 다음, 흙탕물 속에 얼굴을 빠트리고 엎어져 있는 내 모습이 보였어. 그런데 난 또 공중에 떠 있고. 지금 생각해 보면 공중에 떠 있었던 것은 내 몸이 아니라 내 의식이었던 것 같아. 그때 갑자기 눈이 부셔서 눈을 가늘게 뜨고 봤는데 동그란 빛 하나가 날 향해 오는 거야. 난 그게 히카루라고 생각했어. 분명히 엄마라고 부르는 히카루의 목소리를 들었으니까."

그녀의 눈앞으로 동그란 빛이 점점 가까이 다가왔다. 빛과 그녀가 가까워질수록 그 빛이 얽히고설킨 수많은 줄로 이루어져 있는 것이 보였다. 그 줄은 색이 변하기도 하고, 늘어나기도 줄어들기도 하는 무색의 투명한 줄이었다. 란코는 어서 저 빛 속으로 들어가 그 줄을 이어야 한다는 생각에 사로잡혔다. 빛을 향해 막 도약하려는데, 아래에서 누가 불렀다.

—란코.

란코는 공중에 뜬 채 자신의 몸을 다시 내려다봤다. 그 몸 근처에 빛이 서려 있었다. 란코는 그 빛이 누군지 알 것 같았다.

—란코, 해야 할 일이 있잖아. 네가 너무 하고 싶어 하던 일.

'네가 너무 하고 싶어 하던 일'이라는 말이 엄청난 파장을 가지고 그녀의 영혼을 뒤흔들었다.

"너무 하고 싶어 하던 그 일을 지금 이 생에서 하지 못하고 그냥 빛 속으로 가면, 다음 생에서도 의지가 약하고 우유부단한 여자로 살게 될 것이란 생각이 드는 거야."

"그럼 그 빛은 어머님이셨어?"

"응, 그땐 그렇게 느꼈어. 내가 헛것을 본 걸까? 계속해서 그때의 일이 머릿속에서 떠나질 않아. 그날 밤 꿈도 꾸지 않고 죽은 듯이 잤어. 그리고 다음 날, 멘야무사시의 사장이 집에까지 찾아와서야 잠에서 깼어. 나는 그만두겠다는 말을 조금도 망설이지 않고 했어. 사장이 놀라더라. 그날 이후로 내 성격이 좀 변한 것 같아. 사실 어젯밤에도 글을 조금 썼어. 아침에 일어나서 다시 읽어 봤는데 뭐랄까, 내가 쓰지 않은 것 같은 기분이 들더라. 내가 그런 문장과 단어를 생각해 냈다는 것도 신기하고……."

"드디어 뮤즈가 온 거야. 영감이라는 뮤즈가 드디어 란코를 찾아온 거야. 내가 말했지? 언젠가 네게 영감이 찾아올 거라고. 미야베 라이카가 영감이 되어 네 속으로 들어간 것이 분명해."

"그럼 네 말은, 미야베 라이카가 죽기라도 했다는 거야?"

"슬프지만, 그래."

"하! 하! 네가 날 또 웃기는구나."

란코는 기세 좋게 웃었지만, 금세 시무룩해졌다.

"영감이란 건 정말 뭘까? 내 생각 속으로 외부의 어떤 혼이 들어와 주는 걸까? 그렇지 않다면 내가 쓴 글을 읽으면서 내가 쓴 것 같지 않다고 여길 리 없잖아. 예전에 내가 썼던 글들은 며칠 지난 후 다시 읽으면 실망스럽기만 했거든."

"혹시 네가 어제 쓴 글이 미야베 라이카가 쓴 글이랑 뭔가 비슷한 느낌이었니?"

"나, 소름 돋았어. 맞아. 내가 쓰긴 했는데 다시 읽어 봤을 땐 꼭 그 여자가 쓴 것 같았어. 정말 내 엄마가 죽어서 날 찾아온 걸까? 왜? 무엇 때문에?"

"아마도 넌 글을 쓰면서 그걸 깨닫게 될 거야. 네 속으로 들어온 미야베 라이카의 혼이 네 목소리가 되어 네게 말을 걸 테니까."

"레이, 거기 있니?"

아래층에서 레이의 어머니가 레이를 불렀다.

두 사람은 자리에서 일어나 베란다 난간 쪽으로 가 아래를 내려다봤다. 란코는 레이의 어머니에게 손을 흔들었다. 레이의 어머니가 화사하게 웃었다.

"네, 왜 그러세요?"

"내려와서 날 좀 도와주련?"

"네, 내려갈게요."

"참, 이거, 다락방에 있는 책 속에 있더라."

란코는 내려가려는 레이에게 책 속에 끼어 있던 종이를 건넸다.

종이는 인터넷 뉴스를 프린트한 것으로 한국어로 적혀 있었다. 한국어를 잘 모르는 란코는 그 내용이 궁금했다.

"무슨 내용이야?"

"한국의 곽 모 씨라는 남자가 조 모 씨를 살해한 사건에 관한 것이야. 목을 그어서 살해했대."

"그런 끔찍한 사건이 적힌 걸 왜 가지고 있는 건데?"

"음, 2010년에 살해당한 조 모 씨의 이름은 조이. 조이는 살해당한 후, 그 영혼이 일본의 레이라는 남자의 몸에 유착됐거든? 그래서 그 시간 이후로 레이가 되어 살아가고 있는 거란 말이지."

"그 레이는 바로 너, 레이고?"

레이가 음침한 표정으로 웃었다.

"하! 하!"

란코는 레이가 지금 농담을 하는 것인지, 진담을 하는 것인지 알 수 없어 레이의 눈만 뚫어져라 쳐다보며 웃고 있었다. 그런데 어느 날 자고 일어났더니 알지도 못하는 한국어를 유창하게 하게 되었다는 레이의 사연이 불현듯 떠올랐다. 란코의 얼굴이 굳어졌다.

봐서는 안 되는 것

2015년 9월, 한국 서울

시현은 퇴원했다. 그동안 나영의 죽음에 대해 밝혀졌고, 주미는 나영의 시신과 양희주, 그리고 노모의 시신을 함께 화장했다. 시현은 수년 동안 그가 주미의 일산 집을 관리해 왔다는 걸 알리며 이제 집으로 돌아가 살지 않겠느냐고 물었다. 하지만 주미는 일산 집보다는 노모의 아파트에서 살고 싶다고 했다. 시현은 주미와 함께 그녀의 집과 관련된 법적인 부분을 면밀히 검토한 다음, 주미와 나영 앞으로 되어 있는 그 집을 부동산 시장에 내놓았다.

모든 것이 안정되자 주미는 그림 그리기에 몰두했다. 원래 주미의 전공이 서양화이긴 했지만, 주미가 그리는 그림은 양희주가 주미의 손을 빌려 그리는 것이 아닐까 착각할 정도로 양희주의 그림과 같았다. 그림이 꼭 같다고 의아해 하자 주미는 환하게 웃으면서 당당하게 말했다.

"내가 원래 아해의 그림을 좋아했어. 그리고 학교 다닐 때 모사가 특기였고. 나중에 졸업하고 나면 모사 복원 전문가로 진출할 생각이었는데……."

주미는 자신이 그런 그림을 가지고 출판사에서 표지 그림 의뢰도 따냈다. 출판사 측은 그렇잖아도 독특한 그림을 그려 내는 양희주를 잃어 안타까웠는데 너무 잘됐다면서, 혹시 '아해'라는 닉네임을 계속 사용하면서 양희주의 화풍을 이어 갈 생각은 없느냐는 제의를 했다. 주미는 흔쾌히 승낙했다.

게다가 노모가 죽기 전, 그녀의 집을 비롯한 땅과 통장 잔고까지 모든 재산을 주미에게 유산으로 남긴 바람에 요즘 강주미는 이 세상에서 가장 행복한 여자였다.

몰려들었던 손님들이 모두 떠나고 나자 약국은 조용해졌다. 시현은 주미에게 전화를 걸었다.

"바쁘니?"

"표지 의뢰받은 소설 읽고 있어."

"들어갈 때 와인 한 병 사 갈까?"

"그래 주면 땡큐."

"오케이. 오늘은 약국 일찍 닫을 거야. 금방 갈게."

퇴근 준비를 서두르는데, 하 형사가 약국으로 들어왔다.

"하 형사님."

"퇴근하려고?"

"네."

"이야기할 것이 있는데?"

하 형사의 눈빛이 무거웠다.

시현은 안에서 약국 셔터를 내렸다.

"폐차 처리 업체에서 곽새기 차를 폐차하려다가 이걸 발견했다고 보내왔어."

하 형사가 주머니에서 뭔가를 꺼내더니 말아 쥐고 있던 손바닥을 폈다.

시현의 두 눈이 휘둥그레졌다. 그것은 마치 열지 말아야 할 판도라의 상자 같은 어두운 기운을 내뿜으며 하 형사의 손바닥 한가운데에 놓여 있었다.

"어쩐지 이 약사도 이걸 봐야 할 것 같아서."

곽새기가 죽기 전, 지하실에서 그에게 보여 줬던 메모리칩이었다. 시현은 한동안 그것을 잊고 있었다는 것을 깨달았다.

"이게 뭐냐면 2010년도에 9만 원대에 팔리던 가정용 몰래카메라에 꽂혀 있던 거야."

하 형사는 메모리카드를 컴퓨터에 끼우고 재생했다.

그곳은 방이었다. 한쪽으로 경대가 보이고 방바닥엔 아이 인형이니 옷가지가 보였는데, 집 안은 정리가 전혀 되지 않은 상태로 어질러져 있었다.

"2010년이라고 했으니까 혹시 이수인 집인가요?"

"맞아. 곽새기 지하실에 있던 빔 프로젝터에서 이수인 사건 기사를 보고 곽새기 뒤를 파 봤는데, 곽새기가 바로 이수인의 남편이었더군. 곽새기는 의처증이 심해서 아내를 두들겨 팼다가 경찰에 연행된 전적이 여러 번 있었어. 아마도 곽새기는 이수인을 감시하느라 집 안 곳곳에 몰래카메라를 설치해 두고 있었던 것 같아. 이수인은 그 사실을 모르고 있었던 것 같고."

30대 초반쯤으로 보이는 여자와 아직 열 살이 되지 않아 보이는 소녀가 화면에 나타났다. 30대 초반의 여자를 보는 순간, 시현은 전율했다. 이수인이었다. 블로그에 올려져 있던 사진 속의 여자가 실물이 되어 움직이는 듯한 착각이 들었다.

잠옷 차림의 병약해 보이는 소녀는 파리한 얼굴로 요 위에 누워 있었다. 이수인의 딸 민영이 틀림없었다. 입술은 허옇게 껍질이 일어나 있고, 눈은 심할 정도로 툭 튀어나오고, 가느다란 목에 비해 얼굴은 커다랗게 부어 있었다. 한쪽 손이 맥없이 가슴 위에 놓여 있었는데, 피가 잘 통하지 않는지 마치 먹색 장갑을 낀 듯 손이 거뭇했다.

이수인은 새장 속에서 카나리아를 한 마리씩 꺼내 커다란 가위로 목을 자르기 시작했다.

민영은 그것을 보면서 굵은 눈물을 흘리며 어깨를 들썩였다.

"애네들은 엄마가 날아가라고 새장 문을 열어 줬지만 날아가지 않았어. 우리랑 같이 이곳을 떠나기로 선택한 거지. 착한 애들이야. 의리가 있어."

"그런데 왜 그렇게 무섭게 죽여? 무, 무서워."

"죽이는 게 아니라, 자유롭게 해 주는 거야. 애네들도 벌레 따위나

먹어야 하고, 또 먹지 않으면 죽는 이런 몸이 뭐가 좋겠어? 이 작고 갑갑한 몸을 벗어나야 정말로 날 수가 있는 거거든. 그리고 민영이랑 엄마가 죽은 후에 혹시라도 길을 잃게 되면 이 애들이 길을 안내해 줘야 하거든. 어차피 애네들이랑 다시 만나게 될 테니까. 울지 마. 날개가 달린 것들은 모두 영혼에게 길을 안내해 주는 역할을 하기 위해 태어난 것들이니까."

방바닥과 요 주변으로 목이 잘린 새들의 주검이 쌓여 갔다.

"이제 네 차례야."

이수인이 말했다.

소녀가 고개를 끄덕였다.

"떠날 때 어떻게 해야 한다고 했니?"

"다른 생각은 하면 안 되고 엄마랑 꼭 같이 있겠다는 생각만 해야 해."

"맞아. 똑똑하네, 우리 민영이. 그래야 엄마랑 민영이가 다시 만나는 거야. 다른 생각은 절대 하면 안 돼. 딱 하나만 생각해. 엄마랑 같이 있겠다고. 알았지?"

소녀가 다시 고개를 끄덕였다.

"넌 어차피 죽을 거야. 엄마가 부자가 아니라서 미안해. 하지만 이렇게 죽는 건 억울하잖아? 엄마만 남겨 놓고 너 혼자 먼저 죽어 버리면 엄만 네가 어디 있는지도 몰라서 죽지도 못해."

"……."

"엄마가 있었던 병원에서 만난 조이 아저씨가 다 말해 줬어. 죽기 직전에 필사적으로 생각한 것은 꼭 이루어진다고. '의지'는 그런 힘을 갖고 있대. 하나도 안 아프고 안 무서울 거야. 머리랑 얼굴이 잠시 뜨거워지고, 그다음엔 아무것도 느껴지지 않을 거야. 그냥 버스 갈아타듯, 다른 몸으로 갈아타는 거야."

"응."

"이 언니들 기억나지?"

수인은 사진을 들어 아이의 눈앞에 보였다.

"엄마랑 같이 이 언니들 집에 몇 번이나 찾아갔지?"

소녀는 고개를 끄덕이며 엄마의 손을 잡았다.

이수인이 민영에게 보여 준 사진 속에 찍혀 있는 '언니들'의 모습은 보이지 않았지만, 강주미와 나영의 사진이 확실하다는 생각이 들었다.

"마지막으로 잘 봐 둬, 이 언니들 얼굴. 만에 하나 엄마랑 만나지 못하게 되면 이 언니들 집을 찾아와야 해. 우리 민영이는 길 잘 찾잖아?"

모녀는 서로를 쳐다보며 웃었다.

"혹시라도 기억이 안 나면 카나리아가 길을 알려 줄 거야. 걔네들만 따라가면 돼. 준비됐니?"

아이의 눈동자는 초점 없이 흐릿했고, 핏발 선 엄마의 눈동자는 몹시 건조했다.

수인은 두 손으로 딸의 가느다란 목을 죄기 시작했다.

"엄마랑 같이 있겠다고 생각해! 엄마랑 같이!"

수인은 미친 듯이 소리쳤다. 아이는 본능적으로 제 엄마의 손을 뜯어내며 사지를 버둥거렸다.

"으악! 미, 미쳤어. 이 여자 미쳤어. 어떻게 자기 자식을……."

시현은 소름이 끼쳐서 자기도 모르게 비명을 지르며 일어서다가 의자와 함께 나뒹굴었다.

"엇! 저, 저건 뭐야? 여기 좀 봐!"

하 형사는 반쯤 넋을 잃은 얼굴로 노트북 스크린의 한곳을 손가락으로 가리켰다.

가슴을 진정시키고 일어나 화면을 보던 시현 역시 얼어붙었다.

민영의 시신 위로 희뿌연 사람의 형체가 일어서고 있었다. 민영만큼 작은 형체는 순식간에 어디론가 사라져 버렸다.

수인에겐 그것이 보이지 않는 것인지, 그녀는 미리 준비해 둔 올가미에 목을 걸고 의자를 걷어찼다. 잠시 후, 그녀의 움직임이 멎었을 때 그녀의 몸에서도 희뿌연 사람의 형체가 빠져나오고 있었다. 희뿌연 형체가 불안정하게 방 안을 서성이고 있을 때였다. 사라졌던 좀 전의 작은 형체가 벽에서 스르르 빠져나왔고, 이윽고 두 개의 혼은 함께 벽을 빠져나갔다.

모든 것이 끝났다고 생각하는 순간이 바로 새로운 형태의 삶이 시작되는 지점이다.

『부유하는 혼』에서는 주인공이라 생각되었던 등장인물들이 하나둘 죽지만 결국은 모두 각자의 방식으로 다시 돌아온다.

한차례 폭풍을 겪고 살아남거나 이쪽으로 돌아온 이들은 더 이상 '이생을 무서워하는 아해'가 아닌 '무서운 아해'가 된다.

나는 떠난 것들은 무엇으로든, 어떤 식으로든 반드시 돌아온다고 믿는다. 내게서 떠난 것들이 돌아온다고 생각하면, 슬픔은 옅어지고 공포는 깊어진다.

돌아올 때엔 사람의 형태일 수도 있고, 무형의 감정이나 타인으로부터 받는 위로, 혹은 길에서 우연히 마주친 유기견이나 유기묘, 혹은 불행의 탈을 쓴 기회의 모습일 수도 있다. 그렇기에 지금 이 순간 내 주변에서 일어나는 모든 일들이 의미를 갖는다.

밀란 쿤데라는 "소설이 존재하는 유일한 정당성은 삶의 알려지지 않은 측면을 발견하는 데 있다"라고 말했다.

내 소설로 인해, 독자들이 그러한 '한 측면'을 발견하게 되기를 바란다. 아울러 모자라는 글이 세상에 나와 독자들과 만날 수 있도록 기회를 준 공모전 관계자분들께 감사드린다.

소설 작업이란 정말 기이한 것이다. 작가가 쓰고 있긴 하지만, 내용을 불러 주고 이끌어 주는 묘한 힘은 다른 곳에서 나오는 것 같다.

태양의 도시 엘패소에서

황희

부유하는 혼

초판 1쇄 2017년 7월 30일

지은이 | 황희
펴낸이 | 송영석

편집장 | 이진숙 · 이혜진
기획편집 | 박신애 · 정다움 · 김단비 · 정기현 · 심슬기
디자인 | 박윤정 · 김현철
마케팅 | 이종우 · 김유종 · 한승민
관리 | 송우석 · 황규성 · 전지연 · 황지현 · 채경민

펴낸곳 | (株)해냄출판사
등록번호 | 제10-229호
등록일자 | 1988년 5월 11일(설립일자 | 1983년 6월 24일)

04042 서울시 마포구 잔다리로 30 해냄빌딩 5·6층
대표전화 | 326-1600 **팩스** | 326-1624
홈페이지 | www.hainaim.com

ISBN 978-89-6574-627-0

파본은 본사나 구입하신 서점에서 교환하여 드립니다.

이 도서의 국립중앙도서관 출판예정도서목록(CIP)은 서지정보유통지원시스템 홈페이지
(http://seoji.nl.go.kr)와 국가자료공동목록시스템(http://www.nl.go.kr/kolisnet)에서 이용
하실 수 있습니다.(CIP제어번호:CIP2017015029)